新潮文庫

隠蔽捜査

今野 敏著

隠《いん》蔽《ぺい》捜査

1

いつもと変わらない朝だった。

六時に起床し、朝のコーヒーを飲む。妻は、朝食の用意をしている。

竜崎伸也《りゅうざきしんや》は、ダイニングテーブルに向かい、新聞を広げた。これもいつもと変わらない習慣だ。

スポーツ紙を含めた五紙を取っており、それらに目を通す。その順番もいつしか決まっていた。

毎日最初に目を通す大新聞の社会面を見て、竜崎は思わず眉《まゆ》をひそめた。

テーブルの上のリモコンを手に取り、テレビをつける。早朝の情報番組でニュースを確認するためだ。リモコンでチャンネルを次々と変えている竜崎を見て、妻の冴子《さえこ》が声をかけた。

「何かあったの？」

「ああ……」

竜崎はテレビの画面を見ながら生返事をする。

妻は、それ以上声をかけてこなかった。どうせちゃんとしたこたえを期待していたわけではないはずだ。

結婚してもう二十年以上になる。冴子は竜崎の一つ年上だから、四十七歳だ。これだけ長く連れ添っていると、相手のまともな受けこたえなど必要なくなる。

民放のある局でようやく目的のニュースを流しはじめた。

足立《あだち》区内で起きた殺人事件だ。廃工場の敷地内で三十代の男が殺された。銃で撃たれたと新聞の記事にもあったし、テレビのキャスターも言っている。

テレビでは伝えなかったが、新聞には被害者は暴力団組員だと書かれていた。

暴力団員同士の抗争か……。

竜崎は思った。

だが、どうして私のところまで報告が上がってこないのだ。

竜崎は警察庁につとめている。長官官房の総務課長という立場だ。庶務や担当事案の割り振り、国会、閣議、委員会などからの質疑の受付など、総務課長には重要な仕事がいろいろとあるが、広報もその一つだ。

つまり、マスコミ対策を担《にな》っているのだ。事件のことをマスコミから突っ込まれ、総務課長が「知らない」では済まされない。

組織暴力については、警察庁全体が神経質になっている。警察の組織改革で、それまで刑事部で対処していた組織暴力に対して、組織犯罪対策部を独立させ、取り締まりを強化した。

国松《くにまつ》元長官が狙撃《そげき》されて以来、警察庁は銃器の取り締まりにも、ことのほか神経を使ってきたのだ。

竜崎の元には一切報告がなかった。

警視庁のやつら、私をなめているのか……。

現場の人間は、物事を自分たちだけで処理しようとしたがる。

それが腹立たしかった。

たしかに、司法警察官は犯人を検挙して検察に送れば、法律上は何の問題もない。

だが、警察組織としてみれば、都道府県警から警察庁に情報が集まらないというのは問題だ。

　現場のやつらは、認識が甘い。竜崎は舌打ちしたい気分だった。

「今日は少し早くでかける」

　竜崎は妻に言った。

「帰りは今日も遅いのかしら？」

「いつもと同じくらいだ」

　つまり十時頃ということだ。

「美紀《みき》と話をしてくださいね」

「子供のことはおまえに任せてある」

「結婚の話ですよ。しかもお相手は、あなたの元上司の息子さんだし……」

「良縁だ。何の問題もない」

「美紀は迷っているようですよ。なにせ、まだ若いですし……」

　竜崎は、新聞をめくり必要な情報を頭に叩《たた》き込もうとしていた。

「わかった」

　また生返事をする。

　妻は、それ以上何も言わなかった。家庭のことは妻の仕事だ。私の仕事は、国家の治安を守ることだ。竜崎の考えははっきりとしていた。

五紙全部に目を通し終えたとき、息子の邦彦《くにひこ》が寝間着代わりにしているトレーナー姿で現れた。

「朝ご飯は？」

妻が邦彦に尋ねる。

「コーヒーだけくれよ」

竜崎は新聞をたたんでテーブルの端に置いた。

「予備校はちゃんと行ってるんだろうな？」

尋ねると邦彦は、眼を合わさぬままこたえた。

「ああ。だからこんなに早起きしてるんじゃないか」

現役受験で、邦彦は有名私立大学に合格した。だが、竜崎は入学を認めず浪人することを勧めた。

竜崎にとって東大以外は大学ではない。

邦彦は私立大学に入学させてもらえなかったことを怨《うら》んでいるかもしれない。つらい受験勉強をさらに一年続けなければならなくなったのだ。だが、社会に出るときに必ず感謝するはずだ。竜崎はそう思った。

考え方だ。

東大以外は大学ではない。それは実を言うと竜崎自身の考えというよりも、省庁の考え方だ。

毎年国家公務員Ｉ種試験の合格者が省庁詣《もう》でをする。人気の高い省庁の側では、すでに対応は決まっている。どんなに試験の成績がよくても、私立大学や二流大学の卒業生は取らない。人気省庁にとって、大学というのは東大と京大しかないのだ。

もちろん、例外はある。だが、東大や京大以外の大学から採用されたとしても、その後は冷や飯を食わされるだけだ。周囲はみな東大や京大の卒業生なのだ。重要なポストは昔から東大がほとんど独占している。省庁とのコネがほしい一般企業も、東大生を優遇する。

竜崎自身も東大卒だ。それが省庁で生きていく最低の条件なのだ。実力はその条件をクリアした者でなければ発揮できない。

今、邦彦に言葉でいくら説明しても理解してもらえないだろう。社会というのは厳しいものだ。高水準の経済成長はもう望めないのだからなおさらだ。善し悪《あ》しではない。それが現実なのだ。

竜崎は、背広を着た。官僚の制服ともいえる紺色の背広だ。

「行ってくる」

　玄関を出てマンションの廊下に立つと、空気に春の匂《にお》いが混じっていた。

　登庁すると、すでに広報室長が竜崎を待ち受けていた。広報室長は、谷岡裕也《たにおかゆうや》警視正だ。四期後輩で、もちろん東大卒だ。谷岡広報室長は、課長補佐を兼ねている。

　彼は課長である竜崎によく尽くしてくれるが、竜崎は彼に心を許したことは一度もなかった。官僚の世界は、部下であっても決して信用してはならない。どうせ、二、三年ごとに異動になるのだ。部下と信頼関係など築いている暇はない。日常の業務がつつがなくこなせていればそれでいい。そして、竜崎は官僚に個人的な付き合いなど必要ないと思っていた。それは、業務の妨げにすらなる。割り切りが必要なのだ。

「今日はやけに記者が多いが、綾瀬《あやせ》署の殺人の件か？」

　竜崎は朝の挨拶《あいさつ》も省略して、谷岡に尋ねた。

「ええ。被害者が被害者ですから……」

　竜崎はふと谷岡の顔に眼をとめた。

「どういうことだ？」

「ご存じありませんでしたか？　被害者の素性について……」

「知らん。報告を受けていない」

谷岡の顔色が一瞬にして悪くなった。竜崎に知らせが行かなかったのは自分の責任だと感じているのだ。

そのとおりだ、と竜崎は眼差《まなざ》しで責めてやった。

「特別な事情があるのか？」

「一九八〇年代の終わりに足立区で起きた、誘拐、監禁、強姦《ごうかん》、殺人、死体遺棄事件の実行犯の一人です」

竜崎は、思わず顔をしかめた。

「どうしてそんな重要なことが、私のところまで上がってこなかったんだ？」

「申し訳ありません」

谷岡が、何か言い訳を考えている様子なので、彼がしゃべり出す前に言った。

「警視庁の刑事部長を呼び出せ」

「伊丹《いたみ》さんですね？」

谷岡がちょっとうれしそうな顔になった。

彼は、竜崎と伊丹の個人的な関係を知っているのだ。だが、仕事中の竜崎にとってそんなものは何の意味もない。

竜崎は語気を強めた。

「警視庁の刑事部長だ」

どっかと椅子《いす》に腰を降ろし、谷岡が慌《あわ》てて部屋を出て行く様子を眺めていた。

すぐに電話がかかってきて、谷岡が告げた。

「伊丹部長とつながっています」

竜崎は受話器を取る。

「話がある。すぐにこっちへ来てくれ」

「ちょうどいい。連絡しようと思っていたところだ」

伊丹の声は屈託がない。

詫《わ》びの一つもあっていいだろう。

竜崎はそう心の中でつぶやきながら電話を切った。

それから約十分後に、伊丹俊太郎《しゅんたろう》が竜崎のもとにやってきた。

竜崎と同様に紺色の背広を着ている。だが、伊丹は竜崎とあらゆる点で対照的だった。竜崎は東大卒だが、伊丹は私大卒だ。二十二人の同期入庁の中で私大卒は彼だけだった。竜崎が華奢《きやしや》な体格をしているのに対して、伊丹は筋肉質だった。しかも、四十六歳という年齢を考えれば、信じがたいほどに若々しい体格を保っている。

竜崎はすでに白髪《しらが》混じりで、要するに冴《さ》えない中年なのだが、伊丹はいまだに髪も黒々としており、颯爽《さっそう》として見える。

竜崎は、規律と秩序を重んじる。組織のためには個人の思惑を犠牲にせざるを得ないこともあると考えている。そのためには、あらゆる方面のことを綿密に考えなくてはならない。一方、伊丹は、竜崎から見れば実におおざっぱな性格に見える。よく言えばおおらか、悪くいえばいい加減だ。

官僚の世界は常に四面楚歌《そか》だ。竜崎はそう信じているから、自然に疑り深くなり、行動も発言も慎重になる。周囲からは陰険な男と見られているに違いない。

だが、伊丹は常に自信に満ちているように見える。発言も行動も大胆だ。

つまり、竜崎は陰性で伊丹は陽性なのだ。馬が合うはずがない。だが、周囲からは仲がいいと思われているようだ。

二人が幼なじみだからだ。小学校時代に同級生だった。さきほど、谷岡がうれしそうな顔をしたのは、竜崎が伊丹と親友だと勘違いしているからだ。

「よう、相変わらず、辛気《しんき》くさい顔をしているな」

その一言に、竜崎の中でくすぶっていた怒りが一気に燃え上がった。

「警視庁は何を考えているんだ。こんな重要な事案がどうして私のところまで上がってこない？」

声を荒らげた。だが、伊丹は平然としている。

「綾瀬署の殺人事件か？」

「当然だろう」

「声がでかいな」

伊丹が言った。「俺が動けば、記者がぞろぞろとついてくることは知っているだろう。廊下には記者たちが集まっている」

伊丹に言われるまでもなく、そんなことは承知している。だが、竜崎は大声を出さずにはいられなかった。

すでに総務課の課員たちが登庁してきており、彼らは明らかに竜崎と伊丹のやり取りを気にしていた。盗み見するような視線がうっとうしい。

「こっちへ来てくれ」

竜崎は立ち上がり、伊丹を、幹部専用の小会議室に連れて行った。

高級なテーブルを囲んで、革張りのソファが並んでいる。

竜崎はソファの一つに腰を下ろす。もちろん上座だ。伊丹は向かい側に座った。

「被害者は、過去の重要事案の実行犯だそうだな」

「当時少年だった。事案の重大性をかんがみて、検察に逆送され、五年から十年の判決を受けた。その後服役して、三年で出所」

「被害者の氏名は、保志野俊一《ほしのしゅんいち》、三十二歳。住所は足立区西新井四丁目。間違いないな？」

竜崎は新聞から得た情報を確認しようとした。

「待ってくれ」

伊丹は、ポケットを探りメモ帳を取り出した。

「それくらいのことが頭に入っていないのか？　幹部失格だぞ」

「警視庁の刑事部長ともなれば、扱う事案も膨大でな。メモを見るのは念のためだ。えー、被害者の氏名は保志野俊一……。そうだ。間違いない」

「新聞には暴力団員と書いてあった」

「そう。広域暴力団傘下《さんか》の旭仁会《きょくじんかい》の構成員だ。今、組織犯罪対策部に情報提供を求めている最中だ」

「被害者が、過去の重要事案の犯人だったというのは、どの段階でわかった？」

「すぐにわかったよ。だが、記者発表は控えた。だから、今日の朝刊には載っていない」

「だが、時間の問題だ。マスコミ対策を練らなければならない。どうして、すぐに私のところに連絡が入らなかった？」

「知らんよ」

伊丹は平然と言った。「それは警察庁《サッチョウ》の問題だろう。こっちは、現場に飛んでいって、情報を得たらすぐに警察庁の刑事局に報告しているんだ。刑事局からおまえのところに情報が行かないのは、そっちの問題だ」

たしかに、警察庁内では上下の伝達は密だ。だが、横の情報交換は決して円滑とはいえない。

それを警視庁の伊丹に指摘されたことが、また腹立たしかった。

「おまえは現場に行ったのか？」

「行った。俺は重要事案は現場で指揮を執る主義だ」

「刑事部長なんかが現場に行ったら、捜査員たちに余計な気を使わせるだけだろう」

「気を使わせるようなことはしない」

「いいか。俺たちはキャリアの幹部だ。いちいち現場に行く必要はないんだ。情報を集約できるしかるべき場所にいて、広角的な視野で指示を出さなきゃならん。現場にいたら、未確認情報が飛び交い、混乱するだけじゃないか」

「おまえは現場を知らなすぎる。いいか、現場が混乱するのは、その場で適切な指示を出す人間がいないからだ」

「現場を知らないだって？　俺だって、おまえと同じく研修を受け、地方の警察署を回って、ようやくここに戻ってきたんだ」

「俺は今でも現場にいる」

その一言で、竜崎は優越感を覚えた。

そうだ。こいつは、まだ現場にいる。指揮官とはいえ、警視庁という地方警察の幹部に過ぎない。私は、国家警察の中枢《ちゅうすう》である長官官房にいる。東大卒と私大卒の差かもしれない。

ここで、警察幹部のあり方について伊丹と議論を続けるつもりはなかった。竜崎は話題を戻した。

「被害者の素性を記者発表で言わなかったのは、おまえにしては慎重な対応だった」

「ほめられた気がしないのはなぜだろうな？」

「だが、マスコミ各社はすでに気づいているだろう。夕方の続報では、きっと流れるぞ」

「おまえが押さえればいい」

「ふざけるな。そう思うんだったら、事件が起きたときに俺に知らせるべきだ」

「だから言ってるだろう。俺はちゃんと警察庁《サッチョウ》の刑事局には報告した。おまえへの報告義務はない。おまえのところに情報がいかなかったのは、警察庁内部の問題だって……。おまえ、嫌われているんじゃないのか?」

最後の一言が、胸に突き刺さった。古傷をえぐられたような気がする。

伊丹は冗談のつもりで言ったのだろう。だが、その一言が相手を傷つけていることに気づいていない。

こいつは、昔からそういうやつだった。

個人的な話をすると、伊丹のほうが優位に立ってしまいがちだ。

細かなことを気にしない男だ。だから、相手の細やかな感情にまで気を配ることができないのかもしれない。

竜崎は自分を落ち着かせるために、深呼吸をした。

「被害者が過去の重要事案の犯人だったことは当面伏せておく。すでに服役を終えて社会復帰を果たしていた。これはプライバシーの問題だ」

「社会復帰ね……」

伊丹が言った。「暴力団員だぞ」

「何の仕事をしていようと関係ない。刑期を終了していたんだ。問題は、今回の殺人と過去の事件が関係あるかどうかだ。そのへんはどうなんだ?」

伊丹は、肩をすくめた。

「所轄《しょかつ》は、暴力団員同士の抗争だろうと言っている。対立組織とのもめ事がなかったかどうか、現在捜査中だ」

「拳銃《けんじゅう》で撃たれたんだったな?」

「ああ」

「凶器の出所は?」

「おい、捜査は始まったばかりだぜ。そいつも捜査中だよ。暴力団関係、それから外国人がらみでも捜査している」

「過去の事件との関係はないんだな?」

「今のところ、関連を臭《にお》わす要素はない」

「現場に箝口令《かんこうれい》を敷いてくれ。被害者のプライバシーに関することは洩《も》らさぬように。すでに気づいているマスコミ関係者もいるだろうが、その方面についてはこちらで手を打つ」

「どうせ、洩れるぞ」

「現場の口の軽さにはうんざりしている。だから言ってるんだ。箝口令を敷けと」

「やってみるよ」

伊丹は立ち上がった。

「捜査本部は設置するのか?」

「いや」

伊丹は言った。「暴力団員同士の抗争事件ということになれば、捜査本部の必要はないだろう。組織犯罪対策部に任せようと思う」

「わかった」

竜崎が言うと、伊丹は戸口に向かった。

「たまには、一杯やろうぜ」

「まっぴらだ」

竜崎は本気で言ったのだが、伊丹は大声で笑いながら部屋を出て行った。

竜崎は、しばらく伊丹が出て行ったドアを見つめていた。

2

伊丹と再会したのは、警察庁の入庁式だった。

国家公務員I種試験（当時は甲種試験）に合格し、希望どおり警察庁に入庁した竜崎は、同期の二十二人の中に伊丹の姿を見つけた。

小学校を卒業して以来の再会だった。だが、竜崎にはすぐにわかった。伊丹は驚くほど変わっていなかった。

伊丹もすぐに竜崎に気づいた。

彼は笑顔で近づいてきた。

「竜崎だろう？　竜崎伸也。奇遇だなあ。こんなところで会うとはなあ」

竜崎は、他の同期の連中の眼が気になった。すでに、警察大学校での初任幹部科の教養課程から熾烈《しれつ》な出世競争は始まっている。ここにいる二十二人の同期はみなライバルなのだ。ライバルたちの前で、素直に再会を喜ぶ気持ちになどなれない。

そして、伊丹はおそらく竜崎が一番会いたくない小学校のクラスメートの一人だった。

竜崎は、伊丹たちのグループから執拗《しつよう》ないじめにあっていたのだ。伊丹は、まるでそのことを忘れてしまったかのように明るく接してきた。

いや、事実忘れてしまったのかもしれない。いじめる側の意識はそんなものだ。だが、いじめられたほうは、おそらく一生忘れることはない。

伊丹と会って、当時のことをありありと思い出した。伊丹は三人のグループで行動していた。二人は伊丹の側近だ。クラスの中の構造は、はっきりしていた。伊丹を中心に動いていたといってもいい。二人の側近は、伊丹の取り巻きをコントロールしていた。

伊丹は、スポーツ万能で成績もいい。いつも自信に満ちていた。声は大きく社交的。女子生徒の憧《あこが》れの存在だった。

竜崎とは小学校五年生のときに同じクラスになった。

成績では伊丹に負けていなかった。だが、伊丹に匹敵するのは学業だけだった。竜崎はガリ勉タイプで、運動はからっきしだめ。引っ込み思案で、クラスの中に友達と呼べる者がいなかった。

伊丹は竜崎の成績のよさが気に入らなかったのかもしれない。冷静に考えてみれば、伊丹自身というより、二人の側近が竜崎をいじめていたような気もする。

伊丹はおもしろそうにそれを眺めていただけだ。自らは手を下さない首謀者。竜崎は子供ながらに、伊丹のことをそう思っていた。

体育の授業があると、マットの上で、プロレスの技をかけられた。側近たちが入れ替わり立ち替わり、投げたり関節技をかけたりする。竜崎が泣き出すまでそれが続く。

プールの授業があると、水泳パンツや水泳帽を隠されてしまう。結局、竜崎は授業に間に合わず、見学扱いにされてしまった。

給食の時間になると、シチューにジャムを入れられたりした。給食はすべて食べ終わるまで席を立つことが許されなかった。結局、竜崎はジャム入りのシチューを残さず食べなければならなかった。

一つ一つは些細《ささい》なことだ。金品を要求されるわけではないし、物理的な被害があるわけではない。

だが、そこが伊丹の巧妙さだと竜崎は感じていた。

証拠を残すようなことをしないのだ。伊丹は、当然ながら先生のお気に入りだ。だから、証拠がなければ、竜崎が何を訴えようと、先生は聞き入れてくれない。竜崎はそう思い込んでいた。

小さないたずらレベルのいじめを絶え間なく繰り返す。それはなかなか効果的だった。ボディーブローのように精神的な苦痛が蓄積していき、そのうちに、伊丹の顔を見るだけで気分が悪くなりはじめた。

あのままずっと小学校の生活が続いていたら、竜崎は本当におかしくなっていたかもしれない。

竜崎の精神状態が限界にくるまえに、小学校の卒業式を迎えた。

いじめにあいながら、竜崎は勉強に精を出した。絶対に勉強だけは伊丹に負けたくはなかった。

その結果、竜崎は名門の中高一貫の私立学校に進学することができた。伊丹は、たしか公立中学に行ったはずだ。

それ以来、会ったことはなかった。会いたくもなかった。

その伊丹と、あろうことか、警察庁に入庁して再会してしまった。伊丹は屈託なく接してきた。警察大学校の教官たちも、伊丹と竜崎が幼なじみだと知って、その奇縁をおもしろがった。

キャリアへの道は厳しい。一握りの選ばれた人間の世界だ。小学校の同級生が同じ省庁にキャリアとして採用されるというのは、きわめて珍しいことなのだ。

キャリアたちの競争は、国家公務員I種の試験から始まるのではない。そのはるか以前からすでに始まっている。

受験という制度は、何かと批判の対象になる。竜崎は、負け犬たちが批判しているだけだと考えていた。

事実、東大に入学して、学生たちが受験について批判的なことを言うのを聞いたことがない。戦場にいる者は戦争の批判をしない。また、戦争に勝った者もその戦争の批判をしないものだ。

最近の日本の教育現場では競争を嫌う。運動会でも順位をあえてつけないのだそうだ。負け組が批判するからだ。だが、厳しい選抜の制度というのは必要なのだと竜崎は考えている。

オリンピックに出場する選手のことを考えてみればいい。彼らは、厳しい練習に耐え、さまざまな試合で実力を試され、選ばれる。オリンピックの選考も受験も同じことだ。努力する者が選抜される。

受験勉強には、集中力と持続力が必要だ。さらに計画性も大切だ。言うなれば、一つのプロジェクトだ。遊びたい、さぼりたい、楽をしたいという欲望を抑え、ひたすら目標に向かってこつこつと努力を続ける。受験勉強に近道はない。そして、結果は、はっきりしている。

受験制度が人間性を失わせるなどという愚かな議論がある。

実際に受験に勝ち抜き、日本の最高学府に入学し、さらに国家公務員甲種の試験に合格した竜崎にしてみれば、享楽《きょうらく》的に毎日を暮らし、努力もせずに大人になった者のほうが、よっぽど非人間的だと思う。人間が犬猫と違うのは、目標を持ち、それに向かって自分を律して努力する点なのだ。

発想を豊かにする教育などと、ばかなことを言っている教育評論家がいるが、人間、追いつめられたときの発想力こそ大切なのだ。追いつめられたことのない子供に本当の発想力など芽生えるはずがない。

だいたい教育評論家などという連中こそが、負け組なのだと竜崎は思っている。教育の第一線でつとまらないから評論家などやっているのだろう。また、彼らの学歴を見れば勝ち組でないことは、一目瞭然《りょうぜん》だ。東大卒の教育評論家など見たことがない。

つまり、彼らも本当に受験で苦労したことなどないのだ。受験の世界にどっぷり浸《つ》かったこともないくせに、受験の制度を批判する。それは、戦争に行ったこともないのに、軍事評論をしている連中と似たようなものだ。

竜崎は小学生の頃から努力していた。中学受験、大学受験、そして、国家公務員甲種の試験。すべて狭き門だった。

詰め込み教育などという言葉があるが、知識は詰め込まなければ増えはしないのだ。子供に好き勝手をさせていたら、漢字は覚えないし、九九も覚えない。

警察庁で伊丹と再会して、正直言って驚いた。腹も立った。なんで、伊丹のようなやつがここにいるのかと思った。

だが、彼が私立大学出身だと聞いて、少しばかり気分が晴れた。すでに、出発の時点で差が付いている。

二十二人の同期のうち、東大卒は十五人、京大卒が六人。私立大卒は、たった一人だ。東大偏重に批判的な世間の風潮を考慮して、各省庁とも私立大生に一定の枠を設けるようつとめている。

形式に過ぎないのだが、省庁としては無視するわけにはいかない。つまり、条件を満たすためにいやいや私立大生も採用しなければならないというわけだ。

伊丹が入庁できたのはそういうわけだと、竜崎は納得した。そうとでも考えなければ、伊丹のようなやつが、自分と同じく警察庁に入庁したことが我慢できない。

入庁した時点で、竜崎たちは警部補となる。警察大学校で、六ヵ月の初任幹部科の教養課程を受ける。これは嫌でも伊丹といっしょに受講しなければならない。

その後、九ヵ月の現場研修がある。所轄《しょかつ》に『見習い』として配属されるのだ。この時点でようやく伊丹とは別々に研修を受けることになる。新人の幹部候補生たちは、ばらばらに配属されるからだ。

この見習い期間が実は、けっこうきつい。解剖に立ち会って気分が悪くなって、失笑されたり、慣れぬための些細なヘマで怒鳴られたりする。

ノンキャリアの警官たちの中には、露骨にキャリアの研修生をいじめる者もいる。出世に興味がない刑事たちに多い。

だが、九ヵ月我慢すれば、竜崎たちキャリアは警部となる。現場の刑事たちをこの時点で追い越してしまう。

『愛と青春の旅だち』のような世界だ。軍曹に徹底的にしごかれる士官学校の若者たちは、卒業式で、その軍曹に「サー」と呼ばれ、最敬礼で送り出される。

警部になったキャリアたちは、さらに警察大学校で、一ヵ月の補習を受ける。ここでまた伊丹と顔を合わせることになる。

その後、二年間の警察庁勤務と再び一ヵ月の警察大学校での補習。その時点で、警視となる。

警視になってようやく一人前のキャリアとみなされるのだ。それから地方回りが始まる。二、三年ごとに異動を繰り返すのだ。キャリアの宿命だ。

ちょうど、その時期に結婚したこともあり、竜崎は伊丹のことなど忘れていた。とにかく多忙だったのだ。

二十代の半ばで、東北地方の警察署の署長をやったこともある。このときは、痛快だった。なにせ、部下のほとんどが自分より年上だ。親のような年齢の部下がぺこぺこと頭を下げてくるのだ。

署長の経験を積むと、県警本部の役職が回ってくる。そして、いかに早く中央の警察庁に戻ってくるかが、出世の一つのバロメーターになる。

竜崎は、長官官房の総務課長を拝命したとき、ようやくここまで来たかという、一種の達成感があった。

この先また、異動になるだろう。だが、四十代半ばにして長官官房の課長というのは悪くない。

一方、同じ時期の人事異動で伊丹が警視庁の刑事部長になったことを知った。それがさらに竜崎をいい気分にさせた。

やはり私立大卒はこんなものだ。

役職でいえば、こちらは課長で向こうは部長だ。だが、こちらは国家の中枢《ちゅうすう》で、あちらは地方警察に過ぎない。つまり、竜崎は順調に行政機構の中に足を踏み入れているのに対し、伊丹はまだ現場をはいずり回っているというわけだ。

もちろん、警察機構の中で本部の刑事部長というのは、雲の上の存在だ。だが、所《しょ》詮《せん》地方警察レベルでの話だ。警察庁とは土俵が違う。

「現場で指揮を執る主義だって……?」

竜崎は、伊丹の言葉を思い出して、かぶりを振った。「それじゃだめなんだ。キャリアにはキャリアの仕事があるんだ」

3

席に戻ると、すぐに参事官の牛島陽介《うしじまようすけ》警視監に呼ばれた。牛島参事官は、竜崎より五期上だ。

鹿児島出身で東大卒という、警察官僚としては理想的なプロフィールを持っている。鹿児島の人間だけあって、頭に血が上りやすい傾向がある。

五十歳を過ぎているが、なぜか髪も黒々としており、見た目では十歳は若く見える。背は低いが、腹も出ておらず、見るからに精力的な感じがする。

「お呼びですか?」

竜崎は、牛島参事官の机の正面で気をつけをした。

「綾瀬署の事件だ。どうなってる?」

牛島参事官の言葉は常に簡単明瞭《めいりよう》だ。だから、部下にも同様の返答を要求する。

「死亡したのは暴力団員で、所轄《しよかつ》では抗争の線で捜査をしているようです」

「被害者には特別な事情がある」

「はい。八〇年代の終わりに足立区で起きた誘拐、監禁、強姦《ごうかん》、殺人並びに死体遺棄事件の犯人でした」

牛島参事官の大きな目がぎょろりと竜崎を見つめた。

「そっちの対策はどうなっている?」

「警視庁には当面箝口令《かんこうれい》を敷くように指示しました。被害者は、刑期を終えて出所しており、プライバシーに属する問題と考えられます」

竜崎は冷や汗をかいていた。

危機一髪だ。早めに登庁し、すぐさま伊丹を呼び出してよかった。

参事官に呼ばれて、事情を知らなかったら、怒鳴りつけられるところだ。怒鳴られること自体はどうということはない。

鹿児島人の牛島はよく怒鳴る。

問題は、自分自身がやるべき仕事をちゃんとやっているかどうかなのだ。キャリア組は出発の時点から退官まで、出世競争を強いられる。だから、出世も大切だ。しかし、竜崎にとっては、官僚としての役割を果たしているかどうかのほうが重要だった。

「おそらくブンヤどもはもう嗅《か》ぎつけている。パソコンで検索をかければ一発だ」

「広報室を通じて対策を講じます。被害者の過去の犯罪については、プライバシーの

問題だから触れないようにとマスコミ各社に要請し、それを申し合わせ事項としま
す」

「どこかが抜くぞ。そうなれば、ほかも黙ってはいない」

竜崎はすばやく頭を回転させた。

「やらせておこうと思います。加害者が過去に重大な犯罪歴があるとなれば、社会的にも大きな問題となり得ますが、今回は被害者なのです」

牛島は、大きな目でしばらく竜崎を見据えていた。竜崎は眼をそらさなかった。牛島は考えているのだ。

「過去の犯罪と、今回の殺人の関連は？」

「今のところ、無関係と考えられます」

「根拠は？」

「殺害の手口です。拳銃《けんじゅう》が使われたことを考慮すると、やはり暴力団員同士の抗争という線が濃厚でしょう」

「わかった」

牛島は、竜崎から眼をそらして机上の書類を手に取った。話は終わりで、行っていいという合図だ。

竜崎は一礼して参事官の机を離れた。

思わず吐息が洩《も》れた。なんとか危機を切り抜けることができた。

何も知らずに、参事官の前で間抜け面《づら》をして立ち尽くしている自分を想像して、また新たな汗が出た。

竜崎はその足で、刑事局に向かった。捜査第一課の課長の席に足早に近づく。坂上《さかがみ》栄太郎《えいたろう》課長が神経質そうな顔を上げた。のっぺりした顔に、縁なしの眼鏡をかけている。京大出身で、竜崎より二期上だ。

坂上捜査第一課長の机の上に、新聞があった。社会面が開いてあった。

竜崎は新聞を指さして言った。

「新聞というのは、たいしたものですね」

坂上は、きょとんとした顔をした。

「何の話だね？」

「私が知らない犯罪のことまで載っている。これは、たいしたものだ」

坂上は、竜崎が抗議に来たのだとようやく気づいたようだ。少しばかりむっとした顔になった。

「言いたいことがあるなら、はっきり言ったらどうだ」

「綾瀬署の殺人の件です。事件の発覚は昨夜のことですね？」

「そうだ。夜十時半頃に銃声がしたとの一一〇番通報があり、綾瀬署地域課の係員二名が臨場《りんじょう》。通報者の住居そばにある廃工場の敷地内で遺体を発見した」

「警視庁の刑事部長の話だと、被害者が過去の重要事案の加害者だったことがすぐにわかったそうですね」

「ほう、さすがに幼なじみだね。情報のやり取りも密のようだ」

「冗談じゃありません。今朝、慌《あわ》てて呼びつけたんです。警視庁の刑事部長は刑事局に報告したと言っていました。どうして、私のところに知らせてくれなかったのです？」

「お門《かど》違いだな」

「何ですって？」

「たしかに報告はあった。だが、暴力団員同士の抗争事件だろう。私は、組織犯罪対策部に報告した。その時点で事案は私の手を離れた」

「組織犯罪対策部に知らせる時点で、私にも一報ほしかったですね」

「そう目くじらを立てるな。たかが、暴力団員同士の抗争だ。所轄に任せておけばいい」

「過去の重要事案が今回の事件と関連があったらどうするつもりです」

坂上は顔をしかめた。

「心配性だな。そんな報告はない。万が一そうだったとしても、それが明らかになった時点で対策を講じればいいいんだ」

それでは遅いのだ。

竜崎は心の中で坂上を非難していた。

「今後はなるべく、情報を長官官房にすみやかに上げるようにお願いします」

「ああ、わかった、わかった」

坂上がいい加減な返事をした。竜崎はもう相手にしたくなかった。坂上の席に背を向けた。

やはり、こいつはだめだ。

竜崎は思った。

やる気がない。京大出身ということで、すでに出世をあきらめているのだろうか。今のポストで満足しているのかもしれない。

実際、警察庁の課長というのは、多くの警察官僚たちの終着駅だ。部局の長になる人間は限られているし、長官になる人材はさらに限られている。

おそらく、坂上はまた地方に異動になり、そこで退官することになるだろう。竜崎はそんな相手と同レベルで議論することすら無駄だと考えていた。

組織犯罪対策部へ行って抗議をしようと思ったが、すでにその情熱は失《う》せていた。参事官に報告をした時点で、すでに大半のエネルギーを使い果たしていたのだ。坂上と話をして徒労感が募った。

竜崎はそのまま自分の席に戻り、たまっていた仕事を片づけることにした。総務課の仕事はおそろしく雑多だ。回ってくる書類の数も半端《はんぱ》ではない。

書類に目を通して判を押すだけで一日が終わってしまう。飛び込みの仕事も少なくない。竜崎は仕事に追われ、暴力団員の殺人事件は頭の隅に追いやられた。

普段と変わらず、十時過ぎに帰宅した。警察庁のありがたいところは、一般の企業のように職場の同僚と飲みにでかける習慣がないことだ。

着替えるとすぐに夕食を取る。ウイークデイは、ほとんど何もせず、風呂《ふろ》に入って寝てしまう。翌日はまた六時に起きなければならない。無駄な時間を過ごすわけにはいかない。

背広を脱いでダイニング・キッチンのテーブルに着こうとすると、そこに娘の美紀がいた。

「なんだ……」

竜崎は娘の顔から眼をそらすようにして言った。なんだか、最近娘がまぶしく感じられる。「こんな時間に夕食か?」

「とっくに済ませたわよ。話があるの」

ほんの二、三年前までは、美紀は竜崎と口をきいてもくれなかった。そういう年頃だったのだろう。

美紀は最初の子供だったから、竜崎もかわいがった。美紀も竜崎にべったりだった。そういう娘ほど思春期には父親に反発するのだという。

だが、大学に入り一人暮らしをしたのを機に、それほど竜崎を毛嫌いしなくなった。思春期を通り過ぎて、大人になったせいもあるだろう。

美紀が大学に入学したのは、竜崎が大阪府警で警備部長の任についているときだった。上智大学を受けたいと言ったとき、竜崎は別に反対しなかった。

息子の大学は東大と決めている。だが、娘の進学先にはそれほど関心はなかった。正直言って、どうでもよかった。

合格したら東京で一人暮らしをさせることになるが、竜崎はすぐに東京に転勤になると確信していたから、それも長い間ではないと思っていた。

予想どおり、美紀が入学した翌年に竜崎は今の役職に異動になった。都心にマンションを与えられ、一人暮らしをしていた美紀を呼び戻した。

美紀は特に文句も言わず、一人暮らしの部屋を引き払っていっしょに暮らしはじめた。

妻の冴子が缶ビールを持ってやってきた。

三百五十ミリリットルの缶ビールを一本だけ飲む。それが習慣だ。竜崎は自分で缶ビールをコップに注ぎ、飲んだ。

美紀は黙ってその様子を見ている。

竜崎は箸《はし》を取ると、キュウリの浅漬けをつまんで言った。

「話があるなら、言いなさい」

「三村《みむら》さんとのことよ」

「結婚の話は進んでいるのか？」

「だからね、それが父さんたちの誤解だって言ってるの」

「誤解？」

「あたしたち、まだちゃんと結婚の話なんてしたことないんだから……」

「付き合っているんだろう」

「まあ、いちおうはね……」

「何か不満でもあるのか？」

「別にそういうわけじゃない。でも、結婚ってそういう軽い気持ちでできるもんじゃないでしょう？」

竜崎にはよくわからなかった。

美紀は、恋愛や結婚が人生の一大事だと考えているようだ。若い女性なのだから無理はないかもしれない。

だが、竜崎はこれまでの人生において、恋愛や結婚を優先して考えたことはなかった。たまにテレビのドラマを見れば、どれもこれも恋愛を扱ったものばかりだ。まるで、この世で一番大切なものは恋愛であるかのようなストーリーが展開する。あれが、本当に理解できない。

竜崎も恋愛がくだらないものだとは決して思わない。だが、恋愛が一番大切だというのは、くだらない人生だ。

竜崎は、学生の頃から男女交際にはあまり縁がなかった。初めて付き合ったのが、今の妻でそのまま当然のごとく結婚した。それで不満はない。

いや、正直に言うと、何かやり残してきたような気はする。若い頃でなければ楽しめないようなことを、横目で見ながらひたすら国家公務員甲種試験を目指していたのだ。

だが、それが俺の人生なのだ。竜崎はそう考えることにしていた。

「父さんは、おまえが卒業したらすぐにでも三村君と結婚するものと思っていたがな……」

「あたしが三村さんと結婚したら、お父さんにとって都合がいいんでしょう？」

「ああ」

竜崎は言った。「たしかに都合はいいな」

美紀の顔に怒りの表情が浮かんだ。

「なんだ、その顔は」

竜崎は言った。「父さんは質問に正直にこたえただけだ」

「そんなの、政略結婚じゃない。お父さんは出世のためにあたしの結婚まで利用するわけ？」

竜崎は驚いた。

「父さんが三村君と付き合えと言ったわけじゃない。結婚しろとも言ったこともない」

美紀が付き合っているのは、大阪府警本部長の三村禄郎《ろくろう》の長男、忠典《ただのり》だ。警察官僚は、あまり個人的な付き合いをしないが、三村本部長は例外だった。

大阪時代に、三村は竜崎に家族ぐるみの付き合いを求めた。正月などは、家族全員が招かれた。

三村は、在ドイツ日本大使館に参事官として出向していたことがある。そのときにホームパーティーの習慣を身につけたのだ。

竜崎はその習慣を、別に迷惑とも思わなかった。上司にはいろいろな癖がある。ただ、それだけのことだ。

美紀と忠典は、三村の家で開かれたホームパーティーで知り合った。忠典は東京の私立大学に通っており、東京で一人暮らしをしていたが、春休みか何かで帰省していた折りのことだったと思う。二人は話が合ったようだ。東京ですぐに再会し、付き合いはじめたらしい。もっとも、竜崎は、子供のことは妻の冴子に任せきりだったので、そのことをまったく知らなかった。三村本部長から聞いたのだ。

三村はうれしそうだった。いずれ、彼も中央に戻るだろう。その際に竜崎の上司になることは充分に考えられる。さらに、退官するときのことを考えれば、先輩と親密な関係を持っているのも悪くはない。天下り先から引っ張ってもらえる。

天下りは何かと世間の批判の対象になる。民間会社が不況でこれだけ苦労しているのに、税金や年金、郵貯などの無駄遣いの最大の要因である各種法人に、退官後の官僚が就職することが問題視されているのだ。

竜崎も現在のシステムはどうかと思う。だが、正しかろうが間違っていようが、竜崎たちはその世界で生きていかなければならない。

東大に合格し、さらに国家公務員I種の試験に合格するということは、多かれ少なかれ青春時代を犠牲にしているということだ。特に、竜崎のような凡人には人一倍の努力が必要だったのだ。

青春時代を失った分だけ、老後くらいはいい思いがしたい。それが竜崎の本音だ。つまり、美紀と忠典が付き合うことは、竜崎にとってはデメリットよりもメリットのほうが大きいということだ。

だが、それについて政略結婚と言われるのは心外だ。

たしかに、三村本部長はこの結婚話を進めようとしていた。だが、竜崎は別に積極的だったわけではない。

妻に訊《き》くと、美紀もまんざらではなさそうだというから、じゃあ、そのうち結婚するんだな、と考えていたに過ぎない。

美紀は突然、立ち上がった。

「もういい」

そう言うと、足早にダイニング・キッチンを出て行き、自分の部屋に引っ込んでしまった。

竜崎はその剣幕に、たじろいでいた。

「なんだ、あれは……」

妻の冴子が温めたみそ汁を手にやってきて言った。

「なんだあれは、じゃありませんよ。まったく……」

「おい」

竜崎は冴子に言った。「俺が悪いというのか?」

「美紀はね、迷っているんですよ。揺れ動く乙女心くらいわからないの?」

竜崎は、ぽかんと冴子の顔を見た。

「結婚を迷っているのか」

「そりゃ、迷うでしょうよ。あの子なりに、この縁談を断れば、父さんに迷惑をかけることになりはしないかと、気をつかっているのよ」

「俺に迷惑をかける？　なぜだ？」

本当にわからなかった。

「三村さんが、あなたの上司だったからじゃないですか」

「そんなことは関係ない」

「でも、あなたは美紀に言ったじゃない。美紀と忠典さんが結婚すれば都合がいいって……」

「事実だから仕方がないだろう。たしかに都合はいい」

「そんな言い方ってないでしょう」

「訊かれたから正直にこたえただけだ。何が悪い」

冴子はテーブルの向かい側に腰を下ろして露骨に溜息《ためいき》をついてみせた。

「まったく、あなたは変人だから……」

「おまえは、二言目にはそう言うが、俺のどこが変人だというんだ」

「世間からずれてるんですよ。まったく、あなたのような人がちゃんと警察庁で務まっているのが不思議」

竜崎は、コップに残ったビールを一気に飲み干した。妻の一言に腹を立てていることを表現したつもりだが、妻はまったく平然としていた。

「この年齢《とし》で、長官官房の課長をやっているんだ。おまえが思っているよりずっと俺は有能なんだ」

「お役所の仕事はできるんでしょうけどね……」

竜崎は、またしてもぽかんとした顔になって尋ねた。

「役所の仕事ができればそれでいいじゃないか。俺は役所に勤めているんだぞ」

「あなたって、本当に変わってる」

「どこがだ」

「世の中とどれくらいずれているか、まったく気づいていないのね」

「世間がどうあれ、それに迎合する必要がどこにある」

「あなたみたいなのを世間で何というか知ってますか？」

「何だ？」

「唐変木っていうんです」

「おまえが言う世間というのは何だ？　テレビを中心とするマスコミに扇動されている軽薄な社会のことか？　あれは幻想だ。中身が何もない形だけの世界だ」

「私たちは幻想の中で暮らしているというんですか？」

「そうだ。作られた世界だ。日本の国民はマスコミによって、今何が流行《はや》っているか、何が一番おもしろいか、誰が一番人気があるか……。そういうことだけに関心を持つよう仕向けられている。テレビでも新聞でも、本当に大切なことは報道しない。事件報道でも、俺たち警察が発表したことだけを報道する。政治に関していえば、もっと極端だ。本質は常に隠されている。国民は、さまざまなブームに踊らされ、そうした大切なことから目をそらすようにコントロールされている」

「そのコントロールをしているのが、あなたたちだと言いたいの？」

「もちろんだ」

竜崎は、何を今さら、という気持ちで言った。

「この国を運営しているのは、我々だ。マスコミに骨抜きにされている国民じゃない」

「それがすでにずれていると言ってるんです。だから、ちっとも政治がよくならない」

竜崎は、心底驚いてしまった。

「政治と俺たちとの仕事は関係ない。もちろん、我々官僚なしでは委員会も閣議も成立しない。したがって、国会の答弁もできない。だが、政治家を選ぶのは我々じゃない。政治がよくならないというが、それは国民自身の問題だ。政治家を選ぶのは国民だ。日本人はみな参政権と被選挙権を持っている。今の政治が悪いというが、それは国民が望んでいることじゃないか」

「あなただって国民の一人なんですからね」

「我々国家公務員は普通の国民じゃない」

「エリートだと言いたいのでしょう」

「そうだよ」

これも竜崎にとっては当然のことだった。「選ばれた人間だ。国をつつがなく運営して、守っていく義務を負っている。だから、いざというときは、真っ先に死ぬ覚悟をしている」

「死ぬですって？　口先だけでしょう？」

「いや。本気だよ。俺は若い頃からそう言っていたはずだ」

「いざというときって、何です？」

「国家の危機だ。戦国時代を考えてみろ。あの時代は武将が政治家であり官僚だった。農民はなぜ年貢《ねんぐ》を納めたのか。それは、武将が守ってくれると信じていたからだ。ヨーロッパの貴族もそうだ。農民と違って裕福な生活が保証されていたのは、彼らが命をかけて自分の領土を守り、領民を守っていたからだ」

「今は民主主義の世の中ですよ。あなたも、政治は国民のものだと言ったじゃないですか。そんな考えは時代錯誤じゃない」

「そういうことじゃないんだ。国を守るというのは、命懸けなんだ。特に警察庁は犯罪やテロと戦う最前線にいる。自衛隊は戦わない軍隊だ。だが、全国の警察組織というのは、すべて実戦部隊なんだ」

「なんでこんな話になったのかしら」

冴子は言った。「美紀のことだったのに……」

「とにかく、家のことはおまえに任せてある」

「父親じゃなきゃだめなこともあるのよ」

「俺は国のことを考える。おまえは家のことを考えてくれ」

決め台詞《ぜりふ》のつもりだった。だが、冴子はあっさりと無視して台所に立ってしまった。

食事を終えて風呂《ふろ》に入り、そのままベッドに直行した。それほど広くない寝室は、二つのベッドで占領されている。

蒲団《ふとん》の中で、妻の冴子が言っていたことを思い出していた。

どうして、人はみな俺が変人だというのだろう。

かつて、伊丹にも言われたことがある。

俺の考えは筋が通っていると、竜崎は思っている。一般市民からは理解されないかもしれない。

燕《つばめ》や雀《すずめ》には鴻鵠《こうこく》の志など理解できないというのが、世の理《ことわり》だ。

だが、同じキャリアである伊丹にまで変人扱いされるというのはどういうことだろう。

やはり、あいつは小物だということだろうか。所詮《しょせん》出世をあきらめた私立大卒だ。

官僚の世界で出世がなぜ大切かというと、それだけ権限が増えるからだ。平《ひら》ではできないことが、係長ならできる。係長ではできないことが、課長補佐ならできる。課長補佐ではできないことが、課長ならできる……。そういうことだ。上を見ればきりがないと言って、出世争いを鼻で笑っている連中もいるが、それは言い訳に過ぎないことを、竜崎はよく知っていた。

官僚の世界には出世できない理由がいろいろある。卒業した大学のランクのように今さらどうしようもない事柄もあれば、実家の職業といった、それこそ自分ではいかんともしがたい理由もある。だが、最大の要因はやはり怠慢なのだと、竜崎は思う。

最高学府に入れなかったのも、竜崎に言わせれば少年時代の怠慢の結果なのだ。

上を見ればきりがないという官僚の台詞は、どうせ、事務次官にはなれないという意味だ。警察庁長官と他省庁の事務次官は同等だ。官僚の頂点に立つのが事務次官であり、長官なのだ。

その台詞には意味がないと竜崎は思う。出世というのが、肩書きの問題だけなら意味があるかもしれない。だが、竜崎にとって出世というのは、権限の問題なのだ。ステップアップすることが重要なのだと、本気で考えていた。

いかんな……。

竜崎は寝返りを打った。

余計なことを考えていると、寝そびれてしまう。睡眠不足は仕事の大敵だ。

役所で主だった新聞の夕刊はチェックした。暴力団員殺人事件の被害者の過去について報道した新聞はなかった。

テレビでも流れたという知らせはない。

伊丹のやつ、ちゃんとやってるようじゃないか。派手で目立つパフォーマンスが好きな男だが、やることはやる。キャリアなのだから、当然だ。

谷岡広報室長を通じて、マスコミ各社の上層部に内々で、自粛を打診したのも効いたようだ。
そんなことを考えているうちに、ようやく眠気が忍び寄ってきた。

猛烈な勢いで、さまざまな事案の書類が竜崎の目の前を通り過ぎていく。竜崎は、その内容をすべて頭に叩《たた》き込んでおかねばならなかった。

それは、ほとんど人間の処理能力の限界を超えている。だが、やらねばならないのがキャリアだ。

それに加えて、突然参事官などからの呼び出しもある。質問事項には、竜崎が直接こたえなくてはならない。上司からの質問を、課長補佐などに任せるわけにはいかない。

そんな日々だったので、綾瀬署の暴力団員殺人事件のことも、すっかり過去に吹っ飛んでいったような感覚だった。

ウイークデイはくたくたになって帰宅し、食事、入浴と決められたような手順を踏んでベッドに入る。

4

日曜日は疲れ果てて、どこにも出かける気はしない。竜崎は休日は、できるかぎり休む主義だ。

　パソコンに懸案事項のファイルを入れて自宅に持ち帰る者もいるが、竜崎は決してそんなまねはしない。機密漏洩《ろうえい》の危険があるし、自宅での仕事など、はかどったためしがないからだ。

　激務をこなす者ほど休息を大切にしなければならない。竜崎はそれを自覚していた。息子の邦彦は自室に籠《こ》もったままほとんど顔を見せない。受験生なのだから、それでいいと竜崎は思っていた。

　美紀はアルバイトで出かけていたが、夜の八時過ぎに帰宅した。学生が金を稼ぐ必要などないと、竜崎は言ったのだが、美紀に言わせるとアルバイトも社会勉強なのだそうだ。

　学生には、社会勉強などよりも学ばなければならないことが山ほどあると、竜崎は考えている。学問をする時期というのは限られている。社会の経験など、卒業すればいくらでも積めるのだ。限られた学生の間は、必死に学問を叩き込むべきだ。それが、直接ではなくても、いつか役に立つ。

　まあ、しかし、目くじらを立てて美紀にそんなことを言っても始まらない。竜崎は娘の学校のことにはあまり興味がない。冷たいといわれるかもしれないが、事実そうなのだからどうしようもない。

久しぶりに家族全員が夕食のテーブルを囲んだが、話は弾まなかった。竜崎もせっかくの休日にわずらわしい話など聞きたくないので、黙っていた。

まずまず平穏な休日が終わり、竜崎は早めに寝床についた。

電話が鳴ったのは、真夜中だった。

ベッドサイドにある受話器を取った。

「竜崎ですが……」

「伊丹だ」

この時刻に警視庁の刑事部長から電話がある。緊急事態であることは明らかだった。

竜崎は、身を乗り出して電話の脇《わき》に置いてあるメモ帳とボールペンをたぐり寄せた。

「何事だ？」

「殺人事件だ」

「現場は？」

「さいたま市内の潰《つぶ》れたスナックの跡だ」

竜崎は眉《まゆ》をひそめた。

頭がまだ回っていない。

「おい、さいたま市内だって？　どうして警視庁のおまえが連絡してくるんだ？　埼玉県警から電話が来るんなら、話はわかるが……」

綾瀬署の件で苦言を呈したので、嫌がらせかとも思った。だが、伊丹の声音はいつになく逼迫《ひっぱく》した雰囲気だった。

「例の件と関連がある」

「例の件？」

「綾瀬署の暴力団員殺人事件だ」

「どういうことだ？」

「銃声がしたとの一一〇番通報があった。零時過ぎのことだ。埼玉県警の所轄《しょかつ》が初動捜査に当たった。被害者の身元がすぐにわかり、綾瀬署の殺人事件の被害者、保志野俊一と同一の過去の事案で逮捕され、服役していたことがわかった」

衝撃でようやく頭が回りはじめた。

時計を見た。すでに一時を過ぎている。

「通報から一時間も経《た》っている。なんでこんなに時間がかかったんだ」

「埼玉県警からまず組織犯罪対策部に連絡が行った。それから俺のところに回ってきた。組対《そたい》で時間を食ったらしい」

「今どこにいる?」

「警視庁《カイシャ》だ。続報を待っているところだ」

「わかった。すぐそちらに行く」

「ほう、警察庁《サッチョウ》の課長殿がこちらにおいでになると……?」

伊丹はこういう時にも軽口を叩く。余裕を見せようとしているらしい。自分は緊張などしていないと、他人に思わせたいのだ。これも、伊丹のパフォーマンスの一つだ。

軽口に付き合っている暇はなかった。竜崎は電話を切ると、すぐに身支度を整えはじめた。

妻がベッドから起き出てこようとした。

「いいから、寝てなさい」

竜崎は言った。

「そうもいきませんよ」

「いや、寝ててくれ。おまえの仕事は家を守ることだ。俺の仕事に付き合うことはない」

妻は、何があったか尋ねようとはしなかった。どうせ、竜崎に説明する気などないことを知っているのだ。

妻はベッドの上で身を起こして言った。

「行ってらっしゃい。気を付けて……」

「ああ。場合によっては、何日か戻れないかもしれない」

「わかりました」

竜崎は自宅を出てタクシーを拾い、警視庁に向かった。

受付を素通りしようとしたら、制服を着た若い警察官が竜崎を呼び止め、さらに行く手を遮るように立ちふさがった。

「警察庁の竜崎だ。急いでいる」

若い警察官は、戸惑った様子で言った。

「身分証を確認させてください」

竜崎は、言われたとおり身分証を取り出して提示した。若い警察官がそれを覗《のぞ》き込むと竜崎は言った。

「いい心がけだ。だが、時と場合と相手による」

若い警察官の顔色がいっぺんに悪くなった。さっと脇にどいて道を空けた。

竜崎は大股《おおまた》でそこを通り過ぎた。子供じみた脅しだと自覚はしていた。だが、受付の警察官にさえ八つ当たりをしたい気分だった。

低層用のエレベーターで六階に向かった。刑事部は、あわただしい動きを見せている。竜崎はすぐさま部長の部屋に向かった。

部長の席の回りには、理事官、捜査一課長、管理官らが集まり、打ち合わせをしていた。伊丹を除いて一様に緊張した面持ちだ。

「よお、ご苦労さん」

竜崎の姿を見ると、伊丹はその場にそぐわぬ明るい声で言った。

その一言で、その場に集まっていた連中がいっせいに振り向いた。伊丹のほかにキャリア組は参事官と理事官だけだ。

捜査一課長の田端守雄《たばたもりお》警視と管理官の池谷洋一《いけたによういち》、池田厚作《いけだこうさく》両警視は現場からの叩き上げだ。

おそらくこの中では、田端課長が一番年上だ。苦労を重ねた警察官らしく、顔が浅黒い。ずんぐりとした体格をしており、学生時代は柔道で鳴らしたそうだ。

伊丹以外の全員が、竜崎を見て気を付けをした。竜崎は言った。

「それで……?」

竜崎は尋ねた。

「被害者の名前は、水戸信介《みとしんすけ》」

伊丹がこたえた。「運送会社勤務、三十三歳だ。綾瀬署の事案の被害者、保志野俊一と、過去の重大事犯での共犯者だ」

「誘拐、監禁、強姦《ごうかん》、殺人、死体遺棄。その共犯者ということだな？」

「そうだ」

「殺害の手口は？」

「銃だ。今、体内に残っていた弾丸の鑑定をやっているが、おそらく綾瀬署の事案と同一の拳銃《けんじゅう》だろう」

「つまり、綾瀬署の件は単なる暴力団員同士の抗争ではなかったということか？」

竜崎は責めるように言ったつもりだが、伊丹はそれをいなすように他人事《ひとごと》のような口調で言った。

「そう考えるべきだろうな。保志野や水戸が関わった過去の事件というのは、あまりに残忍で衝撃的だったので、世の中は大騒ぎした」

「主犯格はまだ服役中だったな？」

「そう。主犯格だけは懲役二十年の刑を食らい、まだ服役中だが、そのほか、事件に関わったやつらはすでに出所している。事件当時、やつらが少年だったからだ。その中の二人が拳銃で殺された」

「凌辱《りょうじょく》だけを目的として、女子高校生を誘拐・監禁。一ヵ月以上にわたり集団で性的な凌辱と暴行を繰り返して殺した……」

竜崎は言った。「とんでもない事件だった。私だって決して忘れられない」

しかも、その事件は、犯人グループが別件の強姦事件で身柄を引っ張られ、取り調べを受けている際に発覚した。つまり、彼らは、一人の少女を凌辱し尽くし、殺してしまうとその死体を遺棄し、平気で次の獲物に食らいついていたわけだ。

「あの事件の被害者の遺族を洗う必要があるな」

竜崎が言うと、伊丹はこたえた。

「すでに手配済みだ。捜査のことはこっちに任せてくれ。問題は、マスコミだ。保志野が殺されたときは、被害者ということもあり過去の事件との関わりは報道されずに済んだ」

「こっちで手を回したんだ」

「ああ、わかってる。だが、警視庁だって徹底した箝口令《かんこうれい》を敷いたんだ。俺が直接通達を出した」

いかにも、たいへんなことのような言い方をした。たしかに、所轄の刑事たちにとってみれば、警視庁の刑事部長は雲の上の存在だ。だが、警察庁の竜崎から見ればどうということはない。直接通達を出して当然だ。しかも、通達がちゃんと行き渡り、それが実行されるかどうかは、別問題だと竜崎は思った。

現場は上の人間の思惑を軽視したがる。今日の前にある懸案事項や、日頃付き合いのある人間のほうを大切に思いたがる。

保志野俊一が殺害されたときに、過去の彼の犯罪のことが報道されなかったのは、ひとえに、警察庁の広報室の根回しのたまものだと、竜崎は信じていた。

「保志野俊一は、暴力団員同士の抗争という線で捜査していたのだろう？　筋の読み違えだ」

竜崎は言った。「初動捜査の段階で、過去の事件との関わりは考慮しなかったのか？」

伊丹の机の回りにいた課長やその他の幹部が渋い顔をした。反論したいのだが、相手が警察庁の長官官房の課長とあっては、それもままならないのだ。

彼らは伊丹に頼るしかない。伊丹は言った。

「拳銃で撃たれるという手口からして、暴力団員同士の抗争と判断したのは、いたしかたないことだ。だが、過去の事件のことを無視したわけではない。実際に組対部の事案となったわけだが、綾瀬署の刑事課捜査員は、継続的に鑑取りを行っていた」

堂々としたしゃべり方だ。だが、その口調ほど自信があるわけではないだろうと、竜崎は思った。捜査のことは任せろと、伊丹は言った。現場のことには口出しするなと言っているようにも聞こえる。だが、彼らは事実初動捜査で過《あやま》ちを犯した。最初の段階で適切な判断がなされていれば、容疑者を早期に割り出すことができ、第二の犯行は防げたかもしれないのだ。

ここでそれを指摘したところでどうしようもないことは、竜崎にもわかっている。問題は、今後の対策なのだ。

「これからどうするんだ？」

竜崎は伊丹に尋ねた。

「捜査は振り出しに戻った。今、捜査本部を設置する相談をしていたところだ。第二の事案が埼玉県内なので、当然、警察庁《サッチョウ》の指示を仰ぐことになるな」

竜崎はうなずいた。

「刑事局への連絡は？」

「もちろんすでに知らせてある。朝、一番で報告に来いということだ」

竜崎は驚いた。

「誰も来ないのか？」

「別に珍しいことじゃない。日曜の夜だからな」

皮肉な口調に聞こえた。

警視庁の幹部は夜中にもかかわらずこうして集まっている。だが、警察庁の刑事局からは誰も人がやってこない。朝になってから報告しろという。

「何やってるんだ……」

思わず竜崎はつぶやいていた。「国家公務員ともあろうものが……」

それを聞いた伊丹は、ふと表情を和ませて言った。

「本当におまえは変わっているな……」

「どこが変わっている？」

「警察庁の課長職にある者が、夜中に電話一本で飛んでくる。そんなの、おまえくらいのものだ」

「私はすべきことをしているだけだ」

竜崎は、本当にそう思っていた。彼にはエリート意識がある。エリートには特権とともに当然大きな義務もつきまとう。本気でそう考えているのだが、それがなかなかまわりに理解されない。伊丹が言った。

「それが変人だというんだ」

「そんなことはどうでもいい。明日の朝には定例の記者発表で事件のことを説明しなければならないんだろう？　過去の事件との関わりは、どう扱うつもりだ？」

「正直に言うしかないだろう。すでに現場の記者たちは、保志野俊一が昔の重大事件の犯人だったことを知っている。もう口止めはできない」

竜崎はしばらくその言葉を検討してからうなずいた。

それ以外に方法はなさそうだ。週刊誌あたりの恰好《かっこう》のネタになる。だが、それを抑えることはできない。報道の自由をないがしろにすると、ひどいしっぺ返しを食らうことになる。

「捜査本部はどこに置く予定だ？」

竜崎は伊丹に尋ねた。

「綾瀬署にすべきだろうと思う。過去の事件も綾瀬署管内で起きた。そして、今回の第一の事件も綾瀬署が初動捜査に当たった」

「おまえが捜査本部長だな？」

「そうだ。副本部長は綾瀬署の署長だ。本部主任は、田端《たばた》捜査一課長にやってもらう」

竜崎は田端を見て言った。

「よろしくお願いします」

田端はかしこまった様子で頭を下げた。

「とにかく、銃弾が残されています」

田端は言った。「それが大きな手がかりとなるでしょう」

多少疑問に思ったが、竜崎はそれについては何も言わなかった。

かつては、銃は大きな手がかりとなったものだ。それだけ国内で拳銃というのは特殊なものだった。だが、八〇年代あたりから事情が変わった。

中国あたりから、トカレフのコピー銃などが大量に国内に出回り始めたのだ。今では、暴力団員の三人に一人が拳銃を所持している勘定になるという。

中国マフィアなど海外の犯罪組織を含めると、その数はさらに増えるに違いない。

二十一世紀を迎えた今、日本国内ではかつてほど拳銃が珍しいものではなくなった。

「じゃあ、よろしく頼む」

伊丹が、田端課長たちに言った。彼らは、伊丹に最敬礼をし、それから、同様に竜崎に礼をしてから「失礼します」と言って部屋を出て行った。

伊丹と竜崎だけが残された。

「犯人はどんなやつだと思う?」

伊丹が竜崎に尋ねた。

竜崎は戸惑った。

「わからんよ。俺はまだ事件の概要を聞いたに過ぎない」

「素人《しろうと》じゃないんだ。想像はつくだろう?」

「俺が現場を知らなすぎると言ったのは、おまえだぞ」

「ああ、たしかに言った。だが、無能だと言ったわけじゃない」

伊丹のずけずけとした物言いには、いつも腹が立つ。小学校時代のいじめを怨《うら》みに思っているわけではない。だが、忘れたわけでもない。竜崎と伊丹が、仲がいいと周囲が思っている原因の多くは、伊丹にある。伊丹がいつも親しげな態度をとるからだ。竜崎は常に事務的に接しようとしているが、伊丹はおかまいなしだ。その無神経さにも腹が立つ。

竜崎は、質問にこたえた。

「順当に考えれば、過去の事件の被害者に関係する人物だろうな。遺族か親しかった人間か……」

「あの事件の被害者は、女子高校生だった。親しい男友達がいても不思議はないな……。同年代だったとして、今は保志野俊一や水戸信介と同じくらいの年齢ということになる」

「遺族といっても、親兄弟だけじゃない。親戚《しんせき》を当たれば、新たな事実がわかるかもしれない」

伊丹は思案顔になった。

「復讐《ふくしゅう》というわけか？」

「充分に考えられることだろう」

「犯人たちが次々に出所してきたことを知った。それで、復讐を始めたと……？」

「遺族や関係者にしてみれば、あれだけの残虐《ざんぎゃく》なことをした犯人が、一般社会に戻ってきているというのは、許し難い気持ちになるかもしれない」

伊丹は、意外そうな顔で竜崎を見つめた。

「何だ、その顔は」

竜崎は言った。「俺が何か変なことを言ったか？」

「いや、おまえが司法制度を批判するようなことを言ったんでな」

「俺だって、今の司法制度が完全だと思っているわけじゃない。特に、裁判制度については見直さなければならない点がたくさんあると思う」

「そこがわからないんだ」

「何のことだ？」

「おまえだよ。ものすごく官僚的なことを言ったりしたと思ったら、今みたいに現体制を批判するようなことを言う。どちらが本音かわからん」

　この言葉に、竜崎のほうが戸惑ってしまった。常に自分には一本芯《しん》が通っていると思っている。だが、伊丹から見るとどうもそうでもないらしい。

「現体制を批判したつもりはない。あくまで遺族の立場に立って考えてみただけだ。俺にも娘がいる。あのような事件は、やはり耐え難い気持ちになる」

「そいつも意外だな……」

「何が意外だ？」

「おまえが、仕事の最中に、個人的な感情について話すのは珍しい」

「俺だって人並みに感情は持っている。ただ、感情で判断を左右されないようにしているだけだ」

「同期の仲間が、おまえのことをどう言っているか知ってるか？」

「知らない。別に知りたくもない」

「何を考えているかわからないやつ。みんなそう言っている」

「それは、俺の考えを理解できないだけのことだ。それより、ああいう言い方はやめてくれ」

「何の話だ?」

「さっき、課長たちがいるところで、俺のことを変人呼ばわりした」

「だって、本当のことだからな」

竜崎は、妙に苛立《いらだ》って時計を見た。二時を過ぎている。朝刊の締め切りは過ぎているので、少しばかり気分が楽になった。

「俺はこれから、警察庁に戻る。長官官房で何らかの動きがあるかもしれない」

「どうせ、誰も出てきてないよ」

「ならば、俺が呼び出す」

「捜査本部ができるのは、朝になってからだ。それまで動きはない。帰って休んだらどうだ? 刑事局の連中だって朝にならなければ出てこない」

「そうはいかない。朝一番で、長官から何か質問があるかもしれない」

「質問にこたえるのは、刑事局の役目だろう?」

「その段取りをするのは、俺の仕事だ」

「俺のような立場と違って、官僚ならもっと楽ができるはずだ」

「ばかを言うな。国を守る俺たちが楽できるはずがない」

伊丹は、しばらく無言で竜崎を見つめていた。やがて、彼はかすかに笑みを浮かべて言った。

「おまえ、それが本音らしいから不思議だよな」

竜崎は何も言わずに、伊丹の部屋を出た。

5

刑事部長の部屋を出ると、すぐさま記者に囲まれた。記者クラブに詰めていた連中が、ただならぬ雰囲気を察知したのだろう。とにかく、明朝の記者発表を待ってくれと言って、記者を振り切り、中央合同庁舎2号館の警察庁長官官房へ急いだ。

警視庁と違い、警察庁は閑散としていた。警視庁内は、常に当番の警察官が詰めており、昼間と変わらない。むしろ、夜中のほうが昼間より賑《にぎ》やかかもしれない。

だが、日勤で仕事をする警察庁は、ほかの省庁と変わりはない。

竜崎はまず、二階の広報室に寄ってみた。フロアの明かりは消えていなかった。室内に入っていくと、谷岡広報室長が顔を上げた。左の耳に受話器を当て、誰かと話している最中だった。竜崎は谷岡にうなずきかけて、近寄った。谷岡広報室長は、電話を切るとすぐさま立ち上がった。

「課長がおいでになるとは思いませんでした……」

「伊丹に電話で叩《たた》き起こされた」

「警視庁へは、もう……？」

「今、行ってきたところだ。綾瀬署に捜査本部を作ると言っていた。いずれにしろ、本格的な段取りは、朝になってからだ。君はどうして、事件のことを知った？」

「東日新聞の社会部部長から電話がありました。どうやら、埼玉県警の所轄《しょかつ》の刑事あたりから情報が洩《も》れたようです」

「すぐに広まるな……」

「東日新聞では、前回は協力したのだから、今度は抜くぞと言ってきました」

「やらせておけ」

竜崎は言った。「もう止められない」

「すでに締め切りは過ぎていますが、スクープとなれば、記事の差し替えくらいやりかねません。朝刊に出てしまいますよ」

「わかっている。いっしょに来てくれ」

竜崎は、十六階の総務課に向かった。谷岡は、竜崎が席に着くまで一言も口をきかなかった。

席に着くとすぐに、竜崎は受話器に手を伸ばした。

まず、参事官の牛島に電話をする。手順を間違ってはいけない。官僚は手順にうるさい。保志野が殺害された綾瀬署の事件で最初に竜崎を呼びつけた上司は参事官だった。

呼び出し音を八回数えた。中年女性が不機嫌そうな声で応じた。夫人に違いない。竜崎は、名乗ってから参事官と代わってもらいたいという意味のことを、できる限り丁寧な言葉と口調で言った。

しばらくして、牛島参事官の声が聞こえてきた。明らかに、夫人よりも数段不機嫌そうだった。

「何事だ?」

「埼玉県さいたま市内で、運送会社の社員が殺害されました。現場はつぶれたスナックの跡地。凶器は拳銃《けんじゅう》です」

竜崎は事務的に、早口で伝えた。

不満げなうめき声が聞こえた。

「それがどうしたというんだ」

「今回の被害者と綾瀬署管内で殺害された暴力団員との関わりが明らかになりました。過去に同じ事案で逮捕され服役しておりましたが、すでに出所しており……」

「おい、待て……」

牛島参事官の声が竜崎の説明を遮った。「過去の事件というのは、例の女子高生殺害の件か？」

「そうです。誘拐、監禁、強姦《ごうかん》、殺人、そして死体遺棄です」

「綾瀬署の殺人事件は、その過去の事件とは関わりがないと、君は言ったじゃないか」

竜崎は、ここでへまをやるわけにはいかないと思った。慎重に言葉を選ばなければならない。

「あの時点では、今回の殺人事件と過去の事案との関わりを考慮する必要はないと判断されました。所轄でも、警視庁本庁でもそういう判断だったのです」

しばらく無言の間があった。牛島は考えているのだ。

やがて、牛島は言った。

「それで、刑事局のほうは？」

「警視庁の刑事部長には、朝一番で報告するように言ったそうです」

「悠長なことを……。長官は、すぐにでも説明を求めてくるぞ」

「そう思い、お電話しました。私はすでに警察庁で待機しています。広報室長も来ております」

「警視庁とはすでに連絡を取ったのだな?」

「刑事部長と直接会ってきました」

「さすがに同期だな。いい連携だ」

同期かどうかは関係ない。

竜崎はそう思ったが、もちろん黙っていた。牛島の声に張りが戻っていた。すでに眠気は吹き飛んだようだ。

「よし、君はすぐに坂上に電話しろ。私は、官房長に電話して今後の対策を考える」

「了解しました」

電話が切れた。

竜崎はすぐに、刑事局捜査第一課長の坂上に電話した。縁なしの眼鏡をかけた、のっぺりした坂上の顔を思い出しながら、少しばかり憂鬱《ゆううつ》な気分になっていた。嫌味を言われるに決まっている。もしかしたら、ヒステリックにがなりたてるかもしれない。

坂上というのはそういう男だ。

電話に出たのは坂上本人だった。

「竜崎です」

「何だ?」

「埼玉で起きた事件のことです」

「ああ……」

いかにもうんざりしたという口調だ。「さっき、警視庁の伊丹君から連絡があったよ。登庁してから報告に来てくれと言ってある」

やはり、こいつだったか。

竜崎は思った。警視庁の刑事部長が夜中に電話をした。そういう場合は常に緊急事態だ。それを、朝になってから報告に来いなどという、寝ぼけたことを言うのは、坂上に違いないと思っていた。こいつは、国家の仕事を単なるお役所仕事としか思っていない。竜崎が一番嫌いな官僚のタイプだ。

「今、牛島参事官と話し合いました。おそらく朝一番で、長官から質問があるでしょう。それまでに、情報を集約しておかなければなりません」

「官房は何を右往左往してるんだ？」

坂上は眠そうな声を出す。抗議のためにわざとそんな声を出しているのかもしれない。「警視庁と埼玉県警に任せておけばいいじゃないか」

「今回の二人の被害者は、社会的にも大きな衝撃を与えた過去の事件の加害者だったのです」

「そんなことは知っている。それが犯行の動機と関係があるかもしれない。だから、伊丹は捜査本部を作ると言っていた。私の仕事は、警視庁と埼玉県警に円滑な連携を取らせることだけだ」

「刑事局長も同じ考えですか?」

「局長に連絡なんてしてない。その必要もない。君は、今どこにいるんだね?」

「警察《カイシャ》庁に来ています。朝までにできるだけ情報をかき集めておく必要があります。おそらく、東日新聞の朝刊に今回の二件の殺人事件の被害者が、過去の重大な事案の加害者だったことが載ります。そうしたら、ちょっとした騒ぎになるはずです」

「過去の事件の加害者が、また何かの事件の加害者になったというのなら社会的な影響は大きいだろう。だが、今回、二人は被害者なのだ」

「マスコミは犯行の動機について、あれこれ書き立てるでしょう」

「だから、そんなことは現場の捜査員に任せておけばいいんだ。私たちは、大局的に物事を考えなければならない立場だ。現場の人間のようにばたばた動き回る必要はない。君にも一言いっておくよ。キャリアたるもの、もっとどっしりと構えていなけりゃな。じゃあ、何かあったら、また知らせてくれ。私は自宅にいる」

また蒲団《ふとん》に潜り込むつもりだろうと、竜崎は思った。

電話が切れると、机の前にずっと立っていた谷岡に言った。

「東日が抜いたら、他社の連中が食ってかかるだろう。何せ、綾瀬署の殺人のときに無理を言っているからな」

「はい」

「手に負えなければ、私に回せ」

「できる限り、広報室のほうで対処します」

「午前の定例記者発表で、警視庁は二人の犠牲者の過去の犯罪についても触れるはずだ。それまでの辛抱だ。午前中いっぱいが勝負だ」

「わかりました。では、私は二階にいます」

谷岡が退出していく。

彼はよくやってくれる。広報室長には適任だろう。

だが、竜崎に言わせればまだ物足りない。戦略が不足しているのだ。経験が不足しているから仕方がないのかもしれない。だが、谷岡が優秀でなおかつ気配りが利《き》くだけに、惜しいと思う。

官僚の世界で戦略というと、上司の顔色を見ていかにうまく立ち回るかを意味することが多い。事実、それも大切なことだ。役所においては、自分の地位を確保しなければ何もできないのだ。

しかし、竜崎が考える戦略というのは、そういうことではない。巨大な組織をいかにうまく運営していくかの戦略だ。それは上層部の考えることだと言う者もいるが、竜崎はそうは思っていない。組織というのは、あらゆるレベルの思惑の集合体だ。下の者がいいかげんだったら、いくら上が立派な戦略を立てても伝わらないのだ。

常にうまく部下を使う方法を考え、同時に、いかにして上司を動かすかを考えなければならない。上に立つ者は、常に判断を強いられる。そのときに頼りになるのは、情報だ。上司を動かすための最大の餌《えさ》は、情報なのだ。

谷岡は、課長補佐を兼ねている。だからといって、コバンザメのように竜崎にくっついているだけではだめだ。それを一々説明されなければわからないようでは、キャリアはつとまらないと、竜崎は思う。

いや、キャリアとして生きていくだけならなんとかなるだろう。国家公務員I種試験に合格しただけで、ある程度の身分は保障されている。あとは流されていれば、定年まで行き着けるかもしれない。坂上のような生き方だ。だが、坂上のような官僚が役所を腐らせる。竜崎はそう確信している。

「あれ、課長、いらしたんですか？」

突然声をかけられて、竜崎は驚いた。若い課員が書類の束をかかえてやってきた。

「休日出勤か？」

「ええ。予算委員会での質問の件です。民主党が、北海道警の裏金問題について質問するそうです。道と国への返却金についてだとか……」

「ごくろうだ」

「課長は、どうされたのですか？」

「二件の殺人があった。それが、ちょっと込み入ったことになりそうなんでな……」

「殺人事件ですか……？」

若い課員は、苦笑を浮かべた。「官房の総務課が関わるようなことじゃないでしょう」

彼もエリート意識を持っている。

警察庁の長官官房は、政治家や内閣と関わる仕事が多い。ついそちらの世界に眼が行ってしまいがちだ。すると、市井《しせい》の事件のことなど、些細《ささい》なことに思えてしまうのだ。

それがどんな凶悪な事件であっても、地方警察の仕事だと考えるようになる。

竜崎から見れば、それは間違ったエリート意識だ。キャリアはエリート意識を持たなければならない。だが、それは正しいエリート意識でなければならないと、竜崎は思う。

警察庁のキャリアが、事件や事故を軽く見て、それは地方警察の仕事だと考える傾向があることは否定できない。そこから、警察機構に溝が生まれるのだ。

「総務課は何でも屋だ」

竜崎は言った。

若い課員は、曖昧《あいまい》にうなずき自分の席へと消えていった。

午前二時三十分。こんな時刻に働いている者たちがいる。委員会の答弁や国会の答弁で彼らの名前が出ることは永遠にあり得ない。

竜崎の机の電話が鳴った。

即座に受話器を取った。

「竜崎です」

そのとたんに、怒鳴り声が聞こえた。

「貴様《きさん》、何《ない》やちょっと!」

竜崎は、一瞬うろたえたが、つとめて冷静な声で応じた。

「失礼ですが……?」

「阿久根《あくね》だ」

刑事局長の阿久根伸篤《のぶあつ》警視監だ。牛島と同じく鹿児島出身だ。

「どうかなさいましたか？」

「どうかなさいましたか、じゃない。貴様は、そんなところで何をやってるのか」

「情報が集まってくるのを待っています。朝までに、それなりの形を作っておかないと、と思いまして」

「長官官房の人間が休日の夜中に登庁して動き回ったりすれば、ブンヤたちを刺激することくらい、わからんのか？」

「よくわかっています。マスコミ対策も私の仕事の一つですから」

「だったら、おとなしく家で寝ていろ」

「そうはいきません。おそらく、朝一番で長官が報告を求めるでしょうから……」

「警視庁の刑事部長が朝一番で報告に来ることになっているそうじゃないか。その報告をもとに、私が長官に報告する」

おそらく、坂上が連絡したのだろう。竜崎からの電話を切ってから、すぐに電話したに違いない。夜中に何度も起こされた腹いせに、局長に言いつけたというわけだ。子供のように稚拙な精神構造だと思った。

だから世間からキャリアがばかにされるのだ、と竜崎は思った。

庁内に敵は作りたくない。だがここで、はいそうですか、と自宅に引き上げるわけにはいかない。

「私どもが基本的な報告の流れを作っておきます。局長は、警視庁からの報告を待って、詳報を長官にご報告なさってはいかがでしょう」

「貴様の考えることではない。刑事事件なんだ。どうやって報告するかは私が考える」

「何事も早め早めに動くべきだと思います」

「おまえのようなのを、先走りというんだ。どうせ、本格的な捜査が始まるのは、捜査本部ができてからだろう。綾瀬署に本部ができるそうじゃないか。どうしてそれを待てない。おまえは、犯罪捜査のことをどれくらい知ってるんだ？」

「貴様」から「おまえ」にトーンダウンした。ようやく興奮が冷めてきたようだ。

「そりゃ、刑事局のようにはいきません。でも、私だって全国の警察署や警察本部で修行を積んできましたから……」

「そんな修行が実際の役に立つか」

じゃあ、自分はどうなんだと言いたい。キャリア組など経歴にそれほど差があるわけではない。刑事局長だって、二、三年で異動になるかもしれないのだ。

「まあ、いい」

阿久根は言った。「どうせ、おまえの取り越し苦労なんだ。二件の殺人は、それほど社会的な騒ぎにはならん。長官だって、それほど問題視するとは思えない」

「どうしてそう思われますか？」

「経験だ」

「もし、そうだとしても、私は最悪の事態に備える義務があると思います」

しばらく間があった。

「君は強情だな」

ついに、「貴様」から「君」になった。

「あまりそう言われたことはありませんが……」

「強情なら、私も負けんぞ。まあ、マスコミが騒ぎ立てたとしても、それは君の仕事だ。責任を取れよ」

「わかっております」

「明朝は早めに出る。長官が何か言ったら教えろ」

「わかりました」

電話が切れた。

受話器を置くと、竜崎は息をついた。

阿久根伸篤局長は、怒らせるとなかなか面倒な人だという評判だ。竜崎がなんとか落ち着いて対処できたのは、直属の上司ではないからかもしれない。

それからは、電話は鳴らなかった。

おそらく、今さかんに活動しているのは、さいたま市の現場にいる鑑識や捜査員たちだ。殺人事件ともなれば、県警本部からも捜査員が行っているだろう。

そこで集められた情報は、捜査本部の会議で発表され、捜査員全員に共有される。おそらく、綾瀬署の捜査本部には、埼玉県警からも捜査員が参加することになるだろう。

捜査本部では、鑑取り、地取り、手口、凶器などの捜査班に別れて、いよいよ本格的な捜査が始まる。

それまでは、おそらく警察庁にも記者発表に毛の生えた程度の情報しか入ってこないかもしれない。だが、その「毛」にあたる情報の中に大切なものがあるかもしれないのだ。

それが情報というものだ。問題は量や大きさではない。質なのだ。

何人かの課員が部屋にやってきて、そして出て行った。そのたびに、課長の竜崎がいるのを見て驚きの表情を見せた。親しげに声をかける者はいない。それが役所の中での竜崎の立場を物語っている。竜崎にはそう感じられた。

彼らも、政治家などからの質問を各部署に割り当てたり、回答を取りまとめるために徹夜の作業をしているのだ。都合よく課長がいるので、決裁を求めに来る者もいた。

阿久根からの電話を最後に連絡は途切れた。電話は沈黙している。竜崎は、午前中にやる予定だった仕事に手を着けた。時間を無駄にすることはない。

夜明け前に猛烈な睡魔に襲われた。若い頃には徹夜など平気だった。無理がきかない年になってきている。

現場の刑事たちは、竜崎と同じくらいの年齢でも捜査本部ができたりすると、不眠不休の捜査を強いられる。キャリアは頭脳労働でノンキャリアは肉体労働だと言ってしまえばそれまでだが、竜崎は体力的にも彼らに劣るのが悔しかった。

やがて夜が明けてきた。竜崎は外の空気が吸いたくなった。部屋を出てエレベーターで一階まで下った。

庁舎の外に出て警視庁の脇を通り、内堀通りまで出てみた。目の前に桜田濠《さくらだぼり》と皇居の緑が見える。

空が青みを増してくる。東の雲が金色に光っていた。

すっかり温かくなり、この時間帯でも肌寒さはまったく感じない。深呼吸すると、排気ガスの臭《にお》いもなく、まだ清冽《せいれつ》な空気が胸を満たした。本格的に動き出す前の東京は、静かですがすがしい。

そういえば、いつの間にかゴールデンウイークも終わったのだな。世の父親たちは、家族サービスでくたびれ果てたことだろう。

ちょっとだけ家族のことを思いやった。それから、踵《きびす》を返して庁舎に戻った。

6

月曜日の朝だ。総務課の業務はいつもと変わらずに始まった。

朝刊が届くとすぐに、谷岡広報室長が殺人事件の関連の記事をコピーして持ってきた。問題の記事は一つだけだ。谷岡が言っていたとおり、東日がスクープを抜いた形になった。

他紙は、ありふれた殺人事件と判断し、警察の発表を待つことにしたのだろう。

「新聞社から苦情は入っているか?」

竜崎は谷岡に尋ねた。

「記者クラブの連中はまだ何も言ってきません。おそらく、埼玉県警の記者クラブは、大騒ぎでしょうがね……」

「じきにデスクや部長クラスから文句が来るぞ」

「ええ、心得ています」

「刑事局の坂上と、警視庁の伊丹に連絡して、午前中の定例記者発表の内容を確認しておいてくれ」

「わかりました」

「伊丹は、朝一番で刑事局に報告に来ると言っていた。警視庁でつかまらなかったら、刑事局にいるかもしれない」

「了解です」

谷岡は、二階の広報室に戻っていった。

参事官か官房長からすぐに呼び出しがあるものと、竜崎は待ちかまえていた。だが、とっくに彼らが登庁している時刻となっても、誰からもお呼びはかからなかった。

午前十時。警視庁での定例の記者発表の時刻となった。それでも、誰も何も言ってこない。

竜崎は、いつ長官から質問があってもいいように、対マスコミの試案をあらかたまとめてあった。

十一時になり、しびれを切らした竜崎は、谷岡に内線電話をかけた。

「刑事局の坂上には会ったか？」

いつものように、簡潔に用件を切り出す。

「はい」

谷岡はこたえた。「会いました」

「どうして私に報告しなかった？」

「広報室に伝えることなどないと、坂上課長に言われましたので……」

竜崎は舌打ちしたい気分だった。

「警視庁の伊丹部長はどうした？」

「お会いしましたが、やはり記者発表を待ってくれと言われました。坂上課長に、事前の発言をひかえるように、釘《くぎ》を刺されていたようです」

「すでに警視庁の記者発表は終わっている。どんな内容だった？」

「特に発表はありませんでした。殺人事件については、埼玉県警が発表したようです」

言われてみれば当然だ。事件はさいたま市で起きた。

「だが、綾瀬署の暴力団員殺害の事案と関連があるだろう。それについて、伊丹は何も言わなかったのか？」

「何も言いませんでした」

「捜査本部のことは発表したのだろう？」

「はい。ただ、埼玉県警との合同捜査本部設置の理由については、手口が同じで、なおかつ同じ拳銃《けんじゅう》が使われた可能性が高いことを上げていました」

「記者からの質問は？」

「ありました。過去の事件が、今回の二つの殺人事件と何か関係があるのではないかと、質問した記者がいました」

「伊丹はどうこたえた？」

「慎重に捜査を進めている。現時点で言えることはそれだけだ、と……」

否定はしなかったということだ。あとの判断は記者に任せるということだろう。東日新聞が、抜いたことで、他社はかえって慎重になるかもしれない。

あとは、週刊誌やテレビのワイドショーの問題だ。過去の事件の被害者宅にワイドショーのレポーターが押し寄せるだろう。

「長官からは何も言ってこない……」

竜崎が、独り言のように言った。すると、谷岡が言った。

「すでに刑事局長が報告したようですよ」

竜崎は、顔をしかめた。

そういうことか……。

つまり、物事は竜崎の頭越しに進行したということだ。伊丹が坂上に報告する。坂上は刑事局長の阿久根に報告する。そして、阿久根が長官官房長か長官に報告する……。

竜崎は蚊帳《かや》の外に置かれた形になる。総務課の課長ごときの出る幕ではないということだ。

とたんに、ひどい疲労感を覚えた。

「マスコミの反応を追っかけて報告してくれ」

竜崎は、それだけ言って電話を切った。

庁内にあわただしい動きは見られない。

二つの殺人事件というのは、竜崎が思っているほど重大なことではないのだろうか。

刑事局の坂上も阿久根も、地方警察に任せておけばいいという意味のことを言った。

その程度の事件なのだろうか。

竜崎にはわからなくなった。

この事件をきっかけに、また少年犯罪の量刑についての議論が再燃するのではないか。そこまで考えていたのだ。

たしかに少年法の問題は、警察庁の管轄《かんかつ》ではない。法務省の縄張りであり、法律を作るのは国会議員の仕事だ。少年法を改正するにも、法務省が原案を作り、内閣法制局で審査が行われ、閣議決定の後に法務委員会で討議される。そして国会で形ばかりの論議を経て、与党の賛成多数で可決される。

だが、その法律を実際に運用するのは、司法警察なのだ。

そういえば、伊丹が、この事件は警察庁内では、それほど取り沙汰《ざた》されないだろうという意味のことを言っていた。

そのときは、反発したのだが、今になって思えば伊丹が正しかったような気がする。つまり、警察庁内では、誰も今回の二件の殺人事件をそれほど重要なこととは考えていないのだ。

長官官房全体で取り組むのなら、総務課にも何かの指示や問い合わせがあるはずだ。だが、刑事局だけが動いている。つまり、通常の事件と変わりないということだ。

そんなはずはない。

竜崎は思った。

今はマスコミも慎重に対応している。だが、火種がくすぶっているようなものだ。そのうちに大火事のような騒ぎとなるに違いない。

おそらく伊丹もそれに気づいているはずだ。だが、刑事局の反応が鈍いのだ。伊丹は、あくまでも刑事局の指示に従わなくてはならない立場だ。しかも、伊丹が言っていたように、警察庁内の横の連絡は、決して充分とはいえない。

捜査第一課の坂上課長は、官房の総務課あたりがちょろちょろするなと考えているのだろう。

省庁間だけでなく、庁内にも縄張り意識があるのだ。それが役人の習性だ、といってしまえばそれまでだが……。

疲労感が募った。深夜からここに詰めていたのだが、それはまったくの無駄骨だったようだ。

何度か広報室の谷岡と連絡を取ったが、特に変わった様子はなかった。広報室では、新聞やテレビをモニターしていたが、世間もそれほど騒がしくはないようだ。

連絡を取った際に、電話の向こうで谷岡が言った。

「おそらく新聞各社は、東日の勇み足という形にしたいのでしょう」

あり得ない話ではない。

普段、報道の自由などと偉そうなことを言っているが、所詮《しょせん》新聞など売り上げ競争をやっているに過ぎない。あるいは、名誉のために、抜いた抜かれたを競っているだけなのだ。崇高な報道の理念などは、口先だけに過ぎないと竜崎は思っている。

テレビなどはもっとひどい。放送は、速報性があるなどといいながら、その実、ニュースの内容は新聞の後追いでしかない。朝刊で報道されたことを、繰り返し放送するだけだ。ワイドショーなどは、新聞で報道され、しかもテレビ・ラジオのニュースで繰り返し報道された内容を、興味本位に加工するだけだ。

東日は、二件の殺人事件の被害者が、過去の悲惨な事件の加害者だったことを報じた。だが、警察は過去の事件と今回の二件の殺人事件の関連をはっきりとは発表していない。

他社は足並みをそろえて東日の記事の反響を見守ることにしたのかもしれない。おそらく、東日の記事が人権問題などに発展することを望んですらいるだろう。

もしそうなったら、腐肉に群がるハイエナのように、他社はいっせいに東日を非難するような記事を書くだろう。

ばかばかしい。

だが、竜崎はそれだけで済ませたくはなかった。深夜からの仕事を徒労に終わらせようとは思わない。

刑事局がどう判断しようと、二つの殺人事件は、大事件への要素をはらんでいる。そんな気がしてしかたがなかった。

単なる勘ではない。経験からの読みだ。そして、警察官僚としての当然の良識だ。

退庁時刻間際《まぎわ》に、竜崎は伊丹に電話してみた。伊丹は綾瀬署の捜査本部に行っているという。現場主義を貫いているようだ。警視庁の自室にいるよりも、現場にいたほうが目立つ。その点が伊丹のお気に入りなのだ。番号を聞き、そちらにかけ直した。若い声がまず応答した。捜査本部の連絡係だろう。すぐに伊丹に代わった。

「どうなっている?」

竜崎は尋ねた。

「なんだ、警察庁から電話だというから何事かと思ったら、おまえか……。捜査は始まったばかりだ。まだ、進展はない」

「使用された凶器とかはある程度わかっているんじゃないのか?」

「新聞を読めよ。それ以上のことは捜査上の秘密だ」

「俺は外部の人間じゃない」

「捜査本部以外の人間は誰であろうと外部の人間だよ」

「情報が必要なんだ」

「俺も同じ気持ちだな」

「現時点でわかっていることを教えろ」

「おい、最初の事件のときに箝口令《かんこうれい》を敷けと言ったのはおまえだぞ。捜査情報をおいそれとしゃべるわけにはいかない」

竜崎は、気づいた。

伊丹の周囲にはいろいろな人間がいる。警視庁や所轄の幹部、埼玉県警の幹部、さらには方面本部からかき集められた所轄の捜査員たち……。

そんな状況で、相手が誰であろうと捜査情報をぺらぺらとしゃべるわけにはいかないのだ。

「わかった」

竜崎は言った。「また連絡する」

電話を切ると竜崎は帰り支度を始めた。いつもは、九時過ぎまで残業をするのだが、今日はさすがに疲れていた。机を片づけて立ち上がった竜崎に、課員たちが、控えめだが明らかに奇異なものを見る眼を向けてきた。

俺が早く帰るのが、そんなに珍しいか。

竜崎は心の中でそうつぶやいていた。

自宅に戻ると、課員たちと同じくらい驚いた顔で妻が迎えた。

「あら、こんなに早く……。場合によっては何日か帰れないかもしれないって言ってたのに……」

「ちょっと事情が変わってな……」

「なら、電話をくれればいいのに……。これから食事の支度をしなくちゃ……」

「ああ、食事は後でいい。風呂《ふろ》に入ってしばらく休む」

家に戻ると、ぐったりと疲れているのを意識した。庁内にいるときの高揚感が消え失《う》せ、竜崎は抜け殻のようになってしまう。疲労の固まりと化した体を引きずるようにしてリビングルームのソファに座り込んだ。

着替えるのもおっくうだ。

テレビをつけてニュースでも見ようとしたが、民放はどこもお笑いタレントなどが出演しているバラエティー番組ばかりだ。ＮＨＫのニュースもすでにスポーツニュースの時間になっている。

テレビを消して、ソファにもたれていた。妻の冴子がやってきて話しかけた。

「ちょうどよかった。ちょっと相談したいことがあったの」

「美紀のことなら、おまえに任せてある。どうせ、話をしても無駄だ」

「そうじゃなくて、邦彦のことなのよ」

「邦彦がどうした？」

　ソファにだらしなく身を投げ出したまま、気乗りしない態度で尋ねた。

「部屋からずっと出てこないのよ。部屋に入ろうとするとひどく不機嫌になるし……。このままだと、引きこもりになっちゃうんじゃないかと思って」

「何をばかなことを……。受験生なのだから部屋で勉強しているのはあたりまえじゃないか。ちゃんと予備校に行っているんだろう」

「本人はそう言ってるけど……」

「ならば、心配ない」

「煙草《たばこ》を吸ってるみたいなのよ。時々、臭《にお》いがする」

　竜崎は煙草を吸わないから、誰かが吸っていれば、妻はすぐにその臭いに気づくだろう。

　邦彦は十八歳だ。未成年だから、煙草を吸うのは法律に触れる。警察官僚の息子が法律違反をしているというのは、たしかに問題だが、高校を卒業しているのだし、煙草くらいなら大目に見てもいい。それが社会的な常識だろう。

　法と原則を重視する竜崎も、それくらいの許容範囲は認めている。方便というやつだ。

「そのうちに様子を見てみる」

「そのうちにって……。あなた、いつも帰ってきてそのまま寝ちゃうじゃない。今日はいいチャンスだと思うけど……」

「夜中から役所に行っていたのは知ってるだろう。くたくたなんだ」

「息子の部屋をのぞくくらい、何なのよ。風呂に行くついでにちょっと顔を出せばいいだけでしょう」

その風呂も面倒くさくなりつつあった。このままベッドに潜り込みたい。

竜崎は溜息《ためいき》をついて立ち上がった。

妻の冴子は、ほとんど感情的になることはない。家のことは任せっきりだし、転勤の多い仕事で苦労をかけたが、文句を言われたこともない。

それが妻の手なのだと竜崎は思っている。下手に出るふりをして、こちらに負い目を感じさせるのだ。わかっているのだが、たいてい妻のもくろみは成功する。

竜崎は常にたてまえを貫こうとする。妻はたてまえが通用しない数少ない相手の一人だ。

「わかった」

竜崎は立ち上がった。邦彦の部屋に向かった。

邦彦の部屋は玄関に一番近い。リビングやダイニング・キッチンにいたる短い廊下にドアがある。そのドアの前に立ったとき、たしかに、煙草のような臭いがした。

竜崎はふと眉《まゆ》をひそめた。

明らかに普通の煙草とは違う。たしかに煙草なのだが、それにかすかに別の臭いが混じっている。竜崎はその臭いに覚えがあった。地方回りの研修の最中に嗅《か》いだことがある。どこの署だったか忘れたが、保安課（現在は生活安全課）で見習いをしていたときのことだ。

竜崎はノックもせずにドアを開けた。

ベッドに横たわっていた邦彦が慌《あわ》てて起きあがった。その眼が妙にとろんとしている。彼はたしかに煙草を指に挟んでいた。だが、ただの煙草でないことは、ベッドの脇《わき》にある小さなテーブルの上を見てわかった。

そこには、小さなプラスチックの筒状のケースがあり、中にやや茶色がかった白い粉が見て取れた。

煙草を手にしたまま邦彦は凍り付いたように身動きをしない。竜崎も戸口で立ち尽くしていた。

どれくらいそうしていただろう。竜崎はテーブルに歩みより、小さな白いケースに手を伸ばした。邦彦は慌ててそれを脇から奪い去ろうとした。だが、その動きは緩慢で竜崎のほうが早かった。ケースの中身はすぐにわかった。ヘロインだ。邦彦はヘロインの粉を煙草の先につけ、吸っていたのだ。まだ初心者のやり口だ。アルミホイルに載せて直接あぶった煙を吸引したり、注射するまでには至っていないのだ。

竜崎はじっとヘロインが入ったプラスチックのケースを見つめた。そのとき、不思議な気分になった。

息子がヘロインを使用していたという衝撃よりも、使用の現場を押さえたという警察官の喜びを一瞬感じたのだ。

竜崎はそのことに戸惑いを覚えていた。邦彦は何も言わない。その指に挟まれた煙草から灰がぽろりとベッドの上に落ちた。

「火を消しなさい」

竜崎は言った。

邦彦はその言葉に従った。ヘロインの影響は、わずかにその眼と表情に見られるだけだ。行動にはほとんど影響は出ない。

おそらく幸福な気分に浸っているところに、突然邪魔者が入り、ひどくいらついているはずだ。

もし、あまり慣れていないとしたら、じきに吐き気や発汗に見舞われるはずだ。

「いつからやってるんだ?」

「いつからって……」

邦彦は眼を合わせない。

「母さんが、最近煙草の臭いがすると言っていた。常習していたのか?」

「そんな大げさなことじゃないよ……」

「おまえはわかっていない」

竜崎は、つとめて冷静な声で言った。「麻薬ならびに覚醒剤《かくせいざい》の使用は重大な犯罪だ。その現場を押さえられたんだ。言い逃れはできない」

「まさか、こんな時間に父さんが帰ってくるとはな……」

独り言のような言い方だ。

「どこで手に入れた?」

「予備校に売りに来るやつがいるんだ」

「どんなやつだ? 名前は?」

「そんなこと、言えねえよ」

いっぱしの悪党気取りだ。だが、気取っているだけだ。

竜崎は、ヘロインが入った白いプラスチックの容器をポケットにしまった。邦彦はそれを恨めしそうに横目で見ている。

「今日から外出は許さない」

「予備校はどうするんだよ」

「こんなものを買うくらいだ。どうせ、まともに勉強なんてしてないんだろう」

邦彦はむっとした顔をした。

「勉強してるさ。だから、気晴らしにやっただけだ。これくらいしか気晴らしがないんだよ。高校時代も勉強、勉強で、ようやく一流の私立に受かったのに、東大以外はだめだって言って、また一年間受験勉強だ。気晴らしくらいしたくなるじゃないか」

気晴らしで麻薬に手を出す。その気持ちが信じられなかった。だが、おそらく今の若者にとってドラッグはそれくらい身近なものになっているのだろう。

若年層の薬物汚染については、警察庁でも全国の警察に向けて特に注意を促している事項だった。

「どんなに勉強しても、もう無駄だ」

竜崎は言った。

それが事実だった。麻薬・覚醒剤の売買、使用の前科がある人間が国家公務員になることはあり得ない。

竜崎は怒りよりも、ひどいむなしさを感じていた。

「いいか。家から一歩も出るな。母さんにもそう伝えておくからな」

竜崎が部屋を出ようとすると、邦彦が言った。

「俺、どうなるんだ?」

ようやく事態の重大さが呑《の》み込めてきたようだ。

「これから考える」

竜崎はそう言って部屋を出てドアを閉めた。

そのままドアにもたれた。

じわじわと衝撃がやってきた。

息子が麻薬を購入し、使用した。

それは単に息子だけのことでは済まない。竜崎自身の今後に関わるのだ。警察官僚の息子が逮捕される。それはとんでもない不祥事だ。今後の出世などもう望めない。いや、それどころか、警察庁を辞めなければならないかもしれない。職を失うのだ。

この官舎扱いのマンションも追い出されることになる。美紀の縁談もなかったことになるだろう。もう、美紀が迷おうが迷うまいが、先方から断られるに決まっている。警察官僚が、息子と刑法犯の姉との縁談を承諾するはずがない。

足元にぽっかりと真っ暗な穴があいてしまったような気がした。

竜崎の将来は、これですべて失われたことになる。首筋から後頭部がすべてしびれてしまったようで、思考がまとまらない。

とにかくとんでもないことになった。

絶望と怒りがない交ぜになり、自分でもどうしていいかわからない。

気晴らしだと……。

竜崎は、邦彦の言葉を思い出した。

気晴らしで、俺の将来と家族全員の生活をめちゃくちゃにしたというのか。

もし、邦彦が俺のことを怨《うら》みに思い、復讐《ふくしゅう》しようとしていたのなら、それは成功したことになる。

これ以上の復讐はない。

リビングルームのドアが開いた。飾りガラスをはめ込んだドアだ。その隙間《すきま》から冴子の顔がのぞいた。

竜崎は邦彦の部屋を離れて、リビングルームに向かった。冴子が声をかけてきた。

「だいじょうぶ？　顔色が真っ青……」

「だいじょうぶだ」

竜崎は言ったが、とてもだいじょうぶという気分ではなかった。再びソファに腰を下ろした。自分がどこを見ているのかわからない。

「邦彦、どうだった？」

冴子に声をかけられても、生返事をするのが精一杯だ。

冴子がもう一度尋ねた。

「邦彦、どうなの？」

竜崎はようやく顔を上げた。

冴子の質問の内容が、霧の向こうから現れるように、ようやく竜崎の脳に届いた。

「外出させるな」

竜崎は言った。

冴子は眉をひそめた。

「どうしてです？　何があったんです？」

竜崎はひどく苛立《いらだ》った。おまえの質問にこたえている場合じゃないんだ。そう怒鳴りたかった。だが、それではあまりに妻に申し訳ない。妻は何も知らないのだ。

「予備校へ行っても、あまり勉強の効果が上がっていないようだ。もともと、有名私立に合格する能力はあるのだから、自宅で勉強に専念したほうがいい。外に出ると、何かと誘惑も多い」

精一杯の説明だった。竜崎の頭はまだ混乱しきっている。

「それじゃ軟禁じゃないですか」

「受験生なんてそんなものだ」

「たまには、気晴らしだって必要でしょう」

「気晴らし」という言葉が、竜崎の胸に鋭く突き刺さった。

「いいから、言うとおりにしろ」

思わず声が荒くなった。

「はいはい、わかりました」

妻は、そう言うと台所に向かった。

竜崎は、ソファに座ったまま自分の手を見つめていた。

すべてが終わったのだ。

小学校のときから、一所懸命勉強をして東大に入り、そして国家公務員甲種試験に合格した。希望通りキャリア警察官となり、警察庁長官官房の総務課長まで出世の階段を昇ってきた。

だが、それがすべて終わる。これまでの苦労が一瞬にして無駄になる。

これからどうすればいいんだ。

ただ茫然《ぼうぜん》とするだけだった。公務員を首になったら、何をして生きていけばいいのだろう。

竜崎の人生設計はすべて、定年まで警察官僚を続けるという前提で組み立てられていた。民間の企業のようにリストラにあう心配もなかった。

定年まで勤めれば、民間企業では考えられないくらいの優遇措置がある。退職金もたっぷりもらえ、関連の特殊法人か独立行政法人に天下りできるかもしれないと考えていた。恵まれた年金も支給される。死ぬまで、家族ともども生活の心配などないはずだった。

だが、その生活設計はすべてむなしく消え去った。今さら再就職しようにも、警察庁を首になった人間などどこも受け容《い》れてはくれないだろう。

どういう形で退職するかも問題だった。本人の不祥事ではないので、懲戒免職ということはないだろう。せめてもの情けで、依願退職という形にしてもらえるかもしれない。

そうなれば、相応の退職金ももらえる。だが、それが何になるだろう。

警察官僚として定年まで生きていくことだけを考えていた竜崎には、手に職などない。公務員は、いざとなるとつぶしが利《き》かない。だからみな、不祥事を恐れるのだ。出過ぎたことをせず、過去の例を踏襲することだけを考える。出る杭《くい》は打たれるからだ。

今になって、それを思い知らされた。

竜崎自身は、何の問題もなくこれまで勤めてきた。まさか、家族によってその経歴と将来をぶち壊しにされるとは思ってもいなかった。

邦彦には、それなりに期待をかけていた。だからこそ、東大に入れと言ったのだ。ほかの誰でもない邦彦自身のためだと思ってのことだった。

だが、その気持ちは伝わっていなかった。伝わるどころか逆恨みされていたのかもしれない。

家族のことは、妻に任せていた。それが間違いだったのだろうか。妻を責めても仕方がない。だが、責めずにはいられない気持ちだった。

おまえはいったい、何をしていたんだ、と……。

家族をないがしろにしてきた報いだとでもいうのだろうか。それは、あまりに残酷だ。竜崎は、国のために公私の境なく働いてきたつもりだ。家庭をないがしろにしてきたわけではない。プライオリティーをきっちりと定めていたに過ぎない。

家族には、満足できる生活レベルを保障してきたはずだ。それでも父親の役割を果たしていないというのなら、国家公務員は家族など持つべきではない。特に、国の安全保障を担《にな》う警察庁の職員はそうだ。竜崎はそこまで考えて、今さらそんなことを考えてもどうしようもないと思った。

何もかもが手遅れだ。時間を戻すことはできない。

無意識のうちに溜め息をついていた。

冴子が台所から顔をのぞかせた。

「あら、まだお風呂《ふろ》に入っていなかったの？　沸いてるわよ」

竜崎は生返事をする。

今まで自分がほとんど身動きもしていなかったことに気づいた。

とにかく風呂に入らなければ。今、竜崎に必要なのは、少しでも日常性を取り戻すことだった。

のろのろと立ち上がり、寝室で背広からパジャマに着替える。いつも、帰りが遅いのでそれが習慣となっている。

うまくズボンをハンガーにかけることができない。手がうまく動かないのだ。精神的なショックのせいだろう。

絶望感がこんな行動にまで影響を及ぼすことに驚いた。

小さな声で罵《のの し》りながら、ようやくズボンと上着をハンガーにかけてクローゼットにしまった。

風呂に向かい、パジャマを脱ぐ。掛け湯をして湯船につかる。肉体的な感覚が消失してしまったようだ。

ただ自動的に動いているだけで、湯に浸《つ》かったときにいつも感じる、あの思わず声が洩《も》れるような快感もない。

湯に浸かっている間も、邦彦の不祥事が頭を離れない。

もう、怒っていいのか、悲しんでいいのか、嘆いていいのかもわからない。

たぶん、そのどれでもないのだろう。

さすがに、少しだけ落ち着きを取り戻し、思った。

官僚たるもの、どんな問題が起きても、その対応策を考えなければならない。これまで、上司や他省庁や委員会などからの、どんな無理難題も切り抜けてきた。

キャリアの武器は、頭脳だ。それしかない。

だが、冷静に対応策を考えるには、もっと時間が必要だった。あまりに、問題が身近で大きすぎた。

今夜は眠れそうにない。
竜崎はまた、溜め息をついていた。

警察庁にいても、邦彦の問題が頭から離れない。昨日、邦彦の部屋でヘロイン使用の現場を目撃した直後は、世界の終わりが来たような気分だった。

昔の武士が切腹した気持ちがよくわかった気がした。

一晩経《た》った今も、気持ちはそれほど変わってはいない。だが、ただ絶望していてもはじまらないと考えるだけの冷静さを取り戻していた。日常の業務になるべく支障をきたさないようにしなければならない。さらに、不自然な態度を取らないようにしなければならない。

7

竜崎は、淡々と仕事をこなしていった。だが、ときおり手が止まってしまう。ぼんやりと考え事をしてしまうのだ。

切り抜けられない危機はない。これまで、竜崎はそう信じていた。だが、今回だけは対応策が見つからない。

相談する相手もいない。今さらながら、官僚の世界というのは、孤独なものだと思い知らされた。いや、竜崎自身が故意にそういう世界を自分のまわりに築いていたのかもしれない。

午後に伊丹から電話が来た。

「あれっきり何の連絡もないとは、おまえらしくないな」

伊丹が言った。

そうだった。もう一度伊丹と連絡を取ろうと思っていたのだ。捜査本部内にいては無理でも、外に出れば何か話してくれるのではないか。そう考えていたのだ。

だが、邦彦の部屋を訪ねて以来、それどころではなくなっていたのだ。

伊丹の声が続いた。

「捜査の進展状況が知りたいと言っていたのは、単なるポーズだったのか？」

「いや、そうじゃない」

「どうしてこの殺人に興味を持つ？」

「マスコミの恰好《かっこう》の餌食《えじき》だからだ。大きな騒ぎに発展しかねない」

しばらく間があった。おそらく、何か考えているのだろう。

やがて、伊丹は言った。

「銃弾の線条痕《せんじょうこん》が一致した。二件の殺人は、同一の拳銃《けんじゅう》による犯行だ」

携帯電話からかけているようだ。明らかに周囲に人がいない様子だ。

「連続殺人ということか。じゃあ、この先も続く可能性があるということだ。例の事件に関わって、すでに出所している者は、殺された二人以外にもいるはずだ」

「あの事件で懲役刑となったのは、四人。主犯格はまだ服役中だ。残るは一人だが、当然、捜査本部ではマークしている」

「保護処分で、少年院送りになった者もいたはずだ」

「抜かりはない」

「そうか……」

「なんだ、それだけか？　ほかに訊《き》きたいことはないのか？」

「訊きたいこと……？」

「犯人像とか、捜査本部の筋とか、いつものおまえならもっと突っ込んでくるだろう。何かあったのか？」

どきりとした。

「別にいつもと変わらんよ。それで、捜査本部ではどんな犯人像を考えているんだ？」

「過去の事件の関係者と、それ以外の場合と両面で捜査している」

「わかった……」

「本当に具合でも悪いんじゃないのか？」

「なぜだ？」

「『それ以外の場合』という言葉に食いついてくると思っていたがな……」

たしかにそうだ。言われてみれば含みのある言葉だ。伊丹は、聞き返されることを予想して言ったに違いない。

「おまえのもったいぶった言い方に付き合っている暇はないんだ。どういうことなんだ？」

「いわゆる社会正義だ」

「社会正義……？」

「当然おまえも予想していたことと思ったがな。集団で、若い女性を誘拐・監禁し、暴行した挙げ句に殺した。ただ性欲のはけ口にするためにだ。そして、そいつらは殺人と死体遺棄のあとにも、さらに強姦《ごうかん》事件を起こしている。そんなやつらが、たった数年で出所して、社会に復帰している。それを、許せないと考えるやつは多い。日本の少年法はどうかしていると、俺も思う。最近の非行少年の再犯率は異常に高い」

伊丹の言いたいことはわかる。そんなやつらは、殺されて当然というわけだ。だが、警察官僚としては、口が裂けてもそんなことは言えない。

たしかに、少年法の量刑や家庭裁判所の審判については、多くの人が疑問を抱いているに違いない。伊丹は、今回の殺人犯に好意的な社会的反応が見られる恐れがあると示唆《しさ》しているのだ。事情がどうあれ、殺人犯が世に歓迎されるなど、あってはならない事態だ。

時代劇では、法で裁けぬ悪人を密《ひそ》かに抹殺するというような内容の人気シリーズもあった。だが、現実にそんなことを許したら刑事政策は立ちゆかなくなる。私刑は断じて許すわけにはいかないのだ。伊丹は、世間の反応に注意する必要があることを、竜崎に伝えようとしているのだ。

だが、竜崎はまったく別のことに反応していた。

そうか。少年犯罪か……。

邦彦はまだ少年だ。そして、家裁による少年事犯の審判は、非公開が原則だ。実名も報道されない。

そこに、何か抜け道があるかもしれない。

「おい、聞いているのか？」

伊丹の声がした。

「聞いている。おまえの言いたいことはわかった。留意しておく」

「捜査第一課の坂上に気をつけろ。どうやら、おまえのことを嫌っているようだ」

やはり、竜崎を蚊帳《かや》の外に追い出したのは坂上だったようだ。

「好かれようが嫌われようが、そんなことは気にしない」

伊丹の含み笑いが聞こえた。

「ようやくおまえらしい言葉が聞けた」

電話が切れた。

今は、坂上のことなどどうでもいい。絶望の中に一筋の光明を見つけたような気分だった。それはほんとうにかすかではあるが、たしかに闇夜《やみよ》の光のように感じられた。

少年犯罪。それは、抜け道になりうるかもしれない。

まだ、具体的にはどうしていいのかわからない。だが、八方ふさがりと感じていた先ほどよりはずっとましな気分だった。

そうだ。前例を調べなければならない。

竜崎は思った。

家族の不祥事によって辞職に追い込まれた警察官僚の例を調べるのだ。絶望的な気分で、警察庁を辞めなければならないと決めてかかっていたが、もしかしたら事態はそれほど悪くはないかもしれない。

息子が麻薬を使用したというのは、たしかにとんでもない不祥事だ。だが、今のところ、その事実を知っているのは竜崎と邦彦の二人だけだ。いや、正確にいうと邦彦にヘロインを売った人間がいるはずだし、予備校の知り合いで邦彦がヘロインを使用していることを知っている者もいるかもしれない。その点については、邦彦から詳しく聞き出さなくてはならない。

殺人事件などどうでもいい。どうせ、捜査第一課の坂上や刑事局長の阿久根は竜崎を無視しようとしているのだ。

たしかに、総務課長の出る幕ではないのかもしれない。彼らがそう言うのなら、刑事局に任せてしまえばいい。何も自分から仕事を増やすことはない。

警察庁の人事課に、家族の不祥事云々《うんぬん》の記録が残っているはずはない。竜崎は記憶をたどった。身近な人物で過去にそのようなことがあっただろうか。

思いつかなかった。入庁してから二十年以上が過ぎ、これまで多くのキャリア警察官と出会ったが、家族の問題で警察庁を辞めたという人物は記憶になかった。

家族どころか、本人の不祥事で懲戒免職になった知り合いもいなかった。

では、家族が何か問題を起こしたという噂《うわさ》はどうだっただろう。あらためて考えてみると、そういう例をまったく思い出せなかった。

警察官僚というのは、おそろしく用心深い人種だということが実感された。また、竜崎が他人の私生活に無関心なせいもあるかもしれない。

噂話などに興味がないのだ。

法的にはどういうことになっていただろう。噂や記憶より、そちらのほうが重要なはずだ。竜崎はあらためて、警察法を確認した。

第三十四条の四項に、「警察庁に置かれる職員の任免、昇任、懲戒その他の人事管理に関する事項については、国家公務員法の定めるところによる」とある。

そんなことは、先刻承知だが、法律に関することは、一字一句をちゃんと確認する必要がある。

国家公務員法によれば、国家公務員の人事については、すべて人事院が司《つかさど》ることになっている。

では、人事院が国家公務員を降任あるいは免職にできるのはどういう場合か。その規定は国家公務員法の第七十八条に明記してある。

「職員が、左の各号の一に該当する場合においては、人事院規則の定めるところにより、その意に反して、これを降任し、又は免職することができる。

一　勤務実績がよくない場合
二　心身の故障のため、職務の遂行に支障があり、又はこれに堪えない場合
三　その他その官職に必要な適格性を欠く場合
四　官制若《も》しくは定員の改廃又は予算の減少により廃職又は過員を生じた場合」
竜崎はその条文を何度も読み返した。

また、同法の第七十五条にはこういう文言がある。

「職員は、法律又は人事院規則に定める事由による場合でなければ、その意に反して、降任され、休職され、又は免職されることはない」

この第七十五条は、国家公務員の身分保障を定めている。つまり、七十八条に書かれている条件に該当しない場合は、降格人事も免職もないということだ。

人事院規則はどうなっていただろう。

竜崎は、あらためて読み返してみた。

第一章「総則」の第二条に「いかなる場合においても、法第二十七条に定める平等取扱の原則及び法第三十三条に定める任免の根本基準並びに法第五十五条第三項及び法第百八条の七の規定に違反して職員の任免を行つてはならない」

文中の法第二十七条というのは、国家公務員法の第二十七条のことで、いかなる差

別もしてはいけないという意味のことが書かれている。

第三十三条の「任免の根本基準」というのは特に重要だ。

竜崎は、再び国家公務員法に戻り、熟読した。第三項に次のように書かれている。

「職員の免職は、法律に定める事由に基いてこれを行わなければならない」

つまり、第七十八条の条件だ。

そこで、竜崎はまた第七十八条を読み返した。

一号と二号に関しては問題はないと思った。勤務実績があるからこそ、警察庁の課長職になれたのだし、心身の健康にも問題はない。四号に関しても、特に組織改編の動きがあるわけではない。

問題は三号だ。

「その他その官職に必要な適格性を欠く場合」

この文言は微妙だ。

家族が刑法に抵触するということが、警察官という官職に必要な適格性を欠いているかどうか……。人によっては、あくまで法で規定しているのは本人の問題であって、家族の行動まで規定しているわけではないと言うだろう。

だが、別の考え方をする者もいる。子供に刑法犯がいるということは、家族を監督することもできないことを意味しており、当然警察官あるいは警察官僚として失格だ、と。

法解釈としては、前者が正論だろう。だが、役所の雰囲気としては圧倒的に後者が優勢だという気がした。

第三十八条には、官職につく能力のない者を規定してある。

その一は、成年被後見人又は被保佐人。その二は、禁錮《きんこ》以上の刑に処せられ、その執行を終わるまで又は執行を受けることがなくなるまで。その三は、懲戒免職の処分を受け、当該処分の日から二年を経過しない者。

その四は、人事院の人事官と事務総長に関する規定なので関係はない。

その五は、暴力的な政党や団体を結成したり、加入した者。

本人が禁錮以上の刑に処せられても、その執行が終われば、または、執行猶予《ゆうよ》期間を何事もなく過ごせば、官職につく資格はあるということだ。

また、懲戒免職になったとしても二年経《た》てば、だいじょうぶということになる。

条文だけを読めば、ずいぶん緩やかな規定だという気もするが、実際には前科持ちが国家公務員になることなどない。

特別職と呼ばれる国会議員秘書や国務大臣ならば、例外もあり得るかもしれない。

だが、一般職では無理だ。

法律と実際の隔たりは大きい。

だが、法律は法律だ。三十八条を読む限り、竜崎に官職の資格が欠けていることにはならない。

第八十二条では懲戒の条件が記されている。

「一　この法律若しくは国家公務員倫理法又はこれらの法律に基づく命令に違反した場合
二　職務上の義務に違反し、又は職務を怠つた場合
三　国民全体の奉仕者たるにふさわしくない非行のあつた場合」
条文をそのまま受け止めれば、竜崎は懲戒には当たらない。

つまり、家族が法律に触れたからといって国家公務員が職を辞さなければならないなどとは、どの条文にも明記されてはいないのだ。

それどころか、第八十九条には、降給、降任、休職処分、免職、あるいは懲戒処分をする場合は、その事由を明記した説明書を交付しなければならないと書かれている。

そして、職員が不利益な処分を受けたと思った場合は、説明書の交付を請求することができる。

また、第九十条で、こうした処分を受けた場合、人事院に対して行政不服審査法による不服申立てをすることができると定められており、さらに第九十一条により、不服申立てを受理した場合、人事院又はその定める機関はただちにその事案を調査しなければならないことになっている。

今まで、免職だの懲戒処分だのという項目など熟読したこともなかった。

国家公務員法を読む限りは、竜崎は処分の対象にはならない。最悪の事態は、懲戒免職ということだが、どうやらそれは免れることができるようだ。

だが、だからといって安心はできない。

やはり、七十八条の三号は気になる。

「その官職に必要な適格性を欠く場合」

このどうとでも解釈できる一文が、最大の曲者《くせもの》だと思った。

さらに、役所勤めは首にならないからいいというものではない。おそらく、免職を免れたとしても、今後の出世は一切望めないだろう。降任もやむを得ないかもしれない。さらに、職員たちから冷たい眼を向けられつづけることだろう。その精神的な苦痛に耐えなければならないのだ。

だが、昨夜の絶望からは徐々に解放されてきたことも事実だ。大きな問題だが対処する方法がありそうだ。そう思うだけでずいぶんと気が楽になる。あとは、慎重にやるだけだ。事を急いで、何もかもぶち壊しにするわけにはいかない。

麻薬・覚醒剤《かくせいざい》使用に関する少年犯罪の量刑も調べておかなければならない。竜崎は、法律関係の書物を片づけ、何くわぬ顔で通常の仕事を始めた。

8

「邦彦は言われたとおりにしているか？」

帰宅すると、竜崎は妻の冴子に尋ねた。

「ええ。おとなしくしてるわよ。でも、外出くらいいいじゃない、いくら受験生だからって……」

「いいから、しばらく俺の言うとおりにしてくれ」

「あなたも、東大に入るまで、そんな受験生だったんですか？」

「何だって？」

唐突な質問に感じられた。

「部屋に閉じこもって勉強ばかりしていたのかって訊《き》いてるのよ」

「そんな昔のことは覚えていない」

「だからみんな世間からずれているのね」

「みんなって誰のことだ？」

「お役所の官僚」

「その官僚の給料のおかげで暮らしているんじゃないか」

「そりゃそうですけどね。官僚がもっと世の中のことを理解していれば、この国ももっとよくなるんじゃないかって思ったの」

どうせ、年金問題かなにかのテレビ番組でも見たのだろう。

「官僚といってもいろいろいるんだ」

竜崎はいつものように着替えるとすぐに食卓に着いた。

妻がビールを持ってくる。

「そう。いろいろよね。伊丹さんみたいな人もいるし……」

竜崎は、驚いて妻の顔を見た。

「あいつが何だというんだ?」

「あたしが会ったキャリアの中で、一番まともな人よ」

「なんであんなやつが……」

思わず吐き捨てるように言った。

妻は、竜崎と伊丹が小学校時代からの知り合いだということを知ってはいるが、竜崎が伊丹のグループにいじめられていたことは知らない。

「庶民の側に立ってくれる。そんな気がする。警視庁の刑事部長さんでしょう？　きっと現場のこともわかってるわね」

「ああ、そうかもしれんな」

伊丹は、見るからに快活で颯爽《さっそう》としている。さかんに現場に顔を出し、外面《そとづら》はいいから、庶民の受けはいいに違いない。だが、それはあくまで彼のパフォーマンスなのだ。もちろん、冴子はそんなことは知らない。

だんだん竜崎のこたえは生返事になってくる。

伊丹のことなどどうでもいい。

「刑事部長って、偉いんでしょう？」

「キャリアだからな」

竜崎は夕刊を眺めながら、夕食の総菜を肴代《さかな》わりにつまみはじめた。

「所轄《しょかつ》の人から見たら、雲の上の人だって……」

俺だってそうなんだよ。

そう言いたかったが、言うのも面倒くさい。

たしかに、妻が言っている一面はある。都内の所轄にとっては、警察庁より警視庁本庁のほうがずっと関わりが深い。警察庁の役人に会うことはあまりないが、捜査本部などできれば、警視庁の刑事部長と顔を合わすこともあるだろう。特に、伊丹は現場主義らしいから、所轄の連中に顔が売れているかもしれない。

さらに妻が言った。

「そんなに不機嫌な顔しなくたっていいでしょう。伊丹さんの話題になると、決まってそんな顔するんだから……。やっぱりライバルなのね」

「ライバルなんかじゃない。たまたま、同期で小学校がいっしょだったというだけだ」

邦彦の麻薬使用が事件となったら、ライバルどころではない。永遠に伊丹には追いつけないはめになる。

胸の奥がかっと熱くなった。

あの伊丹に追い抜かれるのだ。追い抜かれるどころか、伊丹がはるかに手の届かない存在になるかもしれない。

それでは小学校のときと同じではないか。

竜崎は、そのことに気づいて耐え難い気持ちになった。

妻が笑った。

「またそんな顔をして……。あなたと伊丹さんは、あなたが思っているよりずっといいコンビだと思うわよ」

竜崎は驚いて妻の顔を見た。妻のほうもその反応に驚いたようだ。

「俺と伊丹がいいコンビだって？　それはどういう意味だ？」

「お互いにないものを補い合える。そう思っただけよ。どうしてそんなに怖い顔するわけ？」

「びっくりしただけだ。考えたこともなかったんでな」

「向こうはあなたのこと、けっこう気に入ってると思うけど……」

「あいつはいつも俺を変人扱いする」

妻がまた笑った。

「何がおかしい」

「だって、あなた変人ですもの。きっと誰もが思ってることよ。伊丹さんだから、直接本人に言ってくれるのよ」

「もうあいつの話はいい」

妻の笑顔を見ていると、腹が立ってきた。

自分の息子が部屋で麻薬を吸っていたんだぞ。進退に関わる一大事なのだ。

それを、けらけらと笑いやがって……。

竜崎は、心の中でそう毒づいていた。

妻を責めても始まらないことはわかっている。それに、今さら何を言っても遅い。

竜崎は無駄なことはしない主義だ。

「それにしても……」

妻が言った。「昨日はあんまり顔色が悪いんで、何かあったのかと思ったんですが、今日は、もうだいじょうぶそうね」

何がだいじょうぶなものか。

だが、何とか切り抜けなければならない。

邦彦の件が、美紀の迷いに終止符を打つことになるだろう。そして、それはおそらく美紀の望む結論ではないのだ。かわいそうだとは思うが仕方がない。美紀のことまでは頭が回らない。何とかダメージを最小限に抑える形で、邦彦の件に決着をつけなければならない。

それが現在の最優先事項だ。

邦彦の件は、急いで片を付けなければならないことはわかっていた。

だが、日常の業務をつつがなくこなさなければならない。つまらないところで、ボ口を出すわけにはいかない。

懸案事項を後回しにするというのは、竜崎らしくないのだが、事があまりに重大であり、なおかつ最良のシナリオができあがるまで、誰にも知られるわけにはいかなかったので、ついつい時間が過ぎてしまった。

伊丹から電話が来たのは、さいたま市の事件から一週間以上経《た》ってからのことだった。声に疲れが滲《にじ》んでいた。

捜査本部は、一期二週間が目安となっている。一期が過ぎると、捜査員の数も大幅に減らされる。重要事案の早期解決をはかるというのが捜査本部の目的だからだ。被疑者逮捕に至らず、一期の半分が過ぎてしまったのだ。伊丹も心身ともに疲れ果てているはずだ。

「大森署管内で変死体が発見された。場所は平和島公園。多数の打撲傷があり、殺人事件として捜査が始まった」

「ちょっと待て」

竜崎は言った。「殺人事件を一々俺に報告することはないだろう」

「被害者の身元はすぐに割れた」

伊丹はかまわずに続けた。「宇部《うべ》隆夫《たかお》、三十八歳。犯行現場そばにある大手流通センターの職員だ。凶器は鈍器。撲殺だ。犯行時刻は、昨夜深夜から未明とみられている」

竜崎は、伊丹がわざわざ電話してきた理由もわからないまま、反射的にメモを取っていた。

伊丹の淡々とした説明が続いた。

「被害者は、過去にホームレスの傷害・殺人で逮捕され、保護処分で二年間少年院に入っていたが、その後社会復帰して、流通センター職員として働いていた」

「つまり、二件の殺人事件と関連があるということか？」

「そう考えるべきだろう。同一犯の犯行かどうかはわからない。手口は違うし、過去二件の犯行とは地理的にも離れている。だが、被害者が過去にホームレス殺人という重大な少年犯罪で逮捕された経歴があり、すでに社会復帰していたという点は見逃せない」

「同一犯でないとすれば、模倣犯……」

「どちらにせよ、やっかいなことだ」

「今後の対応は？」

「大森署と本庁の合同捜査本部を設置することになっている」

「今の捜査本部といっしょにするんじゃないのか？」

「同一犯だという根拠が薄い」

「慎重に考えろ。判断ミスは許されないぞ。同一犯だとしたら、別々に捜査するのは人員とコストの無駄だ」

「そんなことは百も承知だ。捜査のことはこちらでやる。おまえが、当初から今回の事件に興味を持っていたようなんで、連絡したまでだ」

竜崎は、ふと先日妻が言っていたことを思い出した。

伊丹と竜崎は、意外といいコンビかもしれないという台詞《せりふ》だ。

冗談じゃない。

竜崎は、思った。この先どうなるかはわからない。だが、現時点では伊丹は警視庁の部長に過ぎず、こちらは警察庁長官官房という国家警察の中枢《ちゅうすう》にいるのだ。

「いよいよマスコミが騒ぎ出すだろう」

伊丹が言った。「犯人に対して好意的な週刊誌の記事を見かけた」

「わかっている。犯罪の連続性が問題だ。マスコミの論調については、充分に注意を呼びかけるよ」

「こういう問題は新聞を押さえてもだめだ」

「誰にものを言ってるんだ」

「頼もしいな」

「刑事局には連絡したのか？」

「これからする。まあ、形だけの報告だがね」

竜崎は驚いた。

「刑事局に知らせる前に、俺に電話したのか？」

「おまえと俺の仲じゃないか。じゃあな」

電話が切れた。

竜崎は受話器を置くと、小さく舌打ちをした。

やはり、伊丹のやつは、俺があいつをどう思っているか気づいてもいないのだ。いじめる側といじめを受ける側の違いだ。

竜崎はメモを読み返した。

たしかに、過去二件の殺人事件との関連が濃い印象がある。同一犯にしろ模倣犯にしろ、社会的な影響はますます大きくなってくる。二件と三件では連続性に差がある。

やがて、竜崎はそのメモを机の端に押しやった。

竜崎が動くと、どうせ刑事局の連中が出過ぎたまねだと嫌がらせをするのだ。出る杭《くい》は打たれる。それが官僚の最大の戒めだ。

広報室の谷岡に留意しておけと伝えるだけでいい。

放っておいても、捜査は警視庁がやるだろうし、より高度な判断が必要でも刑事局がやる。

事が大きくなっても刑事事件なのだから、おそらく竜崎の頭越しに参事官や官房長などとの連絡が交わされるだろう。

それよりも、邦彦のことのほうが、今の竜崎には重要だ。具体的にどうするかを考えなければならない。邦彦がヘロインの粉を付着させた煙草《たばこ》を吸っていたのを見つけてから、もう一週間が過ぎている。その間ずっと考えてきたのだが、どうすることが最善の方策なのかまだわからない。

あれから、邦彦は言われたとおり外出を控えているようだ。今になって、自分がやったことの重大さに怯《おび》えているのかもしれない。まったく愚かなことだ。竜崎は息子の愚かさに腹が立った。愚かというのは思慮が足りないことをいう。

人間は後先を考えることのできる唯一《ゆいいつ》の動物だ。だから、思慮の欠けた者が人間として一番劣っていることになる。

人間にとって大切なのは愛情だとよく言われる。だが、愛情ならば犬猫だって持ち合わせている。犬や猫だって子供を慈《いつく》しむ心を持っているし、飼い主に対する忠誠心や親しみの感情も持っている。つまり愛情だ。男女の間に交わされる情愛は、それこそ動物の感情だ。

だから、人間として最も大切なのは理性であり、思慮深さだと竜崎はいつも思っていた。思慮の欠けた者、あるいは考える能力の劣った者が犯罪者となるのだ。竜崎は基本的にはそう考えていた。

邦彦は自分が麻薬を使用することがどういう影響を及ぼすか想像することすらできなかったのだろうか。発覚したときのことを恐れはしなかったのだろうか。

まったく考えが足りないとしか言いようがない。自分の息子が愚かな犯罪者になってしまった。

それを思うと、もう警察庁にはいられないという気になってくる。

だが、家族を路頭に迷わせるわけにもいかない。竜崎には他に何の取り柄も技術もない。官僚として生きていくしかないのだ。

考え事をしているときに、広報室長の谷岡がやってきた。定例の連絡業務だ。

「ちょうどよかった」

竜崎は言った。「声をかけようと思っていた。警視庁の刑事部長から知らせがあった」

「大森署の件ですか？」

「ほう、耳が早いな」

「広報室の責任者ですからね」

「詳細は知っているか？」

「被害者が、少年時代にホームレス殺人事件で保護処分を受けていたという事実は知っています。しかし、詳しい状況等はまだ知りません」

「知らなくていい。捜査のことは警視庁に任せればいい。どうせ、刑事局が対処するんだ」

「はあ……」

谷岡は、曖昧《あいまい》な返事をした。

竜崎が本気で言っているのかどうか訝《いぶか》っているのだろう。谷岡は頭が切れる。おそらく、竜崎の部下の中で最も優秀だろう。ただ単に仕事ができるというだけではない。彼は、気配りができる。相手の立場に立って考えることができる。つまり、想像力に富んでいるのだ。

こういう官僚がもっといてくれれば、警察庁も少しはましになるのに、と竜崎は思う。幅を利《き》かせているのは、声が大きい直情型の牛島参事官や陰湿な坂上のような連中だ。

竜崎から見れば、谷岡はまだまだ物足りない。だが、きっとそのうちに谷岡は頭角を現すだろう。過剰なほどの気配りが鼻につくこともあるが、もちろん悪い気はしない。

谷岡ならどこに行っても上司にかわいがられるに違いない。官僚としては大切なことだ。

そうか、俺はこの谷岡にも追い越されてしまうのだな……。

竜崎は思った。

出世の止まった竜崎を、彼はやすやすと追い抜いていくだろう。

谷岡にへつらわなければならなくなった自分を想像して、竜崎は気分が暗くなってきた。

「過去二件の殺人と同一犯でしょうか……」

谷岡のその言葉で、現実に引き戻された。

「わからん」

竜崎は言った。「伊丹は手口が違うと言っていた。過去の二件の殺人の凶器は拳《けん》銃《じゅう》。今度の凶器は鈍器だそうだ。それに、綾瀬署と埼玉県警の事件の被害者は、過去の同じ事件の加害者だったが、今回はまったく別の事件の加害者だった」

「同一犯の可能性は薄いですかね。じゃあ模倣犯ということになります」

「第二第三の模倣犯が出ないとも限らない。マスコミの対応に留意しておいてくれ。週刊誌に、綾瀬署と埼玉県警の件について、犯人に好意的ともとれる記事が載ったそうだ」

「チェックしてあります。ワイドショーのコメンテーターの中にも、そのような発言をした者がいます」

「場合によっては、マスコミに対してある種の呼びかけをしなければならないかもしれない」

「わかりました」

「捜査は難航しているようだな。すでに警視庁・埼玉県警・綾瀬署の合同捜査本部は一期の半ばにきている」

「三つ目の事件は、どういう扱いになるんです?」

「別に捜査本部を立てると言っていた」

「そうですか……。まあ、同一犯かどうかわからないですしね……。連続性という意味ではちょっと疑問も残りますし……」

その言い方がちょっと気になった。

「なぜだ?」

「犯行の日時のパターンです。通常、何らかのパターンが見られますよね。同一の曜日であったり、周期性があったり……」

「連続殺人の種類にもよる。快楽殺人ならば、かなりはっきりとした規則性もあるが、今回のケースは動機が違う」

「それでも、ある程度のパターンはあるはずです。犯人の行動は職業などによってかなり規定されるはずですから……。最初の綾瀬署の事件が四月二十六日火曜日、埼玉県警の事件が五月八日日曜日。そして、今回の大森署の事件が五月十六日月曜日……。曜日もばらばらです」

「推理は現場に任せればいい。我々の仕事はもっと上のレベルで考えなければならない」

「はい。では、失礼します」

谷岡は礼をして二階の広報室に去っていった。

曜日がばらばらか……。

たった三件の事件から周期性を見つけようとすること自体が間違っている。

竜崎は、そう思いながら、卓上にあったカレンダーを手に取った。民間の生命保険会社の外交員が置いていったカレンダーだ。

四月二十六日火曜日、五月八日日曜日、五月十六日月曜日……。

竜崎は、さしたる期待もなくその日付に丸印を付けてみた。やはり規則性などない。カレンダーを放り出そうとしたとき、はっとした。その丸印の付き方には、見覚えがあるような気がした。

まさか……。

竜崎は、最初の事件から、最新の事件までの間をある規則性に則《のっと》っていくつかの丸印で埋めていった。

見事な規則性が見て取れた。丸印が斜めに並んでいる。それは、警察官なら誰もが馴染《なじ》みのパターンだった。

つまり、三日置きに丸印が並んだのだ。殺人の日付はそのパターンに見事に一致している。

所轄《しょかつ》の地域課や交通課・警備課などは、三交代制だ。日勤、第一当番、第二当番、非番を繰り返す。三日置きに非番が来る。

修行時代、竜崎も非番の日をカレンダーに書き込んだものだ。そのパターンを覚えていたのだ。

このパターンが物語ることは明白だ。犯人の行動は職業などによってかなり規定されるはずだと谷岡も言っていた。つまり、犯人は、現職の警察官である可能性が高い。

そう考えると、動機の点でも説明がつきそうな気がした。過去の綾瀬署の少女誘拐、監禁、強姦《ごうかん》、殺人、死体遺棄事件の捜査を担当した警察官なのかもしれない。

そして、彼はあの事件の加害者たちと接触した。彼らがどんなやつらだったか、いやというほど知っていたのだろう。

だが、現実から乖離《かいり》した裁判官たちは、おそろしく低い量刑で少年たちを裁いた。犯人はそう考えたに違いない。そして、彼らが出所して来たのを知り、殺害を計画したのだ。

竜崎は、しばらく茫然《ぼうぜん》としていた。現職の警察官が犯人。可能性は充分にある。もし、そうだとしたら、竜崎が当初考えていたよりずっと大きな騒ぎとなる。

いや、待て……。

竜崎は、冷静になろうとした。

予断は禁物だ。それは捜査における鉄則だ。たまたま、日付が警察官の当番のパターンに一致しただけだ。他の可能性だってある。警察官と同様の勤務パターンの職業があるかもしれない。例えば、二十四時間態勢の工場はどうだろう。調べたことはないが、あり得ない話ではない。

タクシーの運転手はどうだったろう。いや、タクシーは、三日のサイクルだったはずだ。

女性の職業ではどうだろう。拳銃を使ったとなれば、女性の犯行ということも充分に考えられる。鈍器による殺害も不意をつけば可能だろう。

特殊浴場は、似たような勤務形態だったような気がする。所轄で見習いをやっていたときに、当時の保安課でそんな話を聞いたことがある。

警察官が犯人と決まったわけではない。ここでへたに騒ぎ立てては、後で恥をかくことにもなりかねない。

恥をかくだけならいい。警察庁内に無用な混乱を生じさせたとなれば、何らかの処分も覚悟しなければならない。

邦彦のことがあるので、ここでのミスは致命的だ。

竜崎は、最初から考え直してみた。

犯人の動機は、過去の事件で被害にあった少女の身近な人間の怨恨《えんこん》と、社会正義あるいは義憤の両面で考えると、伊丹は言っていた。その点は竜崎も同じ意見だ。

捜査本部も無駄に時間を過ごしているわけではないだろう。過去の事件の被害者となった少女の周辺は、すでに洗いつくしているに違いない。それでも被疑者が特定できないとなれば、可能性は後者の社会正義、あるいは義憤ということになる。

だが、社会正義で人を殺すだろうか。怒りを抱くにしても、縁もゆかりもない、出所してきた過去の犯罪者を殺すというのは、あまり現実的ではない。

殺人というのは、行きずりの強盗などの場合を除けば、実は驚くほど個人的な理由が動機となるのだ。抽象的な殺人というのはあり得ない。つまり、顔も知らない相手を殺すための計画を練るというのは、非現実的なのだ。

犯人が三人の被害者のことをよく知っていたと仮定すれば、説明がつく。だが、そうなると、やはり先ほどの考えにたどりつく。犯人は過去の事件を捜査したことがあるのかもしれない。その際に、今回の被害者となった三人に会っているのだ。

それならば、動機の線も辻褄《つじつま》があう。

竜崎は、手に取ったカレンダーを見つめてどうすべきか考えていた。

このままカレンダーをゴミ箱に捨てて、何も気づかなかったふりをすることもできる。どうせ、刑事局は総務課などの出る幕ではないと考えているのだろうし、伊丹も捜査のことは現場に任せろと言っている。

このまま何も言わずに、成り行きを眺めていればいい。それが最良の方法かもしれない。

だが、竜崎は常に原則を重視することにしていた。

警察官僚の原則は、迅速に、的確に、そして細心に、だ。

何かに気づいたのなら、それが正解でなくても、検討材料としてしかるべき相手に提供しなければならない。この場合しかるべき相手とは誰だろう。刑事局の坂上は論外だ。はなから竜崎の話になど耳を貸さないだろう。参事官の牛島に知らせるにはまだ時期尚早だ。

竜崎は席を立ち、応接間代わりに使うこともある小会議室に向かった。無人であることを確かめると、小会議室に入り、携帯電話を取り出した。

伊丹の携帯電話にかける。

呼び出し音三回で相手が出た。

「今、話せるか?」

「だいじょうぶだ」

「犯人は現職の警察官じゃないのか？」

電話の向こうで伊丹が沈黙した。

9

伊丹はしばらく何も言わなかった。衝撃を物語っている。竜崎は、伊丹が口を開くのを待つことにした。

やがて、伊丹は押し殺すような声で言った。

「どこからの情報だ?」

その口調で、竜崎は的を射たことを確信した。

「犯行の日の周期性に気づいた。三件とも三日置きの周期に合致する。警察官ならば、動機の線でも納得できる」

「さすがだな。捜査本部に参加してくれないか」

また軽口だ。自分は常に余裕を持っているのだと相手に思わせたいのだ。

「冗談を言ってる場合か。捜査本部では、そのことにもう気づいているのか?」

「被疑者は絞られつつある。今は、外堀を埋めている最中だ。だが、捜査員たちは戸惑っている。現職の警察官を殺人罪で逮捕するはめになるかもしれんのだ」

「警察庁の刑事局には、そのことは伝えたのか？」

「まだ伝えていない。被疑者が確定して、逮捕状が請求できる段階になったら報告する」

「それじゃ遅い。対応が間に合わない」

「何の対応だ」

伊丹の声に凄味《すごみ》が増した。「もし、犯人が現職の警察官だったら、対応のしようなんてない。所轄《しょかつ》の署長は間違いなく引責辞職だ。俺の首も飛ぶかもしれないし、警視総監の首だって危ない。刑事局長だってどうなるかわからん」

伊丹が言っている「首」というのは、辞職のことではなく、辞任のことだ。国家公務員の職を奪われるわけではないが、責任ある地位を辞任しなければならないということだ。

その言葉は、今の竜崎にとってはきわめて現実味があった。

現職の警察官が殺人を犯す。それは、家族が罪を犯すよりも社会的には問題が大きい。職務上の問題だからだ。

伊丹は、真剣に進退を考えているに違いない。

「検事はどうだ？　そのことを知っているのか？」

「知らせないわけにはいかない。だが、蓋然性《がいぜん》についてはまだ疑わしいところがあると言ってある」

「実際はどうなんだ?」

「本当は、ほぼ間違いないと思っている。何かの間違いであってくれと、祈るしかない」

彼には珍しく、その口調にはありありと苦悩が滲《にじ》んでいた。伊丹は間違いなく窮地に立たされているのだ。

場合によっては、彼が言ったとおり刑事部長解任は充分にあり得る。理由はまったく別だが、竜崎と同じ立場となったわけだ。

「とにかく、おまえの判断を尊重しよう」

竜崎は言った。「まだ、警察庁の刑事局に上げるには早すぎるというのなら、俺も黙っている」

「そうしてくれ」

「マスコミに充分注意してくれ。情報が洩《も》れるのは、常に現場の捜査員からだ」

「わかっている」

竜崎は電話を切った。ソファに腰かけ、考えた。

これからどういうことになっていくのだろう。現職の警察官が殺人を犯した。警察への信頼を根底から揺るがしかねない大事件だ。

検挙率は落ちているし、裏金問題などで、このところただでさえ警察の評判は悪い。警視庁や警察庁始まって以来の大騒ぎになるかもしれない。

さまざまな委員会で与野党が質問するだろう。野党などは鬼の首を取ったかのように警察の不祥事を追及するはずだ。嵐《あらし》のように舞い込む質問の振り分けを担当するのは総務課だ。

刑事局の阿久根局長や坂上はまだ現職警察官に疑いがかかっていることを知らない。そのことに、竜崎は密《ひそ》かな優越感を覚えた。

あれこれと事件への対応を考えているうちに、ふとこれはチャンスなのかもしれないと竜崎は思った。邦彦の逮捕は、マスコミの恰好《かっこう》の餌食《えじき》になるはずだった。警察庁の課長職にある職員の息子が麻薬所持・使用で逮捕されるのだ。マスコミは大喜びで飛びつくだろう。

だが、現職警察官の殺人となれば、麻薬所持・使用どころの騒ぎではない。どさくさに紛れることができるというわけだ。

竜崎が降格人事を食らったとしても、きっと目立ちはしないに違いない。伊丹も言っていたように現職警官の殺人事件となれば、警視庁や警察庁の幹部が引責辞任することになるだろう。

そうか。俺だけじゃない。伊丹も辞任することになるのだ。

出世競争で伊丹に大きく後れを取ることが悔しかった。だが、今や伊丹も竜崎と同じ危機に直面しているのだ。

不謹慎な考えだ。

それは充分に承知している。だが、竜崎の気分が楽になったのも事実だった。降格人事にさらされるのは、竜崎一人ではないということになる。

ふいに伊丹への共感を抱いた。

それは、竜崎自身にとっても意外だったが、たしかに伊丹に個人的な親しみを感じたのだ。いや、哀れみと言ったほうがいいかもしれない。伊丹は持ち前の明るさで、表面的にはあまり苦労を感じさせない男だが、実際はずいぶんと努力を重ねてきたに違いない。私立大学出身のキャリアというだけで、ハンディーがある。にもかかわらず、刑事部長まで登り詰めたのだ。

その努力が、すべて無駄になるかもしれないのだ。それも、本人の失敗のせいではなく、所轄署の愚かな警察官のせいで、だ。

竜崎は、携帯電話を手にしてもう一度伊丹にかけた。

「何だ？」

伊丹の声は多少の苛立《いらだ》ちを含んでいる。

「話がある」

「言えよ」

「直接会って話がしたい」

「おまえがそんなことを言うのは珍しいな」

「実は俺も危機に直面している」

「危機だって？」

「そうだ」

しばらく間があった。

「俺は今捜査本部にいる。しばらく離れられそうにない」

「俺がそっちに行く」

「いったい何事なんだ」

「会ってから話す」

「わかった。ただし、そんなに時間は取れんぞ」

「話はすぐに済む」

竜崎は電話を切ると、小会議室を出た。

これから自分がしようとしていることを慎重に検討していた。

考え直すなら今だ。

だが、結局竜崎は綾瀬署の捜査本部まででかけることにした。


綾瀬署までタクシーを使った。警察庁の課長職くらいになると、タクシーは使い放題だ。伊丹は公用車を使える。刑事部長の乗る公用車はいざというときに、すぐに緊急車両に転用できるのだ。

役人は当然のことと思っているが、この不況の折り、民間企業では考えられない贅《ぜい》沢《たく》だ。竜崎も伊丹も降格になれば、このような贅沢は許されなくなるかもしれない。

都内はどこもツツジが満開だった。どんよりと曇っているが、木々の若葉とツツジの鮮やかな色で景色が華やいで見える。

一年で今が一番いい季節かもしれない。だが、おそらくじきに警視庁、警察庁の誰もが景色などのんびりと眺めている気分ではなくなるに違いない。

綾瀬署に着いて受け付けで身分証を提示すると、制服を着た若い巡査が飛び上がるように起立して気を付けをした。捜査本部の場所を尋ねると、大会議室まで案内してくれた。

捜査本部の部屋は独特の臭《にお》いがした。

汗と煙草《たばこ》と、緊張した人間が発する独特の臭気。それが入り混じっている。出入り口には店屋物のどんぶりが重なっていた。

現場は喧噪《けんそう》に満ちている。誰かがひっきりなしに電話をしているし、怒鳴るように指令を飛ばしている幹部の姿もある。それでいて、同時にへばりつくような倦怠《けんたい》感が漂っている。一週間を過ぎて捜査員たちは、疲れ果てているのだ。

幹部たちの顔色が悪いのは、単に疲労のせいばかりではないだろう。現職の警察官を殺人罪で逮捕しなければならない。その事実の重圧が彼らを責め苛《さいな》んでいるのだ。

伊丹が入り口に立っていた竜崎に気づいた。

「おう、こっちへ来てくれ」

伊丹が周囲にいた捜査本部の幹部たちに竜崎を紹介した。

とたんに彼らも立ち上がって気を付けをした。

「楽にしてください」

竜崎は戸口に立ったまま言った。「捜査の邪魔をしに来たわけじゃないんです」

だが、誰も腰かけようとはしない。

竜崎は、伊丹に言った。

「どこか二人で話ができるところはないか？」

伊丹はそばにいた年かさの男に尋ねた。おそらく綾瀬署の人間だろう。

「署長室が空いているから使ってくれということだ。応接セットがあると言っている」

「どこでもいい」

伊丹が席を立って戸口に近づいてきた。幹部の一人が二人を署長室まで案内しようとしたが、竜崎は断った。

「仕事を続けてください。署長室ならどこにあるか見当はつきますよ。どこの警察署も造りはだいたいいっしょですからね」

その男は恐縮したように礼をした。

捜査本部だけではない。署内全体が騒がしかった。綾瀬署管内は犯罪発生率が飛び抜けて高い。ここは地獄だといわれている。

署長室に入ってドアを閉めると、まるで別世界のように静かだった。

伊丹が応接セットの革張りのソファに腰を下ろした。

「話というのは何だ？」

竜崎も伊丹の向かい側に腰を下ろした。

「その前に、被疑者についてもう少し詳しく説明してくれ」

「まだ被疑者じゃない。参考人だ」

「どっちでもいい」

「年齢は五十五歳。現在某所轄署の地域係の係長だ」

「あと五年働けば退官じゃないか」

「そうだ。あと五年、おとなしく勤めていてくれたらと、つくづく思う」

伊丹は本音を言っている。新聞記者などには絶対に洩らせない一言だ。罪を犯すにしても、警察官を定年になったあとにやってほしかったと言っているのだ。

俺と二人きりだから気を許しているということか……。

竜崎は思った。

「それで、その警察官に容疑がかけられた理由は？」

「過去の事件の周辺を徹底的に洗った。被害者の少女の親類縁者、友人、知人。だが、すべて空振りだった。地取りの結果も芳《かんば》しくない。八方ふさがりに思えたが、俺は考え直してみた。今回の三件の殺人事件の特殊性についてだ。過去の犯罪の加害者が殺された。犯罪に関係するのは、加害者と被害者だけじゃない。捜査機関も関係者なんだ」

「それで、過去の事件に関わった警察官を調べ出したというわけか」

「ああ。その指示を出したときには、現場の捜査員から露骨な反発があったがな……。捜査が進む段階で、俺も犯行日の規則性に気づいたよ。カレンダーを斜めに横切るパターンは、警察官にとっては馴染《なじ》みのものだ。過去の二つの事件に関係した警察官の、現在の勤務シフトを調べることは簡単だ」

「それで、当該の地域課係長が割り出されたというわけか？」

「すべての事件の日、彼は非番だった。さらに彼は、綾瀬署で地域係の係員だった。そして、その前は大森署の地域課だ」

「過去の二つの事件に関わっていたというわけだな？」

「ホームレス殺人事件のとき、彼はまだ二十代だった。少女の殺人と死体遺棄事件のときは、三十代だ。この地域課係長は、被害者のこともよく知っていた。当時、少女はファーストフード店でアルバイトをしており、彼はよくその店に立ち寄ったそうだ。周囲の話によると、好意を寄せていたかもしれないという。そして、加害者たちとも面識はあった。加害者、つまり今回の殺人事件の被害者たちだが、彼らは札付きの不良グループで、何度も警察の世話になっているんだ」

「だが、決定的な証拠はない。そうだろう？」

「今、凶器の線を追っている。だが、物的証拠となるとなかなか難しい。なにせ、現職の警察官だからな。捜査のことをある程度心得ている。犯罪者の多くがなぜ捕まるかわかるか？　彼らはたいていアマチュアで警察官はプロだからだ」

「外堀を埋めていると言っていなかったか？」

「当時いっしょに働いてた者の証言とか、周囲の人間の証言とか……。実を言うと物証にまでは至っていない」

「つまり、起訴するためには自白に頼る部分が大きいということか？」

「そうなるな。三件目には拳銃《けんじゅう》を使用していないところをみると、すでに凶器の拳銃は処分しているだろう。自白で凶器のありかを聞き出すしかない。あとは実況見分だな……」

「今はどこで勤務しているんだ？」

「大森署だ。だがまだオフレコで頼む。情報はどこから洩《も》れるかわからない。できるだけ知っている者が少ないほうがいい。捜査本部から外に情報を出したくない」

「一つ気になることがある」

竜崎は言った。

「何だ？」

「たしかに、少女殺害・死体遺棄の事件については、その地域課係長の鑑は濃い。被害者とも加害者とも面識があり、事件そのものにも関わっているのだろう？　だが、おまえの説明からすると、ホームレス殺人事件との関係性はそれほど濃くないように思える」

「思い出しただけだろう」

「思い出した……？」

「そうだ。少女殺害・死体遺棄事件の直接の加害者で社会に復帰している者は他にもいる。だが、二件の事件が起きてから捜査員が張り付いていた。手が出せない状態だった。だから、目先を変えたんだ」

「理解できん……」

竜崎が思わずつぶやくと、伊丹は上目遣いに竜崎を見据えた。

「本当に理解できないのか？」

「何だって？」

「俺は犯人の気持ちが理解できる気がする。少女もホームレスも殺される理由などなかった。少女に対する加害者は、ただ自分たちの欲望や衝動を満足させるためだけに人を殺した。そして、反省した素振りも見せなかった。それが、極刑どころか、二、三年ほどで社会復帰していた。ホームレス殺人の加害者もそうだ。大森署管内の不良グループで喧嘩《けんか》の練習台にと次々とホームレスを襲撃した。そして、ついに殺害に至ったわけだ。被害者の遺族の気持ちを考えるといたたまれなくなる」

「警察官僚の発言とは思えないな」

「警察だから言うんだ。少年法はすでに現実に合っていない。現場の警察官はそれをいやというほど知っている」

「司法警察官が法律を無視したら終わりだ。どんなに悪法でも法律は法律だ。それが俺たちの仕事なんだ」

「わかっている」

「おまえの言っていることは一貫していない。マスコミの中に、今回の犯人に好意的とも取れる記事が見受けられるから注意しろと、俺に言ったのはおまえだぞ」

「おまえのたてまえに付き合っただけだ。俺はおまえのようにたてまえだけでは生きられない」

伊丹はそうとう精神的に打ちのめされているようだ。普段はこんなことを言う男ではない。いつもは快活に振る舞っているが、実は意外と精神的にもろいのではないかと竜崎は思った。

「俺たちがぐらついていたら、現場はさらに混乱するんだ。刑事部長だろう。しっかりしろ」

「ノンキャリアの警察官というのは、登り詰めても警視がせいぜいだ。定年までに警部になれれば御の字。巡査部長で定年を迎える者も少なくない。そんな現場の警察官たちは何を拠《よ》り所にしているかわかるか？」

「何だ？」

「正義感だ。まさかと、おまえは思うかもしれない。だが、捜査員を見ていると意外なほど正義漢が多い。じゃなけりゃ、捜査本部に詰めて、何日も徹夜なんぞしない。ノルマとかの問題じゃないんだ。捜査員たちは猟犬と同じだ。犯人のにおいを嗅《か》ぎつけたら、突っ走らずにはいられないんだ」

「間違った正義感を許せば、それはテロリズムになる。そんなことくらい、わからないのか。私刑は絶対に許されないんだ」

「わかっている」

伊丹は、両手の親指でこめかみを揉《も》んだ。「だが、きっと世間は今回の犯人に対して共感を寄せるだろう」

「なるべくそうならないように、努力するよ。理性的な識者のコメントを載せてもらうよう、新聞に働きかける。テレビにも冷静な判断をするように呼びかける。おまえにも、冷静になってもらわなければ困る」

伊丹は、しばらく黙っていたが、やがてうなずいた。

「吐き出して、すっきりした気分だ。だいじょうぶだ。俺は俺の仕事をする。刑事部長でいられる限りはな……」

「その点については、人事院の判断を待つしかない。宮仕えの辛《つら》いところだ」

伊丹は、気づいたように竜崎を見た。

「そういえば、話があったんだろう。おまえも危機に立たされているとか……。何の話だ？」

「息子のことだ」

「邦彦君か？　どうした？」

「部屋でヘロイン煙草《たばこ》を吸っていた」

伊丹は言葉を失って竜崎を見つめていた。長い沈黙が続いた。その間、竜崎は自分の組んだ指を見つめていた。

沈黙に耐えかねたように、伊丹が言った。

「いつ知った?」

「一週間ほど前のことだ。部屋を訪ねたら、煙草を吸っていた。だが、それはただの煙草じゃなかった」

「どこでヘロインなんか……」

「予備校に売りに来るやつがいると言っていた」

「まずいな……」

伊丹はつぶやいた。「時期が悪すぎる。警察官の連続殺人に、警察庁職員の息子が麻薬使用……。表沙汰《おもてざた》になったら警察は徹底的に叩《たた》かれる」

竜崎は溜《た》め息《いき》をついた。

「起きてしまったことは仕方がない。どうすることが最良なのか考えあぐねていたところだ」

「他に誰が知っている?」

「家族では、知っているのは俺だけだ」

「誰か他のやつに話したか?」

「いや。おまえに話すのが初めてだ。妻にも言ってない。だが、邦彦の知り合いに関しては、わからない」

「そいつは面倒だな……」

「面倒だ。今なら事件はまだ発覚していないから本来の意味で言う自首が成立する。自首なら刑を軽減してもらえる。初犯で、しかも邦彦は少年だから保護処分で済むかもしれない。そうなれば、審判は非公開だ」

「そう簡単にはいかんだろう。面倒なのはやはりマスコミだ。おまえは広報室を配下に持っているのだから、愚意なマスコミのお偉方を知っているだろう。そういう連中に泣きつく手もあるが……」

「そうはいかない。マスコミの現場は、それこそ社会正義というやつを振りかざして攻撃してくるに違いない」

「まあ、そうなるな……」

「美紀の縁談について話したことはあったかな?」

「いや」

「三村さんの息子と付き合っているらしい」

「三村って、たしかおまえが大阪にいたときの……」

「上司だ。今も大阪府警で本部長をやっている。邦彦のことが知れたら、縁談は御破算になるだろう」

「なんてこった……」

「どうするのが一番いいのか意見を聞きたかった。まっとうに考えれば自首するというのが、最良の方法だが……」

伊丹は、伏せていた顔を突然上げた。決然とした口調で言った。

「もみ消せ」

竜崎は驚いた。

「何だって……」

「もみ消すんだ。そんなことが事件になったって、誰も喜ばない」

「ばかを言うな。俺に目をつぶれというのか」

「それが家族のためじゃないか。邦彦君とは、よく話し合うといい。そして、過《あやま》ちを悔いてもらうんだ。それでいい。そうすれば、美紀ちゃんの縁談だってうまくいくだろう」

「麻薬及び向精神薬取締法では、薬物を廃棄しただけでも違反となる。俺にまで罪を犯せというのか？」

「トイレにでも流してしまえ。それで済む」

「俺にそんなことができると思うか？」

「できるかできないかじゃない。やらなきゃならん。家族と警察庁を救うためだ」

「警察庁を救うため？」

「そうだ。実は、俺は密《ひそ》かに覚悟を決めている。今回の件で、警察を守るためなら、どんな嘘《うそ》でもつき通す、と……。おまえもそうするんだ」

「待て……」

竜崎は混乱してきていた。「邦彦の件をもみ消すことが、警察庁を救うことになるというのか？」

「当然だ。スキャンダルを防げる」

「それは間違っている」

「おまえは当然そう言うだろうな。だが、それが現実的な対処というものだ」

「今回の連続殺人に関して、嘘をつき通す覚悟をしたというのは、どういうことだ？」

「それは……」

伊丹は言いよどんだ。「具体的には、俺にもまだよくわからない」

「おまえは、嘘をつくことで、警察組織を守れると、本当に思っているのか？」

「よくわからない」

伊丹は声の調子を落とした。「だが、警察と警察官を守るためなら、俺は何でもする。そう言いたかったんだ」

「嘘をつくことが、警察を守ることになると思うか？」

「そういう場合もある。だから、おまえも考えろ。もう一度言うが、邦彦君のことを事件にして喜ぶ者は一人もいない。おまえの家族だって喜ばないし、警察庁だって喜ばない。警察庁の上層部は、こう思うはずだ。どうして、早い段階でもみ消せなかったんだ、とな」

竜崎は、心底驚いていた。

邦彦がやったことをもみ消すなど考えたこともなかった。現場のトップにいる伊丹が、もみ消せと言う。さらに、伊丹は三件の殺人事件について、もし現職警官が犯人だったら、その事実をも、もみ消すことを示唆《しさ》している。これも竜崎の発想にはなかった。

「それは、警察組織を救うことにはならない」

竜崎は言った。「一時しのぎに過ぎない。そういうことを許していると次第に警察は腐敗していく。結局は組織を救うどころか、だめにしてしまうんだ」

「おまえはそうやって、たてまえを言っていればいい。長官官房の総務課なんてそんなもんだ。だが、こっちは警視庁の警察官全員を統括しなければならないんだ。現場はきれい事だけじゃ済まない」

「だからこそ、襟を正せと言っているんだ」

「世の中は、おまえが考えているようには動かない。清濁併せ呑《の》むという言葉があるがな、おまえは清だけ呑んでいろ、俺は濁を呑む」

「それこそきれい事だ。おまえは結局、自分の保身を考えているんじゃないのか?」

「保身を考えて何がいけない」

伊丹は竜崎を厳しい眼で見据えた。「俺だって生活を守らなければならない。苦労してここまで来たんだ」

「開き直るなよ。おまえはもっと骨のあるやつだと思っていた」

「じゃあ、おまえはどうするつもりだったんだ?　邦彦君を犯罪者にし、家族につらい思いをさせることが最良の方法だと思うのか?」

「起きてしまったことは仕方がない。だから、どうすれば最もダメージが少なくて済むか、考えていた」

「だから、俺がその方法を教えている」

「それは考えたこともない」

「なら、今から考えろ」

「それはできるかどうかわからんな……」

「とにかく、おまえが目をつむれば家族と警察庁は問題に巻き込まれずに済む。俺が腹をくくれば、警視庁と警察庁が助かる。そういうことなんだ」

「それで済むのか？」

「済ませるんだ。それがおまえの父親としての役割だ」

「父親の役割……。それも考えたことがなかった」

「おまえは家族を顧みなかった。だから、こんなことが起きたんだ。その責任はおまえが背負わなければならない」

「もみ消すことが責任を取ったことになるのか？」

「家族に対してはそうだ」

父親の役割と言われたとたん、竜崎はわからなくなった。

たしかに、竜崎と邦彦が黙っていれば、何事もなく時は過ぎていくかもしれない。

だが、それが問題の解決といえるのだろうか。

伊丹は家族を顧みなかったからこんなことが起きたと言った。

だが、本当にそうだろうか。家族を顧みるというのはどういうことだろう。仕事をいいかげんに片づけて家族サービスに精を出すことをいうのだろうか。それが父親の役割だろうか。

竜崎は本当にわからなかった。

「おまえは、仕事と家庭両方に気を配っているのか？」

「何だって……？」

伊丹が怪訝《けげん》そうな顔をした。唐突な質問と感じたのだろう。

「俺は、家庭のことは妻に任せるしかなかった。国家公務員というのは、国民に奉仕する者だ。それはただの仕事じゃないと、俺は思っている」

「だからおまえは変わっているというんだ。今時そんな役人がどれほどいると思ってるんだ」

「他人のことは知らない。だが、俺はそう考えている。だから、家族より国家と国民を優先してきた。俺にとってそれが自然なことだからだ。おまえはどうなんだ？」

「俺はおまえとちがって俗人だからな。まあ、適当にやっている」

「警視庁の刑事部長ともなると、ほとんど個人の時間がないほど忙しいはずだ。二十四時間、三百六十五日何があるかわからない。なるべく東京都内から出ないように、旅行もさしひかえているはずだ」

「まあ、そうだ」

「家族サービスなどしている時間などはないはずだ」

「だから家庭は崩壊する」

「何だって……？」

「幸い俺には子供がいない。……というか、子供ができる環境じゃなかった。早くから妻とはほとんど別居状態だ。俺が忙しすぎたからだろう。だが、離婚はできない。わかるだろう？　離婚は警察官僚にとって大きな汚点となる」

「知らなかった」

「誰にも知られないようにしていたからな。今じゃ、完全な仮面夫婦だ。妻は実家にいることが多く、最近はあまり顔を合わさない」

竜崎は戸惑った。伊丹は家庭を犠牲にしているというわけだ。その伊丹に、家庭を守れと言われた。それなりに、言葉の重みがあるように感じる。

考え込んでいると、伊丹が言った。

「悪いことは言わん。もみ消せ。それで丸く収まる」

伊丹は立ち上がり、部屋を出て行った。

10

警察庁に戻ると、ほどなく広報室の谷岡から内線電話がかかってきた。竜崎が戻り次第、知らせるようにと、課員に指示していたようだ。

「東日の社会部部長が、面会を申し入れてきていますが……」

「何の用だ？」

「用件は言いませんでしたが、また何かつかんだ様子です」

まさか、連続殺人の被疑者が現職の警察官だということが洩《も》れたのではないか。

竜崎は一瞬そう思った。

伊丹は用心に用心を重ねていると言っているが、現場の警察官というのはどこで口を滑らせるかわからない。機密は、たいてい刑事から夜回りの記者に洩れる。所轄《しょかつ》の刑事というのは、捜査あるいは捜査に関わる政治的な意味合いの全体像を把握することができない。目先のことで精一杯だからだ。もし、そうなら会っておく必要があると思った。

「用件を聞け」

「わかりました」

「それと、特定の新聞社の人間と公式には会談できないと言っておけ。どうしても会いたいのなら、非公式の話し合いになるし、その場合でも他社にちゃんとコンセンサスを取り付けてから来いと伝えろ」

「はい」

竜崎は席を立ち、それとなく長官官房全体の様子をうかがってみた。変わった様子は見られない。皆いつものように淡々と仕事をしている。まだ、殺人事件の被疑者が現職の警察官だということに、誰も気づいていないようだ。殺人事件のことなど気にもしていないのかもしれない。

警察庁は役所だ。役所は政府と政治家のほうを向いている。事件のことは現場に任せるという風潮がある。もちろん、警察庁の幹部職員はキャリア警察官で、現場の経験を積んではいるが、誰も本気で捜査のことを学ぼうとは思わない。もっとも、公安と警備だけは別だ。公安や警備は国家警察の役割と直接結びついている。

刑事警察というのは、ひょっとしたら最も国家警察から遠い存在なのかもしれない。

席に戻ると、電話が鳴っていた。

谷岡からだった。

「東日の社会部部長と話をしました。用件は、連続殺人事件について、過去の事件の影響は無視できないから、それについてちょっと話がしたいということです。他社との話はついているとのことです。もちろん、非公式の会談でいいと言っています」

「わかった。日時は？」

「今日にでも会いたいと言っています。課長の都合がよろしければ、こちらにハイヤーを回すと言っています」

「新聞社は相変わらず気前がいいな。不景気だというのに、ハイヤーは使い放題か……」

「六時でどうか、ということですが……」

「六時だな。了解したと伝えてくれ」

電話を切ると、なぜだかうんざりした気分になった。新聞社の人間と会うのが気が重いのかもしれない。

総務課長は警察の広報を管理している。広報室ができる前は、警察庁の広報は総務課長の役割だった。

かつて、竜崎自身も広報室長をやっていたことがある。だから、新聞社をはじめとするマスコミの人間には顔がきく。つまり、それだけ顔と名前を知られているということだ。何かとマスコミ関係者と話す機会は多い。連中との距離の取り方は心得ているつもりだが、やはり腹の探り合いは神経を使う。

机の上の書類を眺めながら、また邦彦のことを考えていた。

伊丹の言葉は、衝撃というより意表を突かれたという感じだった。もみ消すというのは、竜崎の選択肢の中にはなかった。

選択肢に加えるべきだろうか……。

伊丹は、常に世間の眼を意識している。自分が官僚の中では庶民派であり、世慣れていると、他人に思わせたいのだろう。その分、世間の常識というものをわきまえているつもりになっているのかもしれない。だが、竜崎に言わせれば、それは危険だ。世間の常識などというのは、実は何の基準にもなりはしないのだ。

伊丹が言ったことも理解できないわけではない。竜崎が目をつむり、邦彦に口を閉ざすように命じればいいのだ。邦彦だって、自分自身が罪に問われるようなことを言いふらすとは思えない。

つまり、それで一件落着なのだ。

家族は傷つかずに済む。警察庁にも波風は立たない。伊丹はそれを、家庭を守り警察庁を守ることだと言った。

そこのところがどうしても納得ができない。守ることになるとは思えないのだ。

伊丹が言うとおり、もみ消すという罪の意識に耐えることが嫌なのだろうか。たしかに、それは嫌だった。竜崎は、これまでたてまえを貫くことが本当の役人の仕事のやり方だと思ってきた。

そして、できるかぎりそれを実行してきたつもりだ。ときにはままならないこともある。だが、大筋では貫いてきたと思う。

たてまえを貫くということは、つまりは原則を重視するということだ。ケースバイケースという言葉が嫌いだった。それは、いい加減さを表現する言葉だと、竜崎は思っている。

原則を大切にしなければ、システムは腐敗する。何が重要なのかわからないから、無能な役人は法の条文や通達の文面だけをなぞって、それを闇雲《やみくも》に実行しようとする。そして、前例だけを重視するようになる。いわゆるお役所仕事だ。それは、疲弊した役所のシステムだ。本当に有能な官僚を集めた、有効なシステムというのは、原則を大切にした、即応性のある、柔軟なものだというイメージがあった。

邦彦のやったことをもみ消すというのは、警察官僚として原則を大切にしているとは思えなかった。

父親の役割か……。

竜崎は考え込んだ。

たしかに父親としての役割は果たしていないかもしれない。それが悪いというのなら、高度経済成長時代に、我を忘れて働き、国を豊かにした労働者やサラリーマンたちは、みんな悪人になる。そんな社会は間違っていると、竜崎は思う。父親は外に出て働くものだ。母親が家を守るのだ。子供はその姿を見て育つ。

だが、今の社会はそういう考えを許さない方向に動きつつあるようだ。事実、伊丹の結婚生活は破綻《はたん》したという。

そして、邦彦は実際に麻薬を所持し、使用するという犯罪に手を染めた。

では、どうすればよかったというのか。子供たちともっと話をすればよかったのだろうか。だが、昔の父親というのは厳格で、滅多に子供と話などしない雰囲気があった。竜崎の父親もそうだったし、祖父はもっとそうだった。

その時代のほうが、まともな子供が育っていたような気がする。根拠はないが、そう思えるのだ。

子供と無理にコミュニケーションを取ろうとするようになって、よけいに子供は反発するようになったのではないだろうか。要するに甘やかしているのだ。大人が子供の機嫌を取るような世の中になっている。

俺が邦彦を甘やかしていたというのか。

今さらそんなことを考えても仕方がない。

もみ消しか……。選択するかどうかは別として、選択肢は選択肢だ。

そう考えることにした。

とにかく、一度邦彦から詳しく話を聞くことだ。あの日以来、邦彦とは全く口を利《き》いていない。邦彦は部屋に閉じこもっているようだ。

竜崎は遅く帰って、朝早く家を出るので、顔を合わせる暇がなかなかない。土日もあったのだが、疲れ果てていてその気になれなかった。

今夜あたり、話を聞いてみよう。竜崎は密《ひそ》かに決心していた。


竜崎を乗せたハイヤーは、神楽坂《かぐらざか》を上り毘沙門天《びしゃもんてん》のそばで止まった。車を降りると、仲居姿の女性が声を掛けてきた。

「竜崎様ですね。福本《ふくもと》様がお待ちです」

竜崎は、仲居について細い路地を進んだ。いつしか路地は石畳に変わり、奥まったところに、看板も出ていない引き戸があった。

石畳には打ち水がされている。

引き戸をくぐると、小さいが手の込んだ庭があった。飛び石のまわりに黒い玉砂利が敷きつめてある。

その先が料亭であることがわかった。玄関は狭い。一度に大勢の客を入れるような店でないことはすぐにわかる。

東日の福本多吉《たきち》は、二階の六畳間で待っていた。下座に座っている。

「いや、どうも。呼び出して悪いね」

竜崎は床の間を背にして座った。上座を譲り合うような無駄なことに時間を費やしたくはない。

「まさか、こんな料亭に連れてこられるとは思いませんでした」

「いや、官僚の交際費にはかなわんよ」

微妙なさや当てだ。

福本多吉は、まるで官僚のような紺色のスーツを来ていた。だが、ネクタイは派手だった。白いものが混じった髪をオールバックにしている。

肉付きはいいが、決して醜く太っているわけではない。貫禄を感じさせる。日に焼けているが、おそらくゴルフ焼けだろう。

「まずは、ビールでいいね?」

福本が親しげに言った。

「私はお話をうかがいに来ただけです。食事は家ですることにしています」

「まあ、そう言わずに……。非公式な会談だと言っただろう。飯でも食って情報交換をしようじゃないか」

「こういう場所で飲み食いすると、どれくらいの支払いかだいたい見当がつきます。自腹を切るのはなかなか辛《つら》い。もっと気軽な場所がよかったですね」

「自腹……?」

「割り勘にするべきでしょう。しかも、非公式な会談なのだから、接待費など使えない。当然、自腹で払うことになります」

「あんたは、相変わらずだな……。そう堅く考えることはないだろう。これくらいの飲み食いはわが社で払う」

「へたをすると、収賄罪《しゅうわいざい》になりますよ」

福本は、にやにやと笑った。

「本当に、あんたはおもしろい人だな。それでよく世渡りができるもんだ」

「お話をうかがいましょう」

「ビールくらい注《つ》がせてくれ。咽《のど》を潤《うるお》すくらいいいだろう」

福本は、竜崎の前にある握ると壊れてしまいそうな繊細なグラスに、勝手にビールを注いだ。

そして、自分のグラスを一気に飲み干すと、言った。

「今回の事件では、わが社がスクープしたと思ったんだが、警察の対応で足元をすくわれた形になってしまった」

「新聞社の抜いた抜かれたには興味はありませんし、警察に責任もありません」

「わかっている。別に恨み言を聞かせるためにあんたを呼んだわけじゃないんだ。問題は、今後の対応だ。週刊誌なんかじゃ、今回の犯人を、仕掛け人だの仕事人だのと呼びはじめている。テレビのワイドショーなんかでも、犯人に好意的なコメントをするコメンテーターがいる」

「テレビのワイドショーなどは無責任ですからね」

「週刊誌やテレビは世論を形成する上で無視できんよ」

「まさか、おたくの新聞で似たようなキャンペーンを始めるというんじゃないでしょうね」

「そんなことはしない。わが社の新聞は良識を旨《むね》としているからね。だが、今回の事件は大きな問題をはらんでいることも事実だ」

竜崎は、口を閉ざすことにした。福本にしゃべらせたほうがいい。

福本がもし、警察官に容疑がかかっている事実を知っているとしたら、何らかの取引を申し入れてくるはずだ。

「少年法の議論が再燃する可能性がある。たしかに、凶悪犯罪の若年化を反映するように平成十二年十一月に少年法が改正された。それによって、被害者に対するある程度の情報公開が認められたり、被害者やその親族らからの心情・意見陳述を審判に取り入れる余地もできた。十六歳未満の少年は送検できないという規定も撤廃したし、無期刑か有期刑かを、裁判所が選択できるようにもなった。凶悪な犯罪を犯した少年の審判には検察官が臨席できるようにもなった。しかし、相変わらず、少年の凶悪犯罪は起きているし、再犯率も高い」

今さら、少年法の改正についてレクチャーを受ける必要はない。竜崎は、所轄《しょかつ》の捜査員ではない。実は、現場の刑事や警察官は、自分と直接関わりのない法律については驚くほど知らない。いや、刑事が刑法についてすべて知っているわけでもない。だが、竜崎はキャリアだ。法律についての一通りの知識はある。

それこそ釈迦《しゃか》に説法だが、竜崎は黙っていた。ここで口を挟んでは、福本の勢いを殺《そ》いでしまう。

勢い余って、何か口を滑らせるのを待つのだ。

「たしかに、少年法の理念はわかる。国が親となって、少年の更生を図るというのは、まあ言ってみれば理想的な社会だ。少年は人格が未熟で、環境や対人関係の影響を受けやすいから、それに充分配慮するという考え方もわかる。それは、多くの非行少年には当てはまるのかもしれない。だが、今では、その枠におさまらない非行少年たちがいるんだ。そして、彼らは環境や対人関係のせいでそうなったわけじゃない。自ら進んで、快楽を求めるために非行に走るんだ。知ってるかね？　今や、若者たちの間でドラッグはファッションなんだそうだ」

竜崎は、背中に冷たいものを押しつけられたように感じた。

まさか、そっちの話じゃないだろうな……。

心臓が高鳴りはじめた。

福本が知っているはずはない。

だが、はたしてそうだろうか。本当に彼が知っている可能性はないだろうか。

竜崎が、邦彦の麻薬使用の現場を見つけたのは一週間ほど前のことだ。それ以来、邦彦は外出していないはずだし、竜崎はほとんど誰にもしゃべっていない。だが、邦彦がヘロイン煙草《たばこ》を吸ったのは、あれが初めてではないだろう。以前に吸った現場を誰かに見られていて、それが回り回って福本の耳に入る……。そんな可能性もないとは言えない。

そして、竜崎は伊丹に話した。まさかとは思うが、伊丹が福本に話した可能性だってないわけではない。

何かの取引に使ったのかもしれない。警察を守るためなら何でもやると伊丹は言っていた。取引くらいは平気でやるだろう。

どんな取引かはわからない。もしかしたら、現職の警察官に容疑がかかっている事実を、東日の記者に知られたのかもしれない。それを記事にするのを防ぐために、邦彦のことを洩《も》らしたということもあり得る。

「社会は変わる。それによって少年も変わる。特にあの綾瀬署管内で起きた少女の誘拐、監禁、強姦《ごうかん》、殺人、死体遺棄という痛ましい事件は象徴的だ。札付きの不良グループが快楽のためだけに、何人もの女性を輪姦していた。その中の一人が死んでしまったのだが、反省もせずに死体を遺棄し、それからまた強姦事件を起こしていたんだ。ホームレス殺害事件もそうだ。加害者は、大森あたりの不良グループだ。喧嘩《けんか》の練習をするというばかばかしい目的で、ホームレスを襲撃しつづけていた。おもしろ半分に弱者に暴行を加え、そして殺した。自分の快楽のために弱者を殺す。そんな少年事件が後を絶たない」

竜崎は、慎重に福本の話を聞いていた。どんな語句も聞き逃すわけにはいかない。何かのサインが隠れているかもしれないのだ。

現職警察官への容疑、邦彦の麻薬使用。どちらであっても、面倒な問題だ。

福本は、ぐいとビールを飲み干し、自分で注いだ。

「少年犯罪の厳罰化。これは今、真面目《まじめ》に考えなければならない議論だ」

福本は言った。「今回の事件はいいきっかけだ。犯人が何者かはまだわからない。だが、どんな人物にせよ、過去の事件の被害者の遺族はきっと密《ひそ》かに感謝しているのではないかと思う」

この言葉に、竜崎は驚いた。

大新聞社の社会部部長の認識がこの程度なのかとあきれてしまったのだ。被害者の遺族の意識というのは、それほど単純なものではない。

遺族は犯罪の記憶と戦っている。忌《い》まわしい記憶と折り合いをつけるために、すさまじい精神的な努力をしているのだ。過去の事件で殺された少女の母親は、いまだに精神科に通い続けているという。

今回の殺人事件は、治りかけた傷口からかさぶたを無理やりはがしたようなものだ。遺族の心に、辛い過去がまざまざとよみがえったに違いない。

だが、これは罠《わな》かもしれない。

竜崎は用心した。

もし、被疑者が現職の警察官だと、福本が知っているとしたら、こうして犯人を持ち上げることで、こちらが不用意な発言をするのを待っていることも考えられる。

「わが社の新聞は最初の事件のときに、いち早く過去の事件との関連を報道した。このまま尻切《しりき》れトンボにする気はない。少年の凶悪犯罪を本気で考えるというキャンペーンを張るつもりだ。そこで、あんたの忌憚《きたん》のない意見を聞きたい」

「忌憚のない意見？」

「そうだ。少年犯罪を本気で考えるとなると、どうしても少年法にも話は及ぶ」

「どうして、私の意見が必要なのですか？」

「だからさ……」

福本は、顔をしかめてみせた。またビールを勢いよくあおる。「警察が今回の事件をどう思っているか、正直なところを聞きたいわけだ」

「どう思うかって……」

竜崎は戸惑った。質問があまりにおおざっぱだ。「事件は事件です。捜査の手順にも手法にも何の変わりもありませんよ」

「警察の現場でも少年法に対する批判とかがあるんだろう?」

「ありますよ」

竜崎は平然と言った。「少年事件は全件送致主義です。つまり、すべて一度家庭裁判所にあずけなければならない。通常の刑事事件であれば、送検した後に勾留《こうりゅう》手続きを取り、じっくりと取り調べをすることができます。現場の警察官は、充分に調べた後に自白に追い込むことができます」

「そういうことじゃなくってさ……。凶悪事件を起こした少年が二、三年で娑婆《しゃば》に出てこられるシステムがさ……」

「警察は、法が適正かどうかを判断できる立場にありません。それは法務省や国会議員の仕事です」

「どうも、あんたと話をしていると、だんだんこっちがばかみたいな気分になってくる」

事実そのとおりじゃないか。

竜崎は思った。この程度の男が、大新聞の社会部を仕切っている。そのこと自体が不思議議に思えてくる。

「法律が今の社会に適合しているかどうか。それは、永遠のテーマでしょう。だから法改正が行われる」

竜崎は言った。「少年法も改正されました。しかし、法の改正というのは慎重に行われなければならない。特に人権には気を配らないといけない」

「その人権てやつだよ」

福本が言った。「犯罪者の人権については、さかんに議論される。だが、被害者の側の人権についてはないがしろにされているような気がして仕方がない」

「印象だけで論じてはならない問題です」

「わかってるさ。だがね、被害者に対しては警察も充分なケアをしているとは思えない」

「それは、警察の役割ではありません。ソーシャルワーカーや弁護士、精神科医、あるいは被害者の会などといった団体の役割でしょう」

「うちのキャンペーンでは被害者の実態についても取り上げるよ。少年犯罪の被害者やその遺族がどんな思いで暮らしているかを、世間に知らしめなければならない」

「寝た子を起こすようなものだとは思いませんか?」

「取材の際には充分に注意するよ」

「犯罪の被害にあい、その上マスコミの被害にあうんじゃたまりませんからね」

「うちの記者をテレビのレポーターなんかといっしょにするなよ。なあ、一杯くらい飲んだらどうだ?」

竜崎は、ビールのグラスに触れてもいない。

「わが家で、缶ビールを一本だけ飲む。それが私の習慣なんです」

「別に、ここで飲んでもうちで飲んでも同じだろう」

「ここで飲むわけにはいかないのですよ」

「なあ……」

福本が言った。「容疑者はかなり絞られてるんじゃないのか?」

「さあ……」

竜崎は言った。「私は現場のことはわかりません。そういうことは警視庁の人や検察に訊《き》いてはいかがですか?」

「夜回りは現役の記者の仕事だよ」

福本は、さらにビールを飲んだ。そして、卓上にあるボタンを押した。料理を運ばせるつもりだろう。ということは、大切な話は終わったということだ。仲居が出入りする状態で重要な話をするはずがない。

「あんた、警視庁の刑事部長と幼なじみなんだろう？」

「小学校時代に同じクラスにいたというだけです。特に親しかったわけでもない」

「特に親しくなくても、そういうのを幼なじみっていうんだよ。俺は、どうもあの伊丹という男が苦手でな……。あんたのほうが話しやすい」

　これは意外な言葉だった。

　どう見ても伊丹のほうがずっと社交的だ。

「私とのほうが付き合いが長いからじゃないですか？」

「そうじゃない。あいつ、山っ気があるだろう。どうも今ひとつ信用できないところがある。表の顔と裏の顔があるような気がする。その点、あんたはわかりやすい」

「そうですか？」

「あんたは本音とたてまえを使い分けたりしない」

「周囲からは変人だと言われています」

　福本は笑った。

「知ってるよ。だが、俺はあんたのことを買っている。だから、ゆっくり話がしたたかった。いや、実をいうと呼び出したのはそういうわけだったんだ」

竜崎は、福本の真意を量りかねていた。

本当に話はこれで終わりなのだろうか。だとしたら、何という時間の無駄だろう。

竜崎のほうから質問してみることにした。

「私が知らないようなことを、何かつかんでいるのではないですか？」

「ん……？」

福本はきょとんとした顔をした。「警察庁のキャリアが知らないことを、俺が知るわけないだろう」

「鼻の利《き》く現場の記者もいるでしょう」

「何も洩れてこないんだ。まあ、それが不思議といえば不思議なんだが……。たいていはね、刑事に張り付いていると何かしら洩らしてくれるもんなんだ。当たり障《さわ》りのないネタを、犬に餌《えさ》をやるような気分で投げてよこすわけだ。だが、今回はまったく何も洩れてこない。それが、ちょっと気になるがな……」

福本の眼に、一瞬だが油断ならない光が宿った。

やはり、薄々今回の被疑者は普通ではないと勘づいているのだ。

「捜査が難航しているようですからね」

竜崎はできるだけさりげなく言った。「餌をやりたくても、何もないのでしょう」

「そうそう。大森署の件ね、あれ、どうして前の二件と捜査本部をいっしょにしないんだ？」

「知りません。実際の捜査は警視庁と埼玉県警の仕事ですから……」

見当はついた。

伊丹が故意に分けて捜査をしているのだ。マスコミに対するカムフラージュかもしれない。すべての事件の捜査本部を統合すると、それだけマスコミの眼も集中する。同一犯による三件の連続殺人事件の可能性が高いのだが、複数の犯人がいるような印象を与えようとしているのかもしれない。

いずれにしろ、姑息《こそく》な手段だ。時間稼ぎにしかならない。犯人逮捕となれば、いやでも本当のことが明らかになるのだ。

伊丹はどの段階で逮捕するつもりなのだろう。あるいは、現職警察官に対する嫌疑が晴れるという一縷《いちる》の望みを抱いているのかもしれない。

実際、その可能性はどれくらいあるのだろうか。

「失礼します」

仲居がお造りを運んできた。透き通るようなヒラメと黒みがかった新鮮なイカ、そして脂《あぶら》の乗ったハマチと鮮やかな色のマグロの赤身だった。

「話が終わったのなら、私は帰ります」

竜崎は言った。

「食っていけよ。ここの料理はうまいんだ」

竜崎は、食べ物にはあまり執着しない。というより、うまかろうがまずかろうが、ほとんど興味がない。

「私などと食べるより、女性でも呼んだほうがいいんじゃないですか？　私と食事したことにして経費で落とせばいい」

竜崎は皮肉のつもりで言ったのだが、福本は時計を見た。

「そうか。まだ同伴出勤もできる時間だな。どこかのホステスでも呼び出すか……」

「じゃあ、私はこれで……」

竜崎は席を立った。福本は携帯電話を取り出した。

11

とんだ取り越し苦労だった。地下鉄東西線の飯田橋駅に向かいながら、竜崎はほっとすると同時に、少しばかり腹を立てていた。

福本に対してではない。自分に対して腹が立った。

何か負い目があると、正常な判断ができなくなる。疑心暗鬼というやつだ。

福本が何か取引を持ちかけようとしているのではないかと冷や冷やしていた。それだけではない。竜崎は、伊丹まで疑ったのだ。

ちょっとした自己嫌悪《けんお》だった。判断力を失った官僚など役に立たない。

邦彦のことだけは、ちゃんとしないとな……。

警察庁へ戻るか自宅へ帰るか迷った。時計を見たら、まだ七時を少し回ったばかりだ。普通なら警察庁にいる時間だ。

地下鉄の出入り口のそばで、人混みを避けて谷岡に電話した。

「何もなければ、これから自宅に戻るが……」

「こちらはだいじょうぶです。福本部長、何の話でした?」

「雑談程度の話だ。スクープを狙《ねら》ったつもりが、空振りに終わった。振り上げた刀の納めどころがないので、少年犯罪についてのキャンペーンをやるのだと言っていた」

竜崎はしゃべりながら、周囲を見回していた。どこに誰の耳があるかわからない。これ以上の話は危険だ。谷岡はそれをさとったようだ。

「わかりました。こちらはご心配なく」

竜崎は電話を切ると駅への階段を下った。ラッシュ時は過ぎているものの、電車の中は混み合っていた。人いきれに、アルコール臭が混じって、むっとしている。電車の中で汗ばむ季節になってきた。

疲れたサラリーマンやＯＬの姿。彼らは、それぞれにさまざまな悩みを抱えているのだろう。金の悩み、人間関係の悩み、仕事がうまくいかない悩み……。

人間が生きていく限り悩みは尽きない。問題はそれに対処できるかどうかだ。竜崎は、なんとか自宅に帰るまでに、気分を変えたかった。

「あら、今日も早いのね」

妻の冴子が言った。

「早く帰ってくるたびに驚くことはないだろう」

「驚きますよ。だって、本当に家にいる時間が少ないんだから」

「邦彦は部屋か？」

「あれからずっと閉じこもりっきり。引きこもりになっちゃったんじゃないですか？」

　引きこもりどころの問題ではないのだ。

　竜崎は心の中で言い返していた。

「邦彦は何か言ったか？」

「別に何も……」

「飯の前にちょっと話をしてくる」

　妻は何も言わなかった。おそらく、異変に勘づいているはずだ。だが、何も訊《き》かずにいてくれる。それがありがたい。

　背広を着たまま邦彦の部屋の前に立った。ノックをするのに、ちょっとした勇気が必要だった。こういう場合、他人より家族のほうが神経を使う。

　ノックしてドアを開けた。

　邦彦は、ベッドの上で携帯電話をいじっていた。一瞬、ひやりとした。部屋に閉じこめていても、携帯電話を持っていたら何の意味もない。外部と自由に連絡が取れる。誰か知り合いに、ヘロイン煙草《たばこ》を吸っているところを父親に見つかり、身動きが取れない、などと知らせてしまったかもしれない。

「携帯電話で誰かと話をしたのか？」

邦彦はベッドの上でどういう恰好《かっこう》をしていいのかわからないように身じろぎした。

それでも結局バックボードにもたれたままだった。

「話はしてない」

「メールは？」

「してないよ」

「いま、携帯をいじっていたじゃないか」

「ゲームをやっていただけだ。あんまり退屈なんでね……」

受験勉強をしろとも言えない。邦彦も、勉強どころではないだろう。

「詳しく話を聞きたい」

竜崎はドアを閉め、その前に立ったまま言った。

邦彦はもぞもぞと姿勢を起こして、ベッドの上であぐらをかいた。多少はましな姿勢になった。

竜崎は、尋ねた。

「いつからやっているんだ?」

「三ヵ月ほど前」

「どのくらいの頻度で……?」

「たまに……。ヘロインを付けた煙草を吸うと、幸福な気持ちになるけど、そのあとひどく気分が悪くなって、丸一日くらいは何もできない。ひどいときは、三日くらい我慢しなきゃならない。でも、その三日が我慢できれば、中毒にはならないって……」

「誰が言った?」

「先輩だ。その先輩はタイとか旅行したことがあって、経験があったんだ」

「予備校で買ったと言っていたな?」

「ああ」

「どんなやつだ?」

「どんなやつって……。二十歳《はたち》くらいのやつだよ。もしかしたら、俺と同じくらいかもしれない」

「どんなきっかけで知り合った?」

「声を掛けられたんだ。そいつ、いろいろなやつに声をかけているらしい」

「名前を知っているか？」

「知らない」

「こっちの名前とか連絡先は？」

「そういうのは教えないことになっているんだ」

「また薬が欲しくなったら、どうやって連絡を取る」

「知らないよ」

邦彦が言った。「俺、初めてだったんだ。また薬が欲しくなるかどうかなんて、考えてもいなかった」

「本当に初めてだったんだな？」

「本当だって」

邦彦が薬にどっぷり浸《つ》かっていたわけではないことはすでにわかっていた。煙草に付着させて吸うというのは、最も初歩の段階だ。そのうちにそれだけでは満足できなくなるはずだ。

だが、初めて買ったという言葉は、いくぶんか竜崎の気分を楽にさせた。自首をした場合、捜査員の心証も多少はよくなるに違いない。

さらに、売り手にこちらの素性を教えていないという点も、竜崎にとっては有利な要素だ。この点は、もし事件のもみ消しを選択した場合、特に重要になってくる。

「今日、新聞社の社会部部長に会った。彼が言っていた。今の若者はドラッグをファッション感覚で使用する、と……。おまえもそうだったのか？」

「そんなんじゃないよ」

「じゃあ、なぜヘロインなんか買ったんだ？」

邦彦は、うつむいたまま黙っている。

「なぜなんだ？」

「なぜって……。よくわかんないよ……」

「わからないことがあるか。何かの理由があって買ったんだろう？　人は合理的な理由もなく行動するものじゃない」

邦彦は顔を上げた。むっとした顔をしている。

「合理的な理由なんてなくたって、衝動的に行動するんだよ」

この言葉は、理解できなかった。いや、正確にいうと、常々不思議に思っていたことだ。人は、何かの原因があって行動する。長年、警察官僚をやってきて、多くの犯罪者にも接した。

衝動的な犯行という言葉が安易に使われるが、深く追及すれば必ず何らかの理由が見つかるものだ。動機がない犯罪はあり得ない。覚醒剤《かくせいざい》のフラッシュバックによる幻覚を見て、犯行に及ぶ場合もあるが、それもれっきとした理由の一つだ。衝動的と表現される多くの場合、本人が自覚していないだけの話だ。そして、自覚がないということは、考えが足りないということだと、竜崎は理解していた。

もちろん、竜崎だって若い頃に、どうしてあんなことをしてしまったのだろうと思うことはたくさんあった。だが、彼は自分の行動から次第にそういう説明のつかない部分を排除してきたのだ。竜崎にとって、それは大切なことだった。

竜崎が考え込んでいたので、邦彦は、困惑していると勘違いしたようだ。勢いづいて言った。

「いつも父さんはそうだ。自分だけが正しい考えを持っていると思ってるんだ。そして、それを俺たちに押しつける」

「正しいと思っていることをやらせて、何が悪い」

「父さんにとって正しくても、俺にとっては正しくないことだってあるだろう?」

「わからん」

竜崎は言った。本当にわからなかった。「正しいことというのは、誰にとっても正しいはずだ」

「そういうことじゃないよ」

「ちゃんと説明してくれ」

「前にも言ったよ」

「もう一度、言ってくれ。確認したい」

「俺は東大なんていく必要はないと思っていた。ちゃんと私立大学に受かったんだ。誰もが認めてくれる一流大学だ。それなのに、父さんは、東大以外は大学じゃないみたいな言い方をして、大学に行かせてくれなかった」

「そのことを怨《うら》んでいたのか?」

竜崎は言った。「だから、何もかも滅茶苦茶《めちゃくちゃ》にしようと考えて、ヘロインなどを買ったというのか? だとしたら、おまえの目論見《もくろみ》は成功した。父さんの未来も、家族の生活も危機にさらされている」

邦彦は、ちょっと慌《あわ》てた顔をした。

「そこまで考えてたわけじゃないよ。ただ、むしゃくしゃしてどうしようもなかったんだ。薬売ってるやつに声かけられたとき、もう、どうでもいいやって思って……」

「父さんは、警察庁で働いている。そのとき、そのことを考えなかったのか?」

「そんなこと、考えなかった」

「あきれたもんだ……」

「たしかに……」

邦彦は言った。「今は、ばかなことしたと思っているんだ」

「事態はおまえが思っている以上に悪い。父さんにも、何かの処分があるかもしれない。姉さんの縁談も壊れるかもしれない」

「父さんは出世のことしか考えていないんだ」

「あたりまえじゃないか」

竜崎は言った。「出世をしなければ、権限が増えない。官僚がやりたいことをやろうと思えば、出世をするしかないんだ」

「家族のことはどうでもいいのか？」

「どうでもよくないから、こうして話をしている。それに、父さんが出世すれば家族だって助かる。収入は増えるし、立派な官舎に住めて生活環境だってよくなる」

「それだよ」

「それって何だ？」

「自分が正しいと思っていることを、家族に押しつけてんだよ」

「これ以上に正しいことがあるか？　官僚の生活というのはこういうものだ。父さんなんてまだましなほうだ。財務省や外務省の高級官僚は、それこそ週に何日も家に帰れないんだ」

「だから、俺は嫌だったんだ」

「何がだ？」

「東大に入って、官僚になれという父さんの押しつけが、だ。俺、そんな人生、まっぴらだ」

「おまえは、何年生きた？」

「十八年だ。子供の年も覚えてないのかよ」

「父さんは、四十六年だ。若い頃は全国を転々として見聞も広めた。おまえとは人生経験が違う。どちらの判断が正しいと思う？」

「そういう問題じゃないだろう」

「じゃ、どういう問題なんだ？」

「俺の人生は俺のものだってことだ」

竜崎は、この陳腐な言い回しに、またしてもあきれてしまった。

「そんなことはわかりきっている。だから、若いうちに可能性を増やせと言っただけだ。官僚になるかどうかは、東大に入ってから考えればよかったんだ。別に官僚になることを強制したわけじゃない。いいか。東大には日本の最高の英知と技術が集中している。東大に入るだけで、できることが格段に増えるんだ。それを利用しない手はない」

「利用だって……?」

「そうだ。おまえの人生はおまえのものだと言った。ならば、その人生のためにあらゆるものを利用しないと損じゃないか。利用するなら、最高のものを利用したほうがいい。東大はそのための一つの条件に過ぎない。だが、その条件すらクリアできないで、人生、好きに生きたいなどと言っているのは、所詮《しょせん》、負け惜しみに過ぎないじゃないか」

邦彦は、ぽかんとした顔で竜崎を見ている。何も言い返せない様子だ。

「だが、おまえは、多くの可能性を自分でぶち壊した」

竜崎は言った。「犯罪というのはそういうものだ。法的な制裁だけでは済まない。社会的な制裁というものもある。それを覚悟しなければならない」

「社会的な制裁……?」

「これからずっとハンディーを背負うということだ。社会に出ると、あらゆる場面で競争が待ちかまえている。その際に、過去に犯罪に手を染めた記録が残っていると、まずふるい落とされることになる。もう、おまえは国家公務員試験に受かることはないだろう。書類選考の段階で落とされる。一般の企業だってそうだ」

邦彦の顔色が少し悪くなった。今ごろになって、将来に対して不安を感じているのだ。

「そういうことを気にしない会社だってあるさ……」

邦彦の言葉に力はなかった。

「それはあるだろうが、選択肢がぐっと狭くなる」

「じゃあ、バイトでもして暮らせばいい」

「今はやりのフリーターか？　社会保険はどうするんだ？　年金はどうする？」

「そんなもん、どうでもいいよ」

「よくない。いつまでも健康でいられるとは限らない。四十、五十になってもアルバイトで暮らしていくつもりか？」

邦彦はまたうつむいてしまった。何かしきりに考えている。おそらく、邦彦は竜崎が言っていることをちゃんと理解しているはずだ。

だが、素直に認めるのが悔しいだけなのだ。

「話はだいたいわかった。嘘《うそ》はついてないな？」

「ついてないよ」

うつむいたままこたえる。

竜崎はうなずき、部屋を出ようとした。

「俺、どうなるんだよ」

邦彦が言った。

「わからん」

「わかんないわけ、ないだろう。父さん、警察官じゃないか」

「どうすればいいか、今考えている最中だ」

「俺、いつまでこうしてなきゃいけないんだ？」

「当分の間だ」

邦彦が何か言う前に、竜崎は部屋を出てドアを閉めた。

出来の悪い部下と話した後のような、苛立《いらだ》ちを感じていた。そんな気分になっている自分に少し驚いた。

息子と話をするというのは、こんなものなのだろうか。まだ邦彦が小さな頃、どんな会話をしていたか思い出そうとした。

ほとんど思い出せなかった。

もしかしたら、邦彦なりに将来何かやりたいことがあるのかもしれない。そういうことを尋ねるべきだったのだろうか。

竜崎は自問した。

いや、今さらそんなことを訊《き》いても始まらない。東大に入ることが、将来やりたいことの妨げになるとは、とうてい思えない。もちろん、東大に入ること自体にそれほどの意味がないことは、竜崎にもわかっている。

だが、大学に入るからには東大を目指すべきだ。日本の最高学府は伊達《だて》ではないのだ。教授は一流揃《ぞろ》いだし、資料や研究施設は充実している。人脈作りにも役立つ。企業の間でも、いまだに東大卒は歓迎される。

邦彦がミュージシャンになりたいというのなら、別の選択もあり得る。音楽を学ぶならば、芸大を目指すべきだ。それが、クラシックでなくても得るものは大きいはずだ。

だが、邦彦が音楽に興味があるとは思えない。部屋から音楽が聞こえてきたこともなければ、楽器を弾いているところも見たことがない。

要するに、どうせ何かをやるなら、最高のものを目指すべきだということだ。挑戦する前にあきらめるのはばかげている。

東大だって、所詮人間が作ったものだ。同じ人間が入れない道理はない。

寝室で着替えてリビングルームに行くと、台所から冴子が顔を出した。

「邦彦、どうです？」

「ああ」

竜崎は、さりげなくこたえる。「心配ない」

「やっぱり、東大は無理なんじゃない？　あの子、あなたじゃなくて、あたしに似てるから……」

「おまえ、成績がよくなかったのか？」

「まあ、そこそこですよ。あなたには、誰もかなわない。誰もがあなたのようなわけにはいかないわ」

「ばかを言うな。学校の成績というのは、何より努力が報われるものだ。成績が悪いのは、別に頭が悪いわけじゃなくて、勉強をしていないだけのことなんだ」

「そうかしらね」

「だって、そうじゃないか。いいか？　例えば、プロのスポーツ選手になる者はごく限られている。それは才能や体格に恵まれなければならない。音楽の世界でもそうだろう。努力だけでは越えられないものがある。だが、学校の成績というのは、ちゃんと努力すればそれがそのまま報われる世界なんだ」

「勉強をできる才能というものもあると思うけど……？　才能というか性格ね。あと、先生に恵まれるかどうかとか……。最近の小中学校の先生のレベル、落ちてるそうよ」

「わからんな。俺は、勉強というのはやればやるほどできるようになるものだと思って、実際にそれを実行してきただけだ。成績が悪いことの理由など考えたこともなかった」

「あなた、本当に友達いないでしょ」

「いないが、それがどうかしたか？」

冴子は、相手にできないという顔で台所に引っ込んだ。

考えなければならないことは山ほどあった。頭の中が整理できていない。

官僚というのは、猛烈に多忙なので、ちゃんと仕事を整理できない者はどんどん追い込まれていく。国家公務員の自殺率というのは、異様に高いのだ。

仕事に優先順位をちゃんとつけられる者が生き残る。竜崎はその点自信があるつもりだった。

だが、やはり冷静さを失っているせいだろうか。何から結論を出していけばいいか見当もつかない。

片付けられる問題はないか……。

まずは、連続殺人の件だ。これは、直接の担当ではない。伊丹に任せてしまえばいい。容疑のかかっている現職警察官は、今のところまだ被疑者ではなく、正式には参考人に過ぎないと、伊丹は言っていた。

今後、どういう展開になるのか知らないが、それは伊丹が考えることだ。現職警察官が被疑者となった段階で、マスコミは大騒ぎを始め、警察庁は対応に追われることだろう。

それまで、少し時間があるはずだ。

ならば、先に邦彦のことを考えるべきだ。少しでも罪を軽くするには、やはり自首しかない。犯罪が露呈する前に名乗り出れば、法的な自首が成立する。

よくテレビドラマなどで、殺人事件の捜査が始まり、犯人が特定されてから、犯人が自首するという場面があるが、あれは、法的には自首とはいわない。あくまで、犯罪の事実、あるいは犯人が発覚する前に名乗り出ることが必要なのだ。そうなれば、罪を減ずる重要な要素になる。

「もみ消せ」という伊丹の声が、耳の奥で唐突によみがえった。

これまでそれは、あくまで単なる選択肢の一つに過ぎなかった。あまり選びそうにない選択肢だ。だが、今は少しばかり違っていた。竜崎は、迷いはじめていた。他でもない、警視庁の刑事部長が言ったのだ。

たしかに、伊丹が言ったとおり邦彦が罪に問われることは、誰も望んではいない。竜崎自身だってそうだし、家族もそうだ。警察庁もそうだし、伊丹もそのような口ぶりだった。

竜崎が事件をもみ消せば、すべて丸く収まるように思える。邦彦は今までどおりの生活を続け、もしかしたら東大に合格するかもしれない。

邦彦と話をしたことで、事件をもみ消すという選択肢が急に現実味を帯びてきた。

竜崎にだって親子の情はある。

冷静に考えなければならない。

竜崎は、自分を戒めた。

情に流されるというのは、竜崎としては一番避けたい行動だった。理性と正確な判断を何より心がけているのだ。

頭を整理しようとしているところに、美紀が現れた。

竜崎は理由もなく、少しばかりうろたえてしまった。先日の話し合いがあまりうまくいかなかったことが、尾を引いているのかもしれない。

「あら、お父さん、帰ってたの?」

向こうは、先日のことなど忘れているようだ。

「ああ、おまえは今帰ってきたところか?」

「ちょっと、就職活動でね……」

そういえば、美紀はタイトスカートの黒いスーツを着ている。最近のリクルート・スーツは紺色ではなく、黒が流行《はや》りのようだ。

「就職するのか?」

「そりゃ、するわよ。せっかく大学出るんだから……」

「大学を出たら、すぐに結婚するんじゃなかったのか?」

「だから、そんなこと決めてないって言ったでしょう」

「決めていないということは、結婚も考えているということだろう」

「決めてないといったら、決めてないの」

美紀は迷っていると、冴子が言っていた。迷っていられるのも今のうちだ。邦彦が逮捕されるようなことがあれば、三村のほうから縁談を断ってくるはずだ。

警察官僚にとって、スキャンダルは致命的だ。最も避けなければならないものだ。

「会って食事くらいはしているんだろう？」

どの程度の付き合いなのか確かめたかったが、さすがにそれを訊くのははばかられた。

「最近、あまり会ってない。あたし、就職活動で忙しいし、まだバイトも続けてるし……。三村さんも、仕事が忙しいらしくて……」

そうか……。三村忠典はすでに就職していたのか……。

美紀よりも年上だったから、すでに大学を卒業しているはずだった。そんなことも知らなかった。知ろうともしなかった。

「忠典君は、どこで働いているんだ？」

「やだ。知らなかったの？」

美紀は一流商社の名前を告げた。

国家公務員にはならなかったというわけだ。三村禄郎ならばそういうことは気にはしないだろうと思った。外国生活の経験があるから、商社マンは向いているかもしれない。

「商社に勤めていれば、いずれ海外勤務ということもあり得るな」

「近いうちに飛ばされるかもしれないと言ってた」

なるほど、そのことも美紀を悩ませている要因かもしれないと、竜崎は思った。結婚するのはいいが、すぐに海外の生活に飛び込む覚悟はなかなかできないに違いない。すぐに海外に出るとなると、就職活動が無駄になる。

美紀は美紀なりに、難しい選択に悩んでいるのだ。その悩みには、もうじき結論が下されるかもしれない。そのとき、美紀はどんな気持ちになるだろう。

人間は、失ったものに執着しがちだ。自分自身で、三村忠典との関係を断ち切るのなら心の整理もつきやすい。だが、弟のせいでそうなったとしたら、悔いが残る。邦彦のことを怨《うら》みもするだろう。

「着替えてくる」

美紀はリビングルームを出て行った。

邦彦のことを考え、美紀のことを考えた。するとまた、伊丹の一言が脳裏をよぎった。

台所からは、煮炊《にた》きするいい匂《にお》いが漂ってくる。この年になると、外で食事をするのがだんだん億劫《おっくう》になってくる。

若い頃には自宅で食事することなど考えたこともなかった。そのうち、家族というものが何より大切に思えるときが来るのだろうか。

それは、おそらく退官した後のことだろう。だが、それでは何もかもが遅いかもしれない。あるいは、職を失う時期がもっとずっと早く訪れるかもしれない。

おそらく、邦彦の処遇をどうするかで、それが決まる。

職を失わないにしても、今よりずっと条件の悪い仕事に回されるかもしれない。苦労して上った階段を何段か滑り落ちる恐れがあるのだ。

俺はそれに耐えられるのか……。

竜崎は、奥歯を嚙《か》みしめていた。

12

大森署に捜査本部ができてから、十日目。水曜日のことだった。

庁内が妙に殺気立っているのを感じた。部下もそれに気づいている様子だ。竜崎は、無関心を装《よそお》ってルーティンの仕事を続けていた。

内線電話がかかってきた。そろそろ谷岡が何かを嗅《か》ぎつけて知らせてくる頃だと思っていた。やはり電話の相手は谷岡だった。

「何があった？」

竜崎は、いつものように単刀直入に尋ねた。

「現職の警察官が、捜査本部に身柄を引っ張られました」

竜崎は、驚いたふりをした。

「何だって？　どういうことだ？」

「詳しい状況はまだわかっていませんが、参考人としての任意同行だと、情報筋は言っています」

「情報筋？　それは何だ。はっきり言え」

「サツ回りの記者です」

「刑事局は、もうそのことを知っているのか？」

「事実関係を確認しようと、躍起になっています」

庁内の緊張感はそのせいだ。ついに捜査本部が身柄確保に踏み切ったのだ。

「身柄を引っ張ったのは、どちらの捜査本部だ？」

「大森署の捜査本部です」

小さいほうに引っ張ったわけだ。やはり大きな捜査本部のほうがマスコミの注目度は高い。

きな臭いな。

竜崎は思った。

伊丹のやつは、何か考えている。伊丹は、常に自分が賢明な人間だと思いたがっている。何の手も打たずに現職警察官の身柄を確保するとは思えない。すぐに別の動きがあるはずだと、竜崎は思った。

「進展があったら、また連絡をくれ」

竜崎は言って電話を切った。

刑事局の様子を見てこようと思った。たしかに、総務課の出る幕ではない。だが、逆の見方をすれば、警察庁内のすべての出来事は総務課の仕事でもある。

長官官房には首席監察官がいる。警察官の不祥事に関しては監察官が担当する。その事務手続きや連絡業務は結局総務課に回ってくる。

席を立とうとしたとき、また電話が鳴った。谷岡かと思って出ると、相手は牛島参事官だった。

すぐに来いという。明らかに機嫌が悪そうだった。

竜崎が出頭すると、牛島参事官は誰かと電話で話をしていた。怒鳴るように話している。相手はおそらく刑事局の阿久根局長だろうと思った。

同じ鹿児島出身同士だ。いつになく鹿児島訛《なま》りが混じっている。

電話を切ると、牛島参事官は睨《にら》むように竜崎を見て言った。

「面倒なことになった」

竜崎はうなずいた。

「現職の警察官の身柄が、大森署の捜査本部に確保されたそうですね」

「いったいどうなっているのか、さっぱりわからん。警視庁からは情報が上がってこなかった。刑事局も寝耳に水だったと言っている。伊丹のやつは、何をやっていたんだ」

「私に言われましても……」

「幼なじみだろう。何か聞いていなかったのか？」

ここは慎重に振る舞わなければならない。

「私は、官房の総務課です。捜査のことには直接タッチしません」

「現職警察官が被疑者ということになれば、総務課だって涼しい顔はしていられないぞ。長官官房にまで問題は波及してくる」

「そうですね」

「長官の耳に入ったら、官房全体がてんやわんやになるぞ」

「長官はまだご存じないのですか？」

「官房長のところで止まっている。俺が止めた。もっと詳しいことがわかってからでないと知らせられない」

「第一報は入れておいたほうがいいと思います。詳報は追って知らせるということにして……」

牛島参事官は大きな目で竜崎を睨んだ。

「誰が猫の首に鈴を付けるんだ？　事情はどうあれ、雷が落ちることは明らかだ」

「長官に報告するのは、官房長の役目でしょう」

「官房長がお目玉をくらったら、次は俺が官房長からくらうことになる」

「いいじゃないですか、怒鳴られるくらい。それより対処が遅れることのほうを恐れるべきです。報告は早いほうがいい。第一報をまず、入れておくべきです」

「おまえのように、何が起きても泰然としていたいもんだ」

これは誤解だと竜崎は思った。

問題が起きたときに、まず何をすべきか、何ができるかを、必死で考えているだけのことだ。

無能な上司は、何か問題が起きたときに、それが誰のせいかを追及したがる。有能な上司は、対処法を指示し、また何かのアイディアを部下に求める。

おそらく、牛島は今どうしていいかわからないのだ。問題を誰かのせいにしたがっている。竜崎の落ち度にされてはたまらない。だから、今できる最良の方法を提案しているのだ。

普段、牛島は決して無能な上司ではない。だが、今は度を失っている。おそらく、刑事局の阿久根と激しいやり取りがあり、興奮しているのだろう。

阿久根は生きた心地がしないに違いない。警察官の不祥事。それも殺人事件だ。

「阿久根によると、最初の二件の殺人事件と大森署の事件は、別の犯人によるものだということだが、本当なのか？」

「なぜ、私にお訊《き》きになるのです？　刑事局長の情報のほうがたしかだと思いますが……」

牛島は顔をしかめた。

「あいつのところに、まともな情報が上がるものか。誰が窓口になっていると思っているんだ」

「当然、第一課の坂上課長でしょうね」

「坂上がどんなやつか知っているだろう。あいつは、警察というものがわかっていない。その点、おまえの幼なじみの伊丹は違う。あいつは現場を熟知している」

牛島が伊丹を評価しているとは思わなかった。伊丹の外面《そとづら》のよさが影響しているようだ。また、意外と坂上の評価が低いことに驚いた。

坂上は率《そつ》のない男だから、役所では好かれるタイプだ。だが、たしかに牛島が言うとおり、警察官僚として見ると少しばかり頼りないかもしれない。

「事件から私を遠ざけようとしたのは、他でもないその坂上課長ですよ。私のところに情報が回ってくるはずがありません」

「おまえがそんなことでおとなしくしているタマか。伊丹から何か聞いているんだろう？」

牛島は、明らかに刑事局に後れを取るまいとしている。阿久根への対抗心かもしれない。ここは白を切るより、牛島に恩を売っておいたほうがいいと、竜崎は判断した。

「マスコミの攻勢を分散するために、捜査本部を二つに分けているのだと思います」

「つまり、三件は連続殺人事件だというわけか？」

「その可能性は充分にあります。もちろん、別の犯人による犯行である可能性もありますが……」

「三件が連続殺人事件だという根拠は？」

「犯行の日時です」

「どういうことだ？」

竜崎は説明した。三つの殺人事件は、三日置きのサイクルに合致している。それだけの説明で充分だった。牛島の顔色が変わった。

「つまり、警察官の当番だな……」

「そうですね。二件だけでは気づかなかったかもしれません。三件になると、規則性が見えてきます」

「おまえはいつからそれを知っていた？」

「先週です。大森署の事件が起きた翌日でしたか……」

「どうしてすぐに俺に知らせなかった？」

「知らせる？　何をですか？　三つの事件の日付に規則性があるということをですか？」

　聞き返されて、牛島は決まり悪そうに一瞬眼を伏せた。

「まあ、そんなことを一々報告することもないか……。それは捜査本部の仕事だな……」

「はい。私もそう判断しました」

「伊丹も当然そのことは知っているんだろうな？」

「さあ、確認してはおりませんが、捜査員が気づかぬはずはないと思います」

　事件の日付の規則性について気づいた時点で、伊丹と連絡を取ったことはあえて伏せておいた。聞かれもしないことをしゃべる必要はない。

「ならば、伊丹は三件の事件が連続殺人事件だと認識しているわけだ。なのに、捜査本部を統合しなかった……」

「先ほども申し上げたように、マスコミの眼を分散させる目的があったと思われます」

「そして、小さなほうの捜査本部に、容疑のかかった現職警察官を引っ張った……」

「被疑者ではありません。参考人としての任意同行だったそうです」

「ばかやろう。マスコミ相手にそんなごまかしはいつまでも通用しないぞ。伊丹のやつは何を考えているんだ？」

「さあ。私にはわかりかねます。直接お訊きになってはいかがです？」

「ああ。そうするしかないだろうな。とにかく、一番詳しい情報を握っているのは、伊丹だろうからな」

「キャリアの中ではそうでしょうが、実際には捜査本部の主任あたりが一番情報を持っているでしょうね。現場から刑事部長にまで上がっていない情報もあるでしょうし……」

牛島の眼が油断なく光った。

「刑事局の連中は、伊丹から報告を受ける。その段階でもフィルターがかかる……。さらに、刑事局の内部でも、坂上から阿久根に伝えられるときに、情報の取捨選択が行われる可能性がある……」

「はい。常に上には都合のいい情報しか上がってこないという恐れがあります」

「現場の情報を拾えるか?」

考えてもいなかった質問だ。

「総務課でですか? 今までそうした前例はありませんが……」

「総務課は何でも屋だろう」

「何でも屋だから、常に全員が多忙なんです」

「今さら仕事が一つくらい増えたところでどうということはないだろう。総務課でできないというのなら、おまえがやれ。おまえは、伊丹と幼なじみだ。その立場を活《い》かすんだ」

やれと言われればやるしかない。それが官僚というものだ。すでに、牛島に伝えていない情報を、いくつか握っている。いざとなれば、それを報告すればいい。

「捜査本部に直接足を運ぶのが一番だと思いますが、警察庁の人間が出入りすると、現場の連中は何事だろうと身構えてしまいます。マスコミの注目を浴びることにもなります」

「やり方はまかせる。慎重にやってくれ。刑事局の情報が当てにならないとなると、官房独自で情報収集するしかないんだ」

そんなことをするより、刑事局との横の連絡を密にすることのほうがずっと効率的だと竜崎は思った。

だが、ここでそんな議論をしても始まらない。

どうやら牛島は、阿久根に腹を立てているようだ。二人の間に何があったかは知らない。だが、想像はついた。

事件のことに官房が首を突っ込むなと、阿久根が釘《くぎ》を刺したのだろう。それに対して、牛島が反論したのだ。ただの事件ではない。現職の警察官が殺人を犯したのだ。当然、長官の判断が必要になる、と。

それで、言い合いにでもなったのだろう。お互いに鹿児島出身の頑固者だ。

おそらく牛島は、今日のうちにも開かれるであろう幹部会議の席上で、阿久根の知らない事実を一つ二つ披露したいと考えているのだろう。

「いいか、他の仕事は後回しでいい。緊急を要するんだ」

牛島が言った。「頼む。おまえしかいないんだ」

「了解しました」

そう言うしかなかった。

席に戻って考えた。

やり方は任せるから、慎重にやれと牛島は言った。

つまり、隠密《おんみつ》行動を取れということだ。そんなことは不可能に近い。かつて広報室長をやっていた竜崎は、マスコミには顔が知られている。のこのこと捜査本部に出かけていくのも考え物だ。

牛島は、伊丹との関係を活かせとも言った。みんなは、幼なじみだというだけで、伊丹と竜崎は仲がいいと思い込んでいるようだ。いじめられていたことを、いまだに密《ひそ》かに忘れずにいることなど、誰も知らない。伊丹ですら知らないだろう。

その伊丹からこそこそと情報を受け取るなどというのは、本来なら我慢ならない。だが、それが仕事となると、話は別だ。そして、それしか手段がないとなれば、なおさらだ。

個人的な感情より、合理性が優先する。竜崎は、常にそう考えようとしていた。伊丹の携帯電話にかけた。

すぐに留守電サービスセンターに切り替わった。

無駄と知りつつ、折り返し電話をくれとメッセージを入れた。

警視庁にかけて所在を確認した。

綾瀬署の捜査本部のほうにいるという。大森署で、本命の身柄を確保しておいて、自分は綾瀬署のほうに詰めている。これもマスコミに対するカムフラージュのつもりなのだろうか。

だとしたら、ずいぶんと姑息《こそく》だ。そんなことがいつまでも通用するはずがない。

伊丹はいったい何を考えているのだろう。

綾瀬署の捜査本部に電話を掛けてみた。

「はい、捜査本部……」

ぶっきらぼうな声が聞こえた。

「警察庁総務課の竜崎といいます。伊丹部長はそちらにおいでですか?」

とたんに口調が変わった。

「いえ、今日はお見えではありませんが……」

「警視庁では、そちらにいると言っていましたが……」

「いらしていません」

「そうですか。失礼しました」

竜崎は電話を切った。

これまた、姑息なことを……。

席を立って警視庁に向かった。

何度も行き来した道だ。だが、今日はなぜか景色が違って見えた。季節が変わったせいだろうか。いや、そういうことではなさそうだった。何か妙なことが起きようとしている。竜崎はある種の予感のようなものを感じていた。悪い予感だ。

まっすぐに刑事部長の部屋に向かった。思ったとおり、伊丹はそこにいた。

「俺にまで居留守を使うとは、切羽詰まっているようじゃないか」

伊丹は、物憂《ものう》げに顔を上げて竜崎を見た。その眼が血走っている。このところろくに眠っていないことは明らかだった。

「俺が行く先々で、人に囲まれるんでな。落ち着いて物事を考えることができない。ちょっとだけ、一人になる時間がほしかったんだ」

伊丹は疲れ果てて見えた。

今にも崩れ落ちそうだ。それでいて、眼は妙にぎらぎらしている。

「考えることより、眠ることが必要に見えるがな……」

「眠るより大切なことがある」

「人間、ちゃんと眠らないと正常な判断ができない。判断を誤ると命取りだぞ」

「すでに、充分危機なんだ。へたをすれば、本当に俺の首は飛んじまう」

これが伊丹の弱点だ。普段、颯爽《さっそう》と振る舞ってはいるが、やはり意外と精神的に脆《もろ》いのかもしれない。

「大森署に身柄を引っ張った警察官だが、そいつが本命なのか？」

「現時点では何も言えない。あくまでも参考人として話を聞いている」

「おい……」

竜崎は言った。「何をそんなに用心深くなっている。今話している相手は、マスコミでも刑事局の連中でもない。ただの幼なじみだ」

都合良く立場を利用しようとしている。その自覚はあった。だが、やらなければならない。

伊丹は、しばらく竜崎を見ていた。その眼には、複雑な表情が見て取れた。迷っているのだ。

伊丹には竜崎が敵か味方かわからなくなっているようだ。誰も信じられない状況なのだろう。つまり、何かを計画しているということだ。その計画については、まだ竜崎には知られたくないのかもしれない。

やがて、伊丹は言った。

「オフレコだ。いいな？」

竜崎はうなずいた。

「わかっている」

「あいつは本命だ」

「三件ともその現職警察官の仕業か？」

「まだ立証はできない。だが、ほぼ間違いないだろう」

「どうして大森署に身柄を引っ張った？」

伊丹はきょとんとした顔をした。

「なぜそんなことが気になる？」

「俺をばかだと思っているのか？　連続殺人三件のうち、二件を扱っているのは、綾瀬署にある捜査本部だ。だが、おまえは一件だけを扱っている大森署に問題の警察官の身柄を引っ張った」

「おい、勘ぐるなよ。参考人は、大森署勤務だったんだ。だから……」

「同じ署の人間が取り調べをやったというのか？　参考人が大森署勤務ならなおさら別の署に引っ張るべきじゃないのか？　馴《な》れ合いと言われても言い逃れできないぞ」

「秘密裡《ひみつり》に取り調べをやるつもりだった。何度も言うが、彼が本ボシだという確証はまだない。俺は、何かの間違いであってほしいと、今でも思っている」

「だが、その可能性は限りなく少ない」

「ああ、わかっている。だが、祈らずにはいられない」

「祈るなどというのは、官僚の考えることじゃない」

「すべての官僚がおまえのように強い意志を持っているわけじゃない」

「それは違う。俺は原則を大切にしているだけだ。余計なことは考えないようにしている。それだけのことだ」

「普通のやつは、それがなかなかできない」

「そんな話をしにここに来たわけじゃない。大森署の署員を取調室に呼ぶだけなら、おまえが言うとおり、秘密裡に事を運べたはずだ。なのに、サツ回りの記者がそれを知っていた。どうしてこんな騒ぎになった?」

「現場がヘタを打ったのさ。どこにでも血気盛んなばかがいる。昨日、当該の現職警察官は非番だった。当然、捜査本部の捜査員が張り付いていた。夜になって出かけようとしたところを、取り押さえちまったんだ」

「出かけようとした……?」

「ああ。どうやら煙草《たばこ》を買いに出ただけらしい。完全な現場の勇み足だ」

「捜査本部の意図が捜査員に伝わっていなかったということか?」

「会議はちゃんとやっている。こちらの意図も徹底しているつもりだ。だが、現場ではポカをやるやつが必ず出る。会議をばかにするやつがいるんだ。話を半分しか聞いていない。まったく、いやになってくる」

たしかに、現場にはキャリアを小馬鹿《こばか》にするベテラン捜査員や、会議の大切さを充分に理解せず、やたらに外を歩き回りたがる捜査員は必ずいる。

地道な捜査は大切だ。刑事は足で稼ぐものだというのは、昔も今も変わらない。だが、捜査方針をちゃんと共有していないと、大きな失敗に結びつく。

「任意同行だからたいした記事にはなるまいが、すでにマスコミ各社では、さまざまな憶測が飛び交っているはずだ」

「会見で釘は刺してある。あくまでも、過去の事件の捜査に関連して、担当した者に話を聞いているに過ぎないと言ってある」

「その言い訳がどこまで通用するかな……」

「おまえのほうでも抑えてくれ」

「それには、正確な情報が必要だ。記者には餌《えさ》をやらなければならない。どこまで洩《も》らしていいかの判断が必要だ」

「今は、これくらいで勘弁してくれ」

「そんなことを言っているときか。警察庁ではすでに長官官房で対処するという声が出はじめている。長官が乗り出してきたら、洗いざらいしゃべらされるぞ。その前に長官に知らせておいたほうがいい」

「あと少し待ってくれ」

いったい伊丹は何をたくらんでいるのだろう。

「警務部の動きは？」

「まだ、問題の警察官の職歴を洗っている段階だ。監察が本格的に動き出すには、まだ少し間がある」

監察が動き出すということは、警察官の犯罪について、本格的に捜査を開始することを意味している。

さらに質問しておくことはないかと考えていると、ドアをノックする音がして池谷管理官が入室してきた。池谷管理官は、竜崎を見ると動揺した表情を見せた。

「何事だ？」

伊丹が促した。

「失礼します」

池谷管理官は伊丹に近づき、耳打ちした。伊丹がぎゅっと眼をつむった。

「わかった」

伊丹がそう言うと、管理官はそそくさと部屋を出て行った。

「何があった?」

竜崎は尋ねた。

伊丹が立ち上がった。

「悪いな。これから大森署のほうに出かける」

伊丹は竜崎の前を通り過ぎようとした。竜崎は彼の背広の肩のところをつかんだ。

「何があったんだ?」

伊丹は、赤くなっている眼で竜崎を見据えた。竜崎も伊丹を見返していた。しばらく無言の間が続いた。

やがて、伊丹が言った。

「野郎、全面自供しやがった」

13

竜崎は、警察庁に大急ぎで帰った。総務課の課員たちがその形相を見て、驚いていた。竜崎は、自分のデスクからすぐに内線電話で牛島参事官に連絡を取った。

「至急、お話ししたいことがあります」

「おう、今ちょうど、首席監察官と話をしていたところだ」

首席監察官にも知らせるべきだろうか。

伊丹は、まだ知らせたがらないだろう。彼は、決壊しようとしているダムを素手で押さえようとしている。この際、警察庁全体で情報を共有すべきだと竜崎は思った。

「すぐにうかがいます」

「待て、用件は何だ?」

「例の警察官が自供したそうです」

電話の向こうで、牛島参事官が絶句した。ややあって、牛島は声を落として言った。

「五分経《た》ってから来い」

「首席監察官にもお話しすべきだと思いますが……」

「五分待て。いいな」

電話が切れた。

伊丹はオフレコだと言ったが、もうそれどころではない。だいたい、情報を隠しながらコントロールしようという伊丹が間違っている。すべてをさらけ出して、全員で対処すべきなのだ。

竜崎は、広報室の谷岡を呼び出した。谷岡はすぐに竜崎のところまで上がってきた。

「どうしました？」

「任意同行していた警察官が自供した」

谷岡は衝撃を隠さなかった。

「何かの間違いであってほしいと願っていたのですが……」

「それは一般人の言うことだ。我々はキャリア警察官だ。全力で、この危機を乗り切らねばならない」

「はい」

谷岡の表情に生気が戻ってきた。「この情報は、どういう扱いになっています？」

「警視庁では、今のところ伊丹のところで止まっているはずだ。警察庁では、たぶん私しか知らない。これから、参事官に報告してくる。扱いはその段階で決まる」

「マル秘ですね……」

「私は、いち早く全員で共有して対処すべきだと思う。自供したということは、逮捕まで時間がないということだ。逮捕となれば、もうマスコミに隠しておくことはできない」

「警察庁《カイシャ》の全員が、課長のようなお考えだといいのですが……」

「それはどういう意味だ？」

「秘密主義は、警察の伝統ですからね。県警本部ごとに秘密がある。そして、セクションごとにも秘密があるんです」

竜崎は時計を見た。約束の五分が過ぎようとしている。

「とにかく、私は参事官のところに行ってくる。夕刻のテレビ・ラジオのニュースと夕刊を洩れなくモニターしておいてくれ」

「了解しました」

竜崎は、参事官の元に向かった。

牛島のところにはもう首席監察官はいなかった。

「話を聞こう」

牛島は言った。

「首席監察官は、どうされました？」

「なんとか言いつくろって追っ払った」

「なぜ……？」

「まず、話を聞くのが先決だと思った。監察に突っ走られると、手の打ちようがなくなる」

その言い方に、ふと不安を覚えた。牛島は、まだ何か画策しようとしているのだろうか。まるで、伊丹と同じように、この期《ご》に及んでまだごまかすことを考えているのだろうか。

だが、そんな疑問を口に出すわけにはいかなかった。余計な議論をしている時間はない。

「大森署で取り調べを受けていた参考人の現職警察官が、全面的に自供したそうです」

「なぜ、伊丹は大森署で取り調べをさせていたんだ？」

「当該の現職警察官が、大森署員なのだそうです。当初は、秘密裡《ひみつり》に取り調べをすることを計画していたのですが、現場で手違いがあり、サツ回りの記者たちに知られた模様です」

「現場で手違いだと……?」

「行動を監視していた捜査員の勇み足で、非番の日に身柄を引っ張ったらしいのです」

「まったく、所轄《しょかつ》は何を考えているんだ」

その瞬間には、捜査員は何も考えていなかったに違いない。条件反射的に、身柄を押さえようとしたのだろう。たぶん、警察署が近づくにつれ、自分たちの過《あやま》ちに気づいたに違いない。警察署には、記者たちの眼が光っている。だが、そのときにはもう遅かったのだ。一度確保した身柄を、その時点で解き放つわけにはいかない。

「刑事局は、知っているのかな……」

「まだ上がってきていないと思います。警視庁の刑事部長は、知らせが来てすぐに大森署に向かいました」

「まどろっこしい言い方をするな。伊丹と言えばいいんだ。それで、伊丹はこれからどうするつもりだ?」

「私にはわかりません」

「大森署に向かったと言ったな?」

「はい」

「ばかな……。刑事部長が飛んでいったら、記者たちが何事かと寄ってくるぞ」

「そのへんはうまくやるでしょう。伊丹もばかじゃない」

本当にそうであってほしい。

竜崎は思った。

どうも、伊丹は冷静さを欠いているように思える。快活で楽天家の伊丹らしくない。

あいつが、これほど打たれ弱いとは思ってもいなかった。

牛島参事官が言った。

「通常の手続きだと、身柄を押さえたまま逮捕し、送検だな……。そうなれば、もう何をしてもマスコミの眼を逃れることはできない」

「すでに遅いと思います」

参事官は、しばらく竜崎を見つめていた。

その眼が気になった。ひどく狡猾《こうかつ》な感じがしたのだ。

牛島は言った。

「あきらめが早いな。それじゃいい官僚にはなれない」

その文言も気に入らなかった。

「いち早く記者発表をして、憶測の記事が流れないようにすることが最良だと思います。早い段階で事実関係を明らかにすれば、マスコミも悪印象を抱かないでしょう」

「おい、現職警官による連続殺人事件だぞ。おまえの認識は甘すぎる」

「認識が甘い……？」

「そうだ。どんな形で発表しようが、マスコミは鬼の首を取ったように大はしゃぎするだろう。警察の信用は地に落ちる」

「それくらいのことは、認識しているつもりですが……」

「だから、そんなことを認めるわけにはいかないのだ」

「しかし、事実起きてしまったことですから……」

「だから、おまえはあきらめが早すぎると言ったんだ」

「何をなさるおつもりです？」

「それはこれから決める。とにかく、ほかの幹部とも話し合わねばならない。警察庁内で、その大森署員が自白したことを知っているのは誰だ？」

「私と参事官、そして広報室長の谷岡です」

「谷岡には口止めしてあるだろうな」

「当然、マル秘扱いにしています」

「よし。私から指示があるまで、誰にも話すな」

「長官にはお知らせするべきだと思いますが……」

牛島は目をむいた。

「そんなことは俺が決める。いいな。指示があるまで何もするな」

「わかりました」

そう返事するしかない。牛島は「ご苦労」と言った。話は終わりだという意味だ。

竜崎は一礼して、退出した。

何もするなという指示は、ありがたいようで実はそうではない。

本当に何もせずにいると、いざ指示が出たときに対処できないのだ。それなりの準備を整えておかねばならない。

どんな指示が出るかはわからない。だが、さまざまな可能性を考慮して、そのための準備をしておくことはできる。

今竜崎がすべきことは、できる限り正確な情報をたくさん仕入れることだ。刑事局から総務課に情報が流れてくることは考えられない。

広報室を動かすのも危険だ。広報室は、マスコミに直結していると考えていい。しかも、現時点では、現職警察官の全面自供の事実を知っているのは、広報室では谷岡だけだ。

機密保持の観点からも、事実を知っている人間はなるべく少なく保っているほうがいい。

だとしたら、俺が伊丹に張り付くしかないか……。

できれば、捜査本部には行きたくなかった。長官官房の総務課の人間が、現場にいる警視庁の刑事部長にくっついているというのは、おそらく誰が見ても不自然だろう。

だが、竜崎と伊丹にかぎっては、それほど不自然に思われずに済む事情がある。幼なじみが情報を交換しているのだと、周囲に強調すれば、それほど不審に思われることもないだろう。

つまり、その役目は竜崎にしかできないということだ。机の上にたまった書類の山を横目で見た。

しょうがないな……。

竜崎は心の中でつぶやき、外出の準備を始めた。

14

大森署は、思ったより静かだった。

出入りしている記者たちも、成り行きを見守っているといった印象があった。

通りかかった刑事らしい私服警察官に捜査本部の場所を尋ねた。

「知らねえよ」

その私服警察官は、ぶっきらぼうに言った。「あそこに受付があるだろう。あそこで訊《き》けよ」

猫背で首が太い。腕も太く全体にがっしりとした体格だ。おそらく大学の柔道部の出身だろうと思った。その私服警察官の態度が気に入らなかった。

「あなたは、一般市民に対していつもそんな態度なんですか?」

体格のいい私服警察官は、竜崎を睨《にら》みつけ、ぐいっと顔を近づけてきた。

「なんか文句あんのか? 文句あるんなら、聞いてやってもいいぞ。ただし、取調室でな。なんなら、二、三日泊めてやるぞ」

「私を逮捕するという意味ですか？　罪状は？」

「そんなもん、どうにでもなるんだよ。こっちの虫の居所次第なんだ」

「それは信じがたい言葉ですね」

「信じさせてやろうか。警察は甘くねえんだよ」

こんな警察官たちのために、伊丹は苦労し、追いつめられているのか。そう思うと、腹が立ってきた。

「身分証を出しなさい」

「何だと、てめえ……」

「手帳を出せと言ってるんだ」

私服警察官は、ようやく様子が妙なことに気づいたようだ。一般市民は警察官に脅しをかけられて、こうも堂々としてはいられないはずだ。

警察官に声をかけられるだけで、一般市民は緊張するものだ。だから、現場の警察官は増長する。

「何者《なにもん》だ、てめえ……。弁護士か？」

竜崎はうんざりした気分で、身分証を提示した。相手はそれをひったくるように受け取り、しげしげと眺めた。

みるみる顔色が失《う》せていった。

竜崎の身分証を両手で差し出すと、その私服警察官は直立不動になった。

「気をつけをしろと言った覚えはありません。身分証を出せと言ったのです」

「勘弁してください。警察庁《サッチョウ》の警視長殿なら、最初からそう言ってくだされば……」

「私が警察庁の人間だとわかっていれば、態度は違ったと言いたいわけですか？」

「もちろんです」

「それは、余計に許せませんね。立場の弱い者には乱暴な態度を取り、上の者にはへつらうということでしょう」

「ちょっとばかり虫の居所が悪かっただけです。申し訳ございません。このとおりです」

私服警察官は頭を下げた。

「ご免で済めば、警察はいらない。これもあなたがたの得意な台詞《せりふ》なんじゃないですか？　さあ、手帳を出しなさい」

私服警察官はすがるように竜崎を見つめた。それでも竜崎の態度に変化がないとわかると、しぶしぶバッジのついた手帳を取り出した。

戸高善信《とだかよしのぶ》、三十八歳。巡査部長だ。職歴の欄を見ると、現在大森署の刑事課にいる。

刑事課の人間が捜査本部の場所を知らないはずがない。

竜崎は、手帳を返し、言った。

「今後、態度を改めないと、監察に報告することになりますよ」

戸高はふてくされたように何も言わない。手帳を内ポケットにしまうと、威嚇《いかく》するように周囲を見回した。周囲には大森署員だけでなく、一般市民もいる。

竜崎は言った。

「刑事なら捜査本部の場所を知っているはずですね。案内してもらいましょう」

戸高は、無言で歩きだした。竜崎はそのあとについていった。

捜査本部には、大会議室が当てられていた。机が並べられ、電話やノートパソコンが置かれている。部屋の前には、新聞記者たちが集まっていた。竜崎の姿を見て、年かさの記者が声をかけてきた。

「総務課長、いよいよ警察庁のお出ましですか?」

顔見知りの記者だった。

竜崎はこたえた。

「幼なじみの陣中見舞いですよ」

「あ……」

記者は、思い出したように言った。「伊丹部長の……」

彼も、伊丹と竜崎が幼なじみだということは知っているはずだ。

竜崎は、他の記者を無視して捜査本部に足を踏み入れた。案内してくれた戸高に礼を言った。

こちらから礼儀の手本を示してやらねばならない。

「どういたしまして」

戸高は言った。それから、彼は小さな声でつぶやいた。「ふん、キャリアがよ……」

こんな警察官ばかりではないはずだ。

竜崎は自分に言い聞かせた。真面目《まじめ》で正義感に燃える警察官もいる。そう信じなければやっていられない。

幹部席に伊丹の姿があった。他の幹部と真剣な顔つきでなにやら相談していた。

彼は竜崎に気づいて声をかけてきた。

「何しに来た？」

竜崎はこたえた。

「幼なじみの陣中見舞いだ」

周囲にいた幹部や捜査員たちがいっせいに立ち上がった。伊丹に対する口調で、竜崎の地位を推し量ったのだろう。

「仕事を続けてください」

竜崎は彼らに言った。「捜査の邪魔をするつもりはありません」

伊丹は、立ち上がり、竜崎を連れて捜査本部の端に移動した。他人に話を聞かれない場所だ。

二人は立ったままだ。伊丹が小声で言った。

「何が陣中見舞いだ」

「本当のことだ。ついでに、詳しい状況をこの眼で見ておきたくてな。今後の見通しは?」

「自白しちまった限りは、送検しないわけにはいかない」

「その後は……?」

「勾留《こうりゅう》手続きを取って、詳しく調べることになるだろう。まだ、物証は何も出ていない」

「凶器の件は吐いたのか?」

「拳銃《けんじゅう》は、荒川に捨てたと言っている。川をさらうことになるだろうな……。大森署管内の事件については、金属バットを使ったと言っている。それは犯行現場近くの倉庫のゴミ捨て場に捨てたと言っている。調べたら、すでに業者に回収されていた。今、その業者を当たっている」

「言ったとおりの場所から拳銃が出てきたら、容疑は固まったと見ていいな」

伊丹は、疲れ果てた顔でこたえた。

「供述の内容と事実関係が驚くほど一致している。疑う余地はない」

「ならば、法に則《のっと》った手続きを進めるだけだ。それ以外に道はないんだ」

「それ以外に道はない、か……」

伊丹は、苦痛に耐えるような顔になった。「おまえらしい考え方だ」

その言葉に竜崎は驚いた。

「どう考えたってそうじゃないか」

伊丹は竜崎の顔をしげしげと見た。

「おまえ、邦彦君の件はどうした？」

竜崎の憂鬱《ゆううつ》さがにわかに増した。忘れていたわけではないが、とりあえず考えることを保留していた。

「まだ何もしてない。邦彦は自宅で謹慎させている」

「自宅謹慎。それでもういいじゃないか」

「そうはいかない」

「おまえ、取り上げたヘロインはどうしている?」

「俺の部屋に置いてある」

伊丹は小さく息を吐いてから言った。

「それは立派な麻薬及び向精神薬取締法違反だ。つまり、おまえは現在麻薬を所持していることになる」

竜崎は眉《まゆ》をひそめた。

たしかにそうだ。法は、使用や売買だけでなく、所持することや勝手に廃棄することも禁じているのだ。

伊丹は言った。

「つまり、厳密に言えば、おまえも犯罪者ということになる」

「そうだな……」

「だから、忘れてしまえと言ってるんだ。誰も喜ばないのだからな。警察庁の課長の息子を逮捕するなんて、摘発する所轄《しょかつ》署だって迷惑な話だ」

「そんな話は今……」

今は関係ないだろうと言いかけて、竜崎は、はっとした。

伊丹は、俺に言ったのと同様のことを考えているのではないだろうか。つまり、事件をもみ消そうとしているのだ。あってはならないことだ。そして、どう考えても、それは不可能だった。

「だめだ」

竜崎は言った。「それは絶対にだめだ」

伊丹は力無くほほえんだ。

「俺はまだ何も言ってないよ」

「言わなくても、おまえが何を考えているかわかる」

「考えすぎかもしれないぜ」

伊丹は、こめかみを両手でもんだ。「今は、これ以上のことは言えない」

「しばらくここにいていいか?」

伊丹は一瞬、抗議するような顔をした。だが、結局彼は言った。

「好きにしてくれ」

伊丹は幹部席に戻っていった。

捜査本部の雰囲気というのは、いつでもどんな場所でもだいたい似通っている。汗と煙草《たばこ》の臭《にお》いが満ちていて、いつしか体育会の部室のようになってくる。

竜崎はその雰囲気が決して嫌いではない。しかし、もう縁はないものと思っていた。全国の警察署を回るのは、若い『見習い』時代だけだ。

次の異動は、警視庁や県警本部のはずだった。

だが、邦彦の件が明るみに出たら、思い切った降格人事もあり得る。警視長という階級からいって、再び所轄に戻されることはまずないだろう。だが、まったくその恐れがないわけではない。竜崎はぞっとした。

靴の底をすり減らし、あるときは火事場で煤《すす》だらけになり、死体の糞尿《ふんにょう》を調べ、どぶをさらい、へとへとになりながら犯人を追う。それが刑事だ。そんな仕事がしたくて、国家公務員甲種試験を受けたわけではない。

さらに、現場には先ほどの戸高のような警察官がたくさんいるだろう。出世をあきらめ、現場で部下や後輩を虐《いじ》めたり、一般市民に圧力をかけることだけに喜びを感じている連中だ。

そういうやつらはたいていキャリアを目の敵にしている。もし、降格人事で竜崎がそんな連中と働くことになったら、どんなに惨《みじ》めなことになるだろう。

考えたくもなかった。

捜査本部の中は、今は閑散としている。捜査員たちが出払っているからだ。上がりの時刻は決まっている。捜査員たちが戻ってくるその時間は、もっとずっと賑《にぎ》やかになるはずだ。

竜崎は腰を据えることにした。ここにいるだけで、生の情報がつかめる。伊丹は喜ばないだろうが、警察庁の長官官房にとっては必要なことだ。ただ、総務課長が自ら情報収集していることが異例なだけだ。近くにあるパイプ椅子《いす》に腰を掛けた。そのとたんに、携帯電話が鳴った。相手は、広報室の谷岡だった。

「何だ?」

「二件あります。牛島参事官が連絡してほしいと言っています。それから、東日の福本部長から電話がありました」

「わかった」

「捜査本部はどんな様子です?」

「今のところ、マスコミも落ち着いているように見える。そっちはどうだ?」

「不気味なくらいに静まりかえってますよ」

なるほど、嵐《あらし》の前の静けさというやつか。

「何かあったら、また連絡をくれ。当分、ここにいる」

「わかりました」

竜崎は電話を切り、すぐに牛島参事官にかけた。

「今どこにいる？」

牛島参事官は、押し殺した声で言った。近くに誰かいるのかもしれない。

「大森署の捜査本部にいます」

「もう、情報収集の必要などないぞ」

現場を嗅《か》ぎ回れと言ったのは、牛島自身だ。指示の内容がころころ変わる。

「幼なじみの奮闘ぶりを見守ろうと思いましてね」

「一分後にかけ直してくれ」

やはりそばに誰かいるらしい。人払いをするまで待てということだ。

竜崎は言われたとおりにした。腕時計の秒針を見て、きっかり一分後にかけ直した。

「これから刑事局長、官房長、首席監察官らと話し合う。刑事局に主導権を握られないためにも、独自の情報が必要だ。何かわかったか？」

そう尋ねられて、竜崎は伊丹から聞いた凶器の話をした。

「つまり、どちらの凶器もまだ見つかっていないということだな？」

「そうです」

「他には……？」

「今のところ、それだけです。捜査会議の後なら、何か新情報があるかもしれませんが……」

「まあ、仕方がない。有力な情報があったら、すぐに知らせてくれ」

「はい」

電話が切れた。

官房長まで加わった話し合いをするということは、長官官房全体で取り組むことを意味している。刑事局に主導権を握られるわけにはいかないという牛島の考えももっともだが、それは古い官僚の考え方だと、竜崎は思った。

縦割りで物事を考え、既得権を最重視する。そこからは、柔軟な対応策は生まれない。

首席監察官も話し合いに同席するということは、今後、自白した警察官の徹底的な追及が始まることを意味していると、竜崎は考えた。

首席監察官は、警察官の犯罪や非行に責任を持つ。県警レベルでは、警務部がありその活動を統括するのが首席監察官だ。

首席監察官は警視庁の警務部の尻《しり》を叩《たた》いて事件の全容究明を目指すはずだ。そうでなくては、マスコミも国民も納得するはずはない。

捜査本部に残っている幹部や連絡係などの捜査員たちは、明らかに竜崎のことを気にしている。ちらちらと様子をうかがうような視線を向けてくる。おそらく、監視されているように感じているのだろう。もしかしたら、伊丹もそう思っているのかもしれない。

ならば、そう思わせておいたほうがいい。警察庁の長官官房が動くほどの重大事件だという実感を、捜査員に持たせることになるだろう。

警察庁にいるときは、時間はあっという間に過ぎていく。だが、こうして何もせずにいると、時間は実にのろのろと進む。

捜査本部内には、竜崎に話しかけるほど度胸のある者もいないので、所在ない。もしかしたら、ここでこうしていることは時間の無駄なのではないかという疑問も浮かんできた。

だが、竜崎はそれを打ち消した。現場からの生の情報を収集することは、今最も必要なことだ。これは決して無駄ではない。自分自身にそう言い聞かせた。

伊丹は、相変わらず難しい顔で幹部たちと何事か話し合っている。

間違った対応をしなければいいが……。事件をもみ消すことなど不可能だ。すでに、マスコミは、現職警察官の身柄を確保したことを知っている。

公式には参考人としての任意同行だということになっているが、そんなことで取材の手を緩める記者などいない。

東日の福本も、竜崎から何かを聞き出すために接触しようとしているのだろう。無視することもできたが、かえって後々面倒だ。竜崎は、福本の携帯電話にかけた。

「電話をいただいたそうですが……」

「先日は、失礼した」

「こちらこそ」

「まったく、官僚がみんなあんたほど潔癖ならば、日本はもう少しよくなるだろうな」

「私は別に潔癖なわけではありません。馴《な》れ合いが嫌いなだけです」

「現職の警察官の身柄が、捜査本部に引っ張られたそうだな。どういうことだ？」

「参考人としての任意同行です。過去の事件に関わった者に、片っ端から話を聞いています。その警察官は、ホームレス殺人事件の際に捜査に関わったのです」

「非番の日に、捜査員に引っ張られたと聞いたぞ。なんで、捜査員が張り付いていた？」

「張り付いていたわけではないと思いますよ。捜査員はその警察官に話を聞きに行っただけでしょう。任務中には充分な時間が取れませんからね」

「現場の記者は、別の印象を抱いているようだがな……」

「それは、私のあずかり知らぬことですね」

「捜査本部に伊丹部長が詰めているそうじゃないか」

「伊丹は現場主義ですからね」

「いったい、何が起きているんだ？」

「別に何も……。捜査本部は殺人の捜査をしているだけです」

「今回の殺人事件についての世論は複雑だ。犯人について、正義の味方のような言い方をする者も少なくない」

「どんな事情があれ、殺人犯が正義の味方であるはずがありません」

「あんたは、いつもそうやってたてまえばかり言う」

「たてまえというより、原則です。どんな犯罪者も法によって裁かれなければならない。法を逸脱した方法で裁こうとするのは許されないのです」

「その法律が、社会の実情にすでに合わなくなっているのかもしれない」

「法を改正するのは、国会の役割です」

「法改正には、長い時間と多くの手間暇がかかる。改正しようとすると、必ず改悪だと騒ぐ連中もいる」

「法改正というのはそれだけ慎重を要するということです」

「なんだか、のらりくらりと逃げられているような気がするな」

「立場上、言えないこともあります」

「それは、何か秘密があるということだな？」

「そりゃ、秘密はいっぱいあります。警察のことはよくご存じでしょう」

「そうあっさり言われると、突っ込みようもないな。なあ、何でもいいから教えてくれよ。非公式な情報でいい」

「私は警視庁で発表される以上のことはまだ知りませんよ」

「捜査本部に行ってるんだろう」

現場の記者から知らせが行ったのだろう。やはり新聞記者は油断ならない。

「伊丹の陣中見舞いですよ」

「そんなことで、俺が納得すると思うかね？」

「事実ですから……。納得するかどうかは、そちらの問題です」

福本は、溜《た》め息《いき》をついた。

これで、福本も当分接触してこないだろうと、竜崎は思った。

俺から何か聞き出そうなんて、見当違いも甚だしい。警察の不利益になることを、万に一つでもしゃべるつもりなどなかった。

福本はあきらめて電話を切るものと、竜崎は思っていた。だが、福本はさらに話を続けた。

「じゃあ、こっちから質問させてもらう」

「こたえられることは、あまりありませんよ」

「迷宮入りにするつもりだと聞いたが、本当か？」

竜崎は眉《まゆ》をひそめた。一瞬、何を言われたかわからなかった。

「それは何の冗談です？」

竜崎は笑い飛ばそうと思った。だが、できなかった。福本の声があまりに真剣だったからだ。

「冗談で、警察庁の課長を相手にこんなことが言えると思うか？」

「冗談でなければ、あなたの正気を疑いますね。捜査員は必死で捜査している。それを冒瀆《ぼうとく》する発言です」

「前例がないわけじゃない」

「前例ですって？」

「そうだ。国松元長官狙撃《そげき》事件だ」

「あれはまだ未解決の事件です」

「現職警察官が、自分がやったと自供した。だが、警察が組織ぐるみでその事実を隠《いん》蔽《ぺい》し、なんとか覆《くつがえ》そうとしたんだ」

「それは誤解です。自供の信憑《しんぴょう》性が低かったのですよ」

「それは、公式な見解だ。だが、それを信じている者はいない。公訴時効は十五年。それに持ち込みたいわけだ。そして、今回も同じことをやろうとしているんじゃないかという声がある」

「憶測でしょう」

「そうだといいがね……。あんたが、何かを知っていて隠しているということがわかったら、こっちは容赦なく書く」

「お互いに仕事ですから、しかたがないですね」

「まったく、あんたは食えないやつだな。また電話するよ」

電話が切れた。

竜崎は、平静を装《よそお》っていたが、自分の心臓が高鳴っているのを意識せずにはいられなかった。

迷宮入りにするつもりだって……。

ばかばかしい憶測に過ぎないとは思う。だが、否定はしきれない。新聞社の社会部部長ともなれば、いろいろなところにチャンネルを持っている。警視庁や警察庁といえども、一枚岩ではない。不満分子は必ずいて、そこから情報が洩《も》れることは少なくない。

福本が言った『前例』の、国松元長官狙撃事件のときも、内部告発から捜査の停滞が明るみに出た。あのときは、マスコミに配布された手紙とはがきが騒ぎの発端だった。

あの事件の公訴時効はまだ来ておらず、捜査はまだ続いている。迷宮入りするかどうかなど、誰にもわからない。

だが、正直に言ってあの事件が、触れたくない警察の暗部であることは事実だ。

一九九五年に起きた、国松孝次警察庁長官狙撃事件の捜査本部は、公安部長の指揮のもと、南千住署に設置された。刑事部ではなく、公安部が指揮を執ったのは、当時のオウム真理教の犯行であるという見方が強かったからだ。

捜査の過程で、小杉《こすぎ》巡査長の名が浮かび上がる。捜査本部で取り調べを行ったところ、「国松長官を狙撃したのは、自分である」と自供してしまった。そのことをマスコミ各社宛《あて》に投書した者がいたのだ。世間は騒然となり、公安部長は「虚偽の投書である」といったんは否定した。しかし、日々マスコミの追及は強まり、ついに公安部長は、小杉巡査長の自白は事実であることを認めたのだった。

事件隠蔽の責任を取らされ、このときの公安部長は更迭《こうてつ》されている。

竜崎は、伊丹を見ていた。

もしかして、あいつは、同じ轍《てつ》を踏もうとしているのか。あるいは、それが警察官としての常識だとでも思っているのだろうか。前例に従う。それは、官僚のやり方だ。しかし、闇雲《やみくも》に前例に従うのは、愚かな官僚だ。

伊丹が竜崎の視線に気づいたように、顔を向けた。眼があった。

竜崎は顎《あご》を小さく動かし、こっちへ来るようにと合図した。伊丹は迷惑そうに顔をしかめてから、周囲の幹部たちに断り、立ち上がった。

竜崎のそばに来ると伊丹は言った。

「現場は忙しいんだ。おまえの相手をしている暇などないんだがな……」

伊丹は明らかに苛立《いらだ》っている。いつもの伊丹らしくない。

「今、福本と話をした」

「福本？　東日の社会部部長か？」

「そうだ。福本は、おまえが迷宮入りを計画しているんじゃないかと言っていた」

伊丹は、眼を丸くした。虚を衝《つ》かれたように無防備な表情だった。それから、すぐに周囲を見回し、厳しい顔つきになった。

伊丹は声を落とした。

「新聞記者の憶測だ」

「そうだといいがな……」

竜崎は言った。「新聞記者の情報収集能力もばかにはできない」

伊丹は、赤く血走った眼を竜崎に向けた。額に脂《あぶら》が浮いている。

「ちょっと、こっちへ来てくれ」

伊丹は捜査本部の外に出ようとした。竜崎はその後に従った。部屋を出たとたんに、記者たちに囲まれた。記者たちは、何かを聞き出そうと二人にぞろぞろとついてくる。

「現職の警察官の身柄が拘束されているというのは、どういうことなんですか?」

口々に記者たちは尋ねてくる。

「現職の警察官の犯行の可能性もあるということですか?」

伊丹は、そう尋ねた記者に向かって怒鳴った。

「参考人だ。おまえら、参考人をみんな犯人扱いするのか?」

その剣幕に、竜崎はちょっと驚いた。伊丹はもともとマスコミ受けするタイプだ。サービス精神は、竜崎などよりずっと旺盛《おうせい》だ。その伊丹がマスコミに対してけんもほろろの態度だ。

「警察庁の長官官房の課長と、警視庁の刑事部長で何の話ですか？」

別の記者が尋ねた。新聞記者というのは、怒鳴りつけられたくらいではおとなしくはならない。

「言っただろう」

竜崎がこたえた。「幼なじみの陣中見舞いだって……」

やがて、伊丹は取調室が空いているのを見つけた。そこに入り、竜崎を招き入れた。コンクリートに囲まれて、スチールデスクだけがある取調室。おそろしく殺風景だ。スチールデスクの上には何もない。よくテレビドラマでライトがのっているのを見かけるが、あれは嘘《うそ》だ。

武器になりそうなものは一切取調室には置かれていない。灰皿すら場合によっては武器になりうるので、置いてはいない。もちろん、取調室内でどんぶりものなどを被疑者に食わせたりはしない。どんぶりで殴られる危険がある。

伊丹は机の向こう側に座った。被疑者が座る位置だ。竜崎は、あえて離れて座ることにした。記録係の席に腰を下ろした。

「捜査本部の中で、軽はずみな発言はするな」

伊丹が言った。

「事実はどうなんだ？」

竜崎は尋ねた。伊丹は、じっと竜崎を見据えている。

「知っているんだろう？　だからおまえが捜査本部にやってきたんじゃないのか？」

竜崎は衝撃を受けた。

では、密《ひそ》かに迷宮入りにすることを計画しているというのは、本当のことなのか……。

福本が言ったとおり、前例に習ったということか。

「ばかな……」

竜崎は言った。「国松元長官のときと同じことをやろうとしているのか？」

「警察を守るためなら、同じことを何度でもやるさ」

「あのときのことを忘れたわけじゃないだろう。内部告発と思われるマスコミへの投書で事実が明るみに出た。それで、捜査本部長だった、当時の公安部長は更迭されたんだぞ」

「だが、小杉巡査長は、起訴はされなかった。事件はまだ未解決だ」

竜崎は、怒りを覚えた。

普段、仕事で腹を立てることはあまりない。だが、このときばかりは、伊丹を殴りつけたくなった。

モラルの問題ではない。伊丹の愚かさに腹が立つのだ。

「隠蔽工作で警察の信用を守れると、本気で思っているのか？　それは逆効果だと、国松元長官狙撃のときに、みんな学んだはずじゃないか」

「違う評価をする者もいた」

「違う評価？」

「そうだ。あれだけ、マスコミに騒がれながら、結局小杉巡査長は起訴もされなかった。自白には信憑性がないということで押し切れたんだ」

「それが何になるんだ」

「あのときは、へたをしたら警視総監から副総監、ひいては警察庁の幹部まで首を切られることになりかねなかった。それが、警視総監の辞任と公安部長の更迭だけで済んだんだ。つまり、もみ消しは成功したというわけだ」

更迭というのは便利な言葉だ。一般人には、懲戒処分のような印象を与える。だが、免職ではない。単なる配置替えだ。おそらく、伊丹も更迭くらいは覚悟しているのかもしれない。

その姑息《こそく》な計算がまた許し難かった。

「警察の幹部を守ることが警察を守るということなのか？」

「そういう場合もある」

「違う。そんなことは決して警察のためにはならない」

伊丹は、髪に指を突っ込んでかき上げた。

「大人になれよ、竜崎。どこの国のどの組織だって、それくらいの秘密は抱えている。世の中はな、きれい事じゃ済まないんだよ」

その物言いに怒りが募った。原則を曲げるときに、人は大人という言葉を使う。だが、その言い方はごまかしに過ぎない。

「おまえは、今一番愚かな選択をしている。まだ間に合う。まともな捜査をするんだ。綾瀬署と大森署の捜査本部をいっしょにして、捜査員たちの負担を減らせ」

「おまえは、俺にそんなことを指示できる立場じゃない」

「指示しているんじゃない。忠告しているんだ」

「ならば、聞く耳は持たない。すでに方針は決まった」

竜崎は、いつの間にか立ち上がっていた。

伊丹は座ったままだ。

「おまえが決めた方針だ。おまえなら覆《くつがえ》すことができる」

伊丹は、意外そうに竜崎を見た。

「たしかに刑事部長は現場の責任者だ。だが、これほどの決定を俺にできると思うか?」

「つまり、上からの指示ということか?」

「上からという言い方は微妙だがな……」

「警視庁ではなく、警察庁からの指示だという意味だな?」

「そうだ。警視総監は判断を保留している。副総監のところで止まっているんだ。警務部が、問題の大森署員について洗いはじめたが、犯罪を追及するためじゃない。身分を秘匿《ひとく》するためだ」

「警察官の犯罪を取り締まる警務部が、犯罪のもみ消しに一役買っているということか?」

「今さら驚くことじゃない」

「現職警察官の取り調べを続け、自白を覆させるつもりか?」

「本人が覆さなくても、信憑性《しんぴょう》がないということにしてしまえばいい。荒川をさらって拳銃《けんじゅう》が出てこなければ、供述の信憑性も疑われる」

「出てきたらどうする？」

「出てこないんだよ」

伊丹は疲れ果てた表情で言った。

「それも、警察庁からの指示か？」

「そういうことになっている」

「自白が信憑性に欠けるということにしておいて、別の容疑者を探す。だが、容疑者はなかなか見つからない。あたりまえだ。最初に自白した現職警察官が犯人なのだからな。そして、時効を待つ。事件は迷宮入りというわけか」

「十五年というのは、長いようでけっこう短い。それに、人事異動という便利なものがある。俺は十五年の間に何度か異動になり、この事件のことなど忘れてしまうかもしれない。担当していた捜査員たちも異動になったり、定年になったりでちりぢりになる。新聞記者だって異動があったり定年があったりする」

「忘れられるものか」

竜崎は言った。「人間は、一度やったことは、二度三度と繰り返す。そうして腐っていくんだ」

「それは経験を積むということだ」

「警察庁のどこがそんな指示を出したんだ？」

「刑事局だ。今ごろは長官官房も巻き込んでいることだろう」

牛島参事官が、刑事局や首席監察官と会議をすると言っていた。それが、長官官房を巻き込んだ迷宮指令の打ち合わせなのかもしれない。

「そんな指示は無視しろ」

竜崎は言った。「正規の手続きを踏んで、その現職警察官を起訴するんだ。さっき、おまえはそう言ったじゃないか」

「捜査本部にいたからな。どこに他人の耳があるかわからないじゃないか」

「すみやかに送検しろ」

「そんなことができるか。警察庁の刑事局が決めた方針だぞ。無視なんかできるはずがない」

「なぜできない？　現場の責任者はおまえだろう」

「警察庁の指示を無視なんかしたら、首が飛ぶ。それ以前に、国家警察の方針を地方警察が無視したら、警察全体の秩序が保てなくなるぞ。県警レベルで好き勝手やりはじめたら、日本の警察制度は崩壊する」

「間違った指示に従うことはない」

「間違っているというのは、おまえの判断でしかない」

「どう考えたって間違っているじゃないか。警察が犯人隠しをやろうというんだ。それこそ警察制度が崩壊する」

「犯人隠しをやるわけじゃない。供述の信憑性について、詳細に調べるだけだ」

「拳銃が出てきても、なかったことにするのだろう」

「だから、拳銃は出てこないんだ」

「どうせ、供述と違った場所を探したりするんだろう。動員される現場の捜査員は、いい面《つら》の皮だ」

「そんなことは、おまえが心配することじゃない」

「マスコミに知られたら、それこそおまえだけじゃない、警視総監や警察庁の刑事局長の首が飛ぶぞ」

「ばれなければいい」

「事実、東日の福本は勘づいていた」

「非公式な情報だ。ちゃんと裏が取れなければ報道はできない。白を切ればいいだけのことだ」

「どこかが抜くぞ。新聞に限らない。テレビの報道番組だってある。週刊誌だってある」

「警察を敵に回したがるマスコミはいないよ」

「甘いな。北海道警の裏金作りを世に知らしめたのはテレビの報道番組だった。マスコミは従順な飼い犬じゃない。ときに牙《きば》を剝《む》くんだ。警察庁の広報を担当している俺が言うんだから間違いない」

「議論の余地などないんだ」

伊丹は真っ赤に充血した眼で竜崎を見据えた。「おまえだってすぐに巻き込まれることになる。いいか。警察庁と警視庁がいっしょになって全力でやらなければ、連続殺人事件を迷宮入りになんかできないんだ。腹をくれよ」

伊丹が言うとおり、今ごろ阿久根刑事局長と官房長が、牛島参事官や首席監察官を交えて話し合っている。だが、官房長や参事官が刑事局のやり方を認めるとは限らない。

「長官官房は、正しい判断を下すに違いない。俺はそう信じる」

「そう。正しい判断を下す。つまり刑事局と同じ方針だ。警察の威信を守るためには、目をつぶらなければならない」

「事実の隠蔽《いんぺい》など続けていては、逆に威信が地に落ちると、なぜわからないんだ」

「おまえの言うことは正論だ。だが、世の中は正論が通用するとは限らないんだ」

「そういう言い方に、俺はいつも苛立《いらだ》つ。正論が通用しないのなら、世の中のほうが間違っているんだ」

「間違っているかどうかは問題じゃない。事実、世の中というのはそういうもんなんだ」

不毛な議論をしているときではない。

「伊丹、自覚するんだ。おまえは今、ぜったいにやってはいけないことをやろうとしている」

伊丹の眼の力が失われていく。

「おまえだって、息子のこと、悩んでいるんだろう?」

「実をいうと、事件をもみ消すことも選択肢の一つと考えていた」

「それと同じことだ。おまえは、家庭と警察庁を守るために秘密を持つ。俺も警視庁や警察庁を守るために、いや、全国の警察官の立場を守るために、秘密を持つ」

「だから、俺は、事件をもみ消さないことにした」

伊丹が怪訝《けげん》そうな顔をした。

「何だって？　どうするつもりだ？」

「自首させるのが最良の道だ。そうすれば、減刑される可能性が高い」

「家族はどうなる。たしか、大阪府警の本部長の家と縁談があると言ってなかったか？」

「娘にも事情は説明する」

「説明して済む問題じゃない。一生怨《うら》まれるかもしれないぞ。娘さんは弟のことを生涯許せないかもしれない。おまえだけの問題じゃないんだ」

「わかっている。だが、罪を犯したからには、それを償《つぐな》わなければならない。俺は警察官僚だ。だからこそ、ちゃんとしなければならない」

「家族だけじゃない。警察庁の職員にも迷惑をかけることになるんだ」

「起きてしまったことはしかたがない。たしかに警察庁《カイシャ》には迷惑をかけるかもしれない。だが、その責任は俺が取ればいいことだ」

伊丹は目を丸くした。

「責任を取るって、おまえ、それがどういうことかわかって言ってるんだろうな？」

「ああ。今の地位にはいられなくなるだろうな。だが、家族の不祥事で首を切られることはない。法律上もそうなっている」

「法律が問題なんじゃない。問題は、おまえの対抗勢力やライバルたちだ。ここぞとばかりに攻めてくるぞ」

「庁内の派閥争いや足の引っ張り合いには、まったく興味はない。ただ……」

竜崎は本音を言った。「課長になって、権限がかなり増えた。それを失うのは、官僚としてものすごく残念だがな……」

「だからもみ消せと言ってるんだ」

「できない。事件を迷宮入りさせようとしている事実を知った今となってはなおさらだ。俺が息子の不祥事を握りつぶしたら、おまえたちがやろうとしていることに対して、批判することさえできなくなる」

「じゃあ……」

伊丹は言った。「おまえは、俺たちの敵に回るということか？」

「いや、そうじゃない」

竜崎は言った。「俺はおまえを説得して、こっちの側に付けるつもりだ」

15

竜崎は先に取調室を出て、捜査本部に戻った。窓際《まどぎわ》に立ち、携帯電話で広報室の谷岡を呼び出した。

「刑事局と長官官房の幹部がまだ会議をやっているかどうか調べてくれ」

「ちょっとお待ちください」

電話が保留になった。谷岡は、部下に指示しているらしい。すぐに、電話がつながった。

「会議はまだ続いているようです」

「どんな様子かわかるか？」

「は……？」

「会議の様子だ」

「いえ、そこまでは……。会議室には入れませんので……」

「雰囲気だけでも知りたいのだが……」

「参事官か官房長に、急ぎのメッセージでもあれば、それを私が届けるついでに様子を見てこられるのですが……」

竜崎は考えた。

「そうだな……。こういうメモを参事官に渡してくれ。『迷宮入りの画策を、東日が嗅《か》ぎつけている』」

「何のことです?」

「とにかく、そういうメモを届けてくれ。そして、様子をすぐに知らせてくれ」

「わかりました」

電話を切って待った。

伊丹がようやく捜査本部に戻ってきた。取調室で何を考えていたのだろう。とにかく、伊丹は消耗している。まともにものが考えられない状態かもしれない。

竜崎も邦彦の麻薬使用を知ったときは、少しおかしくなりかけた。だが、理性と論理が彼を救った。竜崎はそう思っている。理屈に合わないことをいくら考えても結論は出ない。

伊丹だって、事実を隠蔽《いんぺい》することを正しいと思っているわけではないだろう。警察庁刑事局からの指示だと彼は言った。

だが、警察庁が本当にそんなことを指示するだろうか。竜崎には疑問だった。迷宮入りを指示したなどということが、明るみに出たら、それこそ警察庁幹部は総辞職を迫られる。

それはあまりに割に合わない。自分自身の進退を懸けるほどの覚悟があるなら、現職警察官が被疑者であるという事実を公表して、世間の反応とまっこうから向き合えばいい。

迷宮入りを指示するなど、考えれば考えるほど理屈に合わない。伊丹は誰から、どういう文言で、その指示を受けたのだろう。

そこまで考えたとき、刑事局捜査第一課長、坂上ののっぺりとした顔が脳裡《のうり》に浮かんだ。

あいつなら、やりかねない……。

そう思ったとき、携帯電話が鳴った。谷岡からだった。

「普通の幹部会議のようでしたよ」

「揉《も》めていた様子はないのか？」

「別にそういう様子はなかったですね」

「誰も興奮してはいなかったのか？」

「ええ。普通の会議でした。ただ……」

「ただ、どうした？」

「参事官にメモを渡したら、すごい顔でこちらを睨《にら》まれました。そのあまりのすさまじい反応に、びっくりしましたよ」

「わかった」

「あのメモ、どういう意味なんですか？」

竜崎は慎重になった。これまで、谷岡は竜崎のために尽くしてくれた。だが、これから先もそうだという保証はない。谷岡が味方につくかどうかは、冷静に見極めなければならない。

邦彦の件が影響して、もし竜崎が降格になったとき、谷岡はどういう態度に出るだろう。そこまで計算しなければならない。

伊丹はまるで竜崎を世間知らずの理想主義者のように言った。だがそれは間違っていると、竜崎は思った。世間知らずなわけではない。庁内の派閥に関しての情報だって充分に持っている。ただ、そんなものより、原理原則のほうが大切だと考えているだけだ。理想主義というのとも、少しばかり違う。竜崎は決して空の上の理想を追い求めているわけではない。足元にある原則を見つめているに過ぎないのだ。

竜崎は、谷岡に言った。

「電話では説明できない。折りを見て説明する」

「わかりました」

竜崎は電話を切った。

谷岡もばかではない。あの伝言の内容について、だいたい想像がついているに違いない。それを竜崎がちゃんと説明するか否《いな》かで、谷岡に対する信頼度を量っているのだ。

谷岡の報告は、二つの重要な情報を含んでいた。

一つは、刑事局と長官官房の間に対立がないということ。

一つは、参事官が、竜崎の伝言に激しく反応したということ。

この二つのことを考え合わせると、刑事局も長官官房も、「迷宮入り」を容認したということになる。

じきに、参事官から電話がかかってくるはずだと、竜崎は思っていた。もし、長官官房が「迷宮入り」を容認したのだとしたら、あの伝言を無視できるはずがない。

案の定、三分後に牛島参事官から電話があった。

「あのメッセージはどういうことだ?」

「あの言葉どおりです」

「おまえ、知っているのか?」

「この立場にいれば、ばかにだってわかりますよ」

「自分はばかではないと言いたいのか?」

「少なくとも、愚かな選択だけはしたくはありません」

「東日の話が聞きたい。すぐに戻ってこい」

「捜査会議に出て、情報を集めたいのですが」

「捜査会議なんてどうでもいい。わかってるだろう?」

つまり、これから先の捜査はほとんど偽装に過ぎないと言いたいのだろう。そんなことが許されるはずがない。だが、反論は許されない。こういう場合は従っておいたほうがいい。

「わかりました。すぐに戻ります」

電話が切れた。

竜崎は、伊丹に近づいて言った。

「警察庁《カイシヤ》に戻らなければならなくなった」

伊丹は、すこしばかりほっとしたような顔をした。竜崎を煙ったく思っているようだ。

胸の奥底でかすかに快感がうずいた。

幼い頃の思い出とつながる感情だった。竜崎はいつも伊丹とその取り巻きのことを恐れていた。彼らの姿を見ると、実際に気分が悪くなるほどだった。今、ひょっとしたら、あのときと同じような圧力を、伊丹のほうが竜崎に対して感じているのかもしれない。

竜崎はまだ、幼い頃の伊丹へのこだわりを払拭《ふっしょく》していない。それは自覚していた。伊丹のようなやつらにいじめられないために、社会的な勝者になろうと心に決めたのだ。すぐれた人間になること、それはすなわち感情に左右されない、理性的な人間になるということだった。

伊丹は言った。

「現場は俺に任せてくれ。情報がほしければいつでも電話をくれ」

「いや」

竜崎は言った。「電話だけで済むとは思えないし、現場をおまえだけに任せておくわけにもいかない。また来る」

伊丹は何も言わなかった。

捜査本部の出入り口に向かうと、外から戸高がこちらに向かってきた。竜崎の顔を見て気まずそうに目をそらした。とっくに帰ったものと思っていたらしい。

竜崎も戸高のことなど忘れかけていた。

戸高は、竜崎の脇《わき》をすり抜けようとした。

「あなたも、捜査本部の一員ですか?」

「ええ、まあ……」

「さっきは、捜査本部の場所など知らないと言いましたね?」

「いや、それは……」

言い訳をしようとしたが、言葉が見つからないようだ。戸高は、ふてくされたようにそっぽを向いた。

「私はこれからも捜査本部のほうに顔を出すことになると思います。よろしくお願いします」

戸高は不意を衝《つ》かれたように顔を向けた。

竜崎はそのまま歩き去った。

あの程度の捜査員がごろごろいる。ノンキャリアの出世競争にすら脱落したようなやつらだ。

そういう連中は、現場にしがみつく。いいほうに転べば、ベテランの味のある捜査員となり、悪い方に転べば後輩いじめだけを生き甲斐《がい》とするような手合いになる。いいほうに転ぶ者は少ない。

大森署を後にしてタクシーに乗ると、竜崎は考えた。

連続殺人を犯した現職の大森署員というのは、どんな警察官だったのだろう。真面目《まじめ》な警察官だったことは容易に想像がつく。真面目過ぎたのかもしれない。犯罪者たちと接するうちに、何かが間違っているという思いに囚《とら》われてしまったのだ。最初は義憤だったのかもしれない。現代の若者に対する漠然とした怒りだ。これは、ごく一般的な反応だ。

年を取るにつれ、若者たちの言動が気に入らなくなってくる。自分が若かった頃のことをすっかり忘れ、言葉遣いや服装、髪型などを毛嫌いするようになる。これはおそらく普遍的な現象なのだろうと、竜崎は思う。世界のどこでも、そしてどの時代でも同じなのだ。

義憤だけなら、まったく問題はない。社会正義はおおいにけっこうだ。問題の現職警察官は、過去の事件を通して被害者と加害者のことをよく知っていた。

それがいけなかったのだ。ただの義憤ではなく、個人的な憎しみを抱く結果になった。職業的な責任感もあったに違いない。

一度検挙した犯罪者が、再び社会に出てくる。しかも、たった数年で出獄となり、大手を振って歩き回る。たしかに、日本の刑法犯に対する量刑は軽いほうかもしれない。例えば、中国人などは、日本は犯罪者天国だと考えているようだ。

中国でなら死刑になるような犯罪でも、日本でなら五年程度の服役で済む。外国人の犯罪が増えているが、いずれも母国の量刑より日本のそれがずっと軽いことを熟知しているのだ。

そして、日本の警察官は滅多に拳銃《けんじゅう》を抜かない。そのことも海外からやってきた犯罪者たちはよく知っている。

少年たちもそうだ。彼らは、少年のうちなら人を殺そうが、強姦《ごうかん》しようが、たいした罪にはならないと知っている。

つまり、日本の警察は外国人の犯罪者や非行少年たちになめられているのだ。

問題の警察官は、日常的にそうした事態を嘆いていたのではないだろうか。だが、警察は法律によって行動を厳しく規定されている。ならば、警察官としてでなく、一市民として、凶悪な犯罪者たちに鉄槌《てっつい》を下そう。そう考えたとしても不自然ではない。

たしかに、警察はなめられている。

だが、それはある意味では健全な社会だと、竜崎は考えていた。警察国家のことを想像してみるといい。旧ソビエト連邦の悪名高きKGB。人々はその影に怯《おび》えていた。

現在では、FSBと名前も変えてイメージを一新したようだが、実情はあまり変わっていないという。つまり、恐怖で人々を支配するのだ。

よその国の例を引くまでもない。日本でも、戦前、戦中は、特別高等警察、通称「特高」が、厳しい言論弾圧を行っていた。

それに比べれば、警察がなめられているくらいの社会のほうが健全なのかもしれないということだ。

なめられているくらいならばいい。だが、軽蔑《けいべつ》されるのは問題だ。昨今、裏金作りが問題になり、なおかつ、警察官の不祥事も続いて警察は、威厳を失いつづけている。

これ以上、警察の名を落とすようなことがあってはならない。竜崎はそう考えた。

そして、警察庁の刑事局も同じことを考えたのだ。

その方法論は正反対だった。刑事局は、事件の真相を隠そうとした。そんなことをしたら、事態を悪くするだけだと、竜崎は思った。

マスコミにばれなければいいと考えているのだろう。だが、それは不可能だ。すでに東日の福本は、事件の真相に近づきつつある。

伊丹は、国松元長官狙撃《そげき》事件のことを例に出した。あの程度の処分で済んだということは、隠蔽《いんぺい》工作が成功したと考えるべきだと言った。

だが、それは誤った判断だと竜崎は思う。

被害者が警察庁長官だったのだ。いわば、警察の親玉だ。そして、国松元長官は、奇跡的に一命を取り留め、なおかつ現職に復帰した。

今回の被害者は過去に犯罪歴があるとはいえ、一般市民なのだ。そして、三件の連続殺人だ。

一般市民に与える事件の印象が違う。事件の隠蔽工作が明るみに出たら、国松元長官狙撃事件のときとは比べものにならないくらいに、マスコミは大騒ぎするだろう。そして、警察の権威は失墜する。そんな事態を許してはならない。

刑事局や伊丹の判断こそ甘いのだ。

竜崎は、事件を故意に迷宮入りさせようという画策を、何が何でも阻止しようとしている。良識の問題ではない。優等生的なモラルでもない。拠《よ》って立つものが失われるかもしれないという切実な危機感のせいなのだ。警察自体の権威が失われたら、当然警察官僚の権威も失われる。学生の頃からあらゆるものを犠牲にして手に入れた警察官僚のポストだ。それが価値を失うというのは我慢がならない。

警察庁に戻ると、すぐに牛島参事官のもとに向かった。牛島参事官の機嫌は最悪だった。一目見てそれがわかる。

「遅い」

牛島参事官は、竜崎を見るなり怒鳴った。「何をしていた」

「大森署からタクシーを飛ばして来たんです。これでも精一杯急いで参りました」

「東日がどうしたって?」

「事件を迷宮入りにしようという画策に気づいています」

「人聞きの悪いことを言うな」

牛島参事官は竜崎を睨《にら》んだ。「誰が迷宮入りにしようなどと考えているというんだ?」

「伊丹は刑事局から指示があったと言っています」

牛島は、うなった。

「参考人の警察官に冷静に証言するように促しただけだ。どうも、情報によると参考人は、身柄を拘束されたことで興奮状態にあるらしい」

「本気でそんなことを信じているのですか?」

「信じて悪い理由はない。それに、自白を促すために違法な取り調べが行われた可能性もある。警務部の監察がその点について調べる」

竜崎は驚いた。

警視庁の警務部は、問題の大森署員のことを調べるのではなく、彼を尋問した取調官のことを調べるというのだ。

どんな取り調べにだって、必ず多少の落ち度はある。重箱の隅をつつくように調べれば、かならず法に触れる部分があるはずだ。普段は大目に見ているような些細《ささい》な違法行為だ。それを探して、自供自体を無効にしようというのだろう。

弁護士のやり方だ。

「愚かな選択です」

竜崎は言った。「画策が暴露されたら、長官を筆頭に幹部全員、生き残れませんよ」

「暴露されないようにしろ。それがおまえの仕事だ。どういう選択をするかなど、おまえが判断することじゃない」

「誰かが正しい判断を下さなければなりません」

「だから、それはおまえの仕事じゃないと言ってるんだ。東日の話を詳しく聞かせてもらおう。どのレベルが知っているんだ？」

「社会部部長の福本から直接電話をもらいました」

「くそっ……」

牛島は吐き捨てるように言った。「社会部部長か、面倒だな……。取引はできるか？」

「取引……？」

「何か餌《えさ》をやって黙らせる。広報室ならそれくらいの芸当をやってのけられるだろう」

「無理ですね」

竜崎は言った。「問題が大きすぎます」

「無理でもやってもらわねばならない。おまえがやらないのなら、広報室長の谷岡に直接やらせる」

つまり、竜崎を外して言いなりになりそうな谷岡を抱き込むということだ。できるものならやってみるがいい。東日の福本は、おそらく谷岡などより一枚も二枚も役者が上だ。

「東日が知っているということは、おそらく他社も知っているということです。刑事局や警視庁は、自分たちが思っているほど事をうまく運べなかったのですよ」

「刑事局が失敗しただと……？」

牛島は、声のトーンを落とした。

竜崎はうなずいた。

「まず、判断を間違った。現職の警察官が自白してしまった。そのときに、咄嗟《とつさ》に無能な官僚がやりそうなことを選択してしまった。つまり、過去の前例に従ってしまったのです」

「国松元長官狙撃事件のことを言っているのか？」

「そうです」

「無能な官僚のやりそうなことか……」

牛島の機嫌が少しだけよくなった。ライバルの阿久根が率いる刑事局が失敗をしたという竜崎の言葉が気に入ったようだ。

「だが、事態はもう動き出している」

牛島は言った。「いまさら引き返すことはできん」

「引き返さなければなりません。今ならまだ間に合います」

「刑事局はこのまま突っ走るつもりだ」

「長官官房が主導権を握ればいいんです」

「刑事局が失敗をしたというのなら、尻《しり》ぬぐいをさせればいい」

「警察庁全体の問題になりますよ。刑事局のおかげで、こっちまで悪者にされてしまう」

「何か方法があるのか？」

「誰が伊丹にくだらんことを指示したのかがわかれば、何とかなるでしょう」

「わかってるだろう。無能な官僚がやりそうなことをやるやつだ」

「坂上捜査第一課長ですか？」

「俺の口からは、名前は言えない」

牛島参事官は否定しなかった。つまり、正解だということだ。

「その人物を切り捨てればいい。つまり、迷宮入りの指令などなかったことにするのです。伊丹の勘違いということにして、今から方向転換します」

「刑事局だって黙ってはいないだろう」

「こっちの判断のほうが正しい。いいですか？　先ほども言いましたが、マスコミが事実の隠蔽を公表したら、長官以下幹部全員の首が危ないのですよ。すでに、事実を嗅《か》ぎつけている新聞社がある。本当のことを、できるだけ早いタイミングで発表するのが一番なのです」

「マスコミの集中砲火が始まるぞ。誰かが泥をかぶることになる。長官に責任を押しつけるわけにはいかんぞ。刑事局はその事態を恐れているんだ」

「恐れていても始まりません。的確な対策を講じることだけが必要なのです」

牛島は思案顔で言った。

「俺は矢面に立たされるのはごめんだ。今のままなら、刑事局が何とかしてくれる」

「いいえ、刑事局の判断は甘いと思います。何とかできると思っていることが間違いなのです」

「じゃあ、おまえが泥をかぶるか？」

牛島は、できもしないくせに、という口調で言った。

竜崎はしばし考えてから言った。

「それが一番妥当でしょう」

牛島は大きな目をさらに丸くした。

「本気で言ってるのか？」

「もちろん、本気です。総務課は、縁の下の力持ちでなくてはなりません」

「へたをすると、おまえだけが貧乏くじを引くことになるぞ。いや、刑事局の方針に逆らうのだから、おそらく刑事局はおまえを見殺しにする」

竜崎は、そっと溜《た》め息《いき》をついてからこたえた。

「覚悟の上です」

「ばかな……。そんな覚悟ができる役人などいるはずがない。つまり、役人として死ねと言われているのと同じことなんだぞ」

「どうせ、私にはもう未来はないかもしれないのです」

「何を言ってるんだ？　伊丹と何かあったのか？」

「いえ、私個人の問題です」

「個人の問題……？」

「というか、家族の不祥事でして……」

竜崎は、あっさりと言った。「息子が麻薬を使用していました。私が現場を押さえたのです」

牛島は、ぐっと言葉を呑《の》み込んだ。

しばらく沈黙があった。

「何ということだ……。現職警察官の不祥事、それに警察官僚の家族の不祥事か……。それでどうするつもりだ？」

「自首させますよ。まだ事件は発覚していませんから、自首することで刑が軽減される可能性があります。息子は少年ですから審議は非公開で行われ、名前が公表されることもありません」

「まだ事件は発覚していないだと？」

牛島の眼が狡猾《こうかつ》そうに光った。「麻薬使用のことは誰が知っている？」

「おっしゃりたいことはわかります。もみ消せるかどうかお考えなのでしょう。しかし、私は、もみ消すことは考えておりません。現職警察官の連続殺人事件と同じ理屈で、もみ消すことが最良の方法だとは思えないからです」

「へたをすると、首が飛ぶぞ」

「どんな法律の条文を見ても、家族の不祥事で免職になるとは書かれていません」

「たしかにそれはそうかもしれんが……。少なくとも、今の身分ではいられなくなる」

「だから、覚悟の上だと……」

牛島は、天井を見つめた。

「何ということだ……」

彼はもう一度つぶやいた。

16

牛島は、しばらくだんまりを決め込むつもりだ。それは明らかだった。この先は、何かを発言するだけ立場は悪くなる。

竜崎は、再び大森署の捜査本部を訪れた。すでに夕刻だ。まだ伊丹はそこにいて、ますます追いつめられたような顔をしている。竜崎の顔を見ると、さらに憂鬱《ゆううつ》そうな顔になった。

竜崎は伊丹に近づいた。また、周囲にいた捜査本部の幹部たちが立ち上がった。竜崎は放っておくことにした。

「話がある」

竜崎が言うと、伊丹は疲れ果てた顔を向けてしばらくぼんやりしていた。まるで、何を言われたか理解していないようだ。ややあって、伊丹は言った。

「ああ。あっちの隅っこへ行こう」

伊丹が人気《ひとけ》のない一角を指さした。竜崎はうなずき、二人で移動した。

伊丹がパイプ椅子《いす》に腰かけると、竜崎は立ったまま言った。

「牛島参事官と話をしてきた」

「参事官……?」

伊丹がどんよりとした眼を向ける。「長官官房が何をしようというんだ?」

「この件の主導権を握る。刑事局は間違った判断を下した」

伊丹は、ぽかんとした顔で竜崎を見返した。

「おい……」

伊丹の顔に赤みが差した。「警察庁《サッチョウ》の部局の勢力争いを持ち込むな」

「そういうことじゃない」

竜崎は言った。

「刑事局の判断が気に入らなくて、長官官房が横槍《よこやり》を入れるんだろう? 結局、勢力争いじゃないか」

「横槍を入れたのは、長官官房じゃない。俺だ。当初、官房は刑事局と歩調を合わせるつもりだった」

伊丹はうんざりした顔になった。

「そんなことをして、おまえに何の得がある」

「本物の官僚は損得など考えない。どうしたらシステムが効率よく本来の機能を果たすかを考えるんだ」

「他人の首を切ることが、そんなに正しいことか？」

「逆だ。今のままだと、警察庁長官や警視総監をはじめとして、警察庁、警視庁の幹部が全滅だ。そうなれば、警察全体の権威は失墜する」

「一時はマスコミも大騒ぎする。だが、喉元《のどもと》過ぎればなんとやらで、みんな事件のことなど忘れてしまう」

「認識が甘い。今、それでなくても警察の威厳はぎりぎりのところに来ているんだ。これ以上警察の力が落ちれば、犯罪は急増し、検挙率は落ち続ける。日本は犯罪者の天国となる」

伊丹は、かぶりを振った。

「俺にはどうしようもない」

「そんなことはない。この危機はおまえの力がないと回避できない」

伊丹は恨み言の口調になった。

「俺に警察庁の刑事局に逆らえというのか？　そんなことができると思うか？」

「別に刑事局に逆らえとは言っていない」

「どういうことだ？」

「誰から指示を受けたか教えてくれ」

伊丹は眉《まゆ》をひそめた。顔に警戒心が露《あら》わになる。

「聞いてどうする？」

「警察庁の指示ではなく、そいつの単なる個人的な意見だったということにする」

伊丹は竜崎を睨《にら》んだ。

「指示がなかったことにするということか？」

「そう。指示などなかったんだ。ちょっとした連絡の行き違いで、おまえが早とちりした。そういうことだ」

伊丹の眼が怒りでぎらぎらした。

「今さらそんな言い分が通用すると思うか？　それに、俺はただ指示に従っただけじゃない。警察庁の担当者の考えが最良だと、俺自身が判断したんだ」

「その判断は間違っていたんだ。考え直すべきだな。今ならまだ間に合う。誰からの指示だったんだ？」

「俺の口からは言えない。警察庁の問題だろう。そっちで調べたらどうだ？」

「そんなことを言っているときじゃないんだ。時間が経《た》てば経つほど事態は悪くなる。

いいか？　その刑事局の人間は間違った判断を下した。今ならそいつ個人の過《あやま》ちで済む。おまえがそいつの言った戯言《ざれごと》を、指示だと信じ込んでいたら、取り返しがつかないことになるんだ」

伊丹がちらりと幹部席のほうを見た。竜崎の声が少しばかり大きかったので、気にしたのだろう。

伊丹は、竜崎に眼を戻すと言った。

「戯言だって？　おまえが言っていることこそ戯言かもしれん。少なくとも刑事局の判断は大人の判断だ」

こうした物言いには、いつも腹が立った。悪《あ》しき伝統や風習をごまかすために、いつも使われる言葉だ。

「大人の判断だと？　笑わせるな。おまえはいつもそうだった」

伊丹は怪訝《けげん》そうな顔をした。

「それはどういう意味だ？」

「いつも取り巻きを引き連れ、自分では手を汚そうとしなかった。いつも一歩後ろに控えていて、黒幕のつもりでいたんだろう」

「おい、何の話をしているんだ？」

竜崎は、珍しく自分が興奮していることを自覚していた。どういうわけか、小学校時代の話をすると冷静でいられなくなる。

「おまえの取り巻きが俺をいじめるのを見て、おまえはにやにやしているだけだった。そうだ。おまえは、先生のお気に入りで、クラスの人気者だ。おまえは手を汚しちゃいけないんだ。子供のくせにそんな計算をしていたんだ。まったく変わっちゃいない」

伊丹は、目を丸くしている。

竜崎は止まらなくなっていた。

「おまえは現場主義だと言っている。だが、本音は違う。現場に来ると、みんなが最敬礼をして出迎え、ちやほやしてくれるから現場が好きなだけだ。記者にも受けがいいから、マスコミはおまえに対して全員好印象を抱いていると勘違いをしている。いいか？　前にも言ったが、マスコミは簡単に牙《きば》を剝《む》くぞ」

「ちょっと待て……」

伊丹は、きょとんとした表情のまま言った。「小学校時代の話をしているのか？　おまえ、どうかしちまったんじゃないのか？　しかも、俺の取り巻きがおまえをいじめていただって？　それは誤解だろう」

「誤解なもんか。だからこそ、俺はおまえに勉強だけは負けたくなかった」

「俺は小学校時代からおまえに一目置いていたんだ。とてもかなわないと思っていた。尊敬していたといってもいい。だが、おまえは俺のことを無視しつづけていた。だから、俺はおまえと話をするきっかけを作ろうと思って……」

「人にはそれぞれ言い分があるもんだ。いじめる側は、いじめられる側がどれほど惨《みじ》めでつらい思いをしているか気づいていないんだ」

「被害妄想だろう」

「妄想じゃない。実際に被害にあっていたんだよ。おまえが覚えていないだけだ」

伊丹は複雑な表情になった。

「いや、そんな話をしているときじゃない」

それは竜崎にもわかっていた。だが、どうにも興奮がおさまらない。

「そうじゃない。そこに戻らなければならないんだ。大人の判断だって？　それは、臭い物に蓋《ふた》という古くて役立たずの官僚主義のことだ。今必要なのは、保身のための方便じゃない。どうしたら被害が最小限で抑えられるかという正しい危機管理なんだ」

「危機管理……？」

「そうだ。まさしく、警察全体の危機なんだ。判断を誤ったら誰も助からない」

「そう。高度な判断だ。だからこそ、俺は警察庁の刑事局の判断に従おうと思う。警察庁というのは、判断を下すために存在しているんだ」

「警察庁にだって無能な役人はいる。おまえは、今その無能なやつが下した愚かな判断に従って、警察をぶっ壊そうとしているんだ」

「無能な役人だって？　同僚のことをよく平気でそんな言い方ができるな」

「無能なものは無能なんだ。有能か無能かは、善悪なんかと違って客観的に判断できる」

「坂上さんだって、一所懸命やってるんだ……」

「やっぱり坂上第一課長の指示か」

「わかってたんだろう？」

「確認を取る必要があった」

「確認を取ってどうする？」

「いいか。事件を迷宮入りさせるなどというのは、坂上の世迷《よま》い言《ごと》だ。無視していい」

「おまえにそんなことを言う権限はないはずだ」

「権限の問題じゃない。危機管理というのは、刻々と変化する状況の中で、最も的確な判断を下せる者が指示を出すべきなんだ」

「それがおまえだと言いたいのか？　思い上がるんじゃない」

「思い上がってはいない。俺は今冷静に物事を考えることができる立場にいる」

「どういうことだ？」

「保身のことを考えないからだ。もう考えても仕方がないからな」

「待てよ」

伊丹は眉をひそめた。「息子さんのことを言ってるのか？　もみ消せと言っただろう」

「もみ消しはしない。この連続殺人事件の真犯人を隠蔽《いんぺい》しないのと同じ理由だ。つまり、それが一番怪我《けが》が少なくて済むからだ。何かの工作をすると、それが暴露されそうになったときに、また新たな工作が必要になる。その新たな工作は、最初の工作よりもエネルギーが必要なんだ。そして、それが次々と連鎖して、しまいにはとてつもない大問題に発展してしまうわけだ。そんなとき、人は思うんだ。ああ、最初に本当のことを言っておけばよかったとな……」

「だから、政治が必要なんだ。政治の世界は秘密と謀略に満ちている。世界のどこの国でもそうだ。なぜかわかるか？　清廉《せいれん》潔白なだけでは世界は動かないからだ。力も必要だし汚い駆け引きも必要だ」

「清廉潔白かどうかなど、俺は問題にしていない。あくまでも危機管理の問題だと言っている。一番ダメージが少ない方法で今回の事件を切り抜けるんだ。坂上課長が言ったことは無視しろ。通常どおり、逮捕・送検して起訴に持ち込め。明日にでも、現職警察官が自白したことを記者発表するんだ」

伊丹は、眼をそらして捜査本部の中をゆっくりと見回した。しきりに何かを考えている。その気持ちがわかるような気がして、竜崎は言った。

「何を考えているか、当ててみようか。本当はおまえだって、そうしたかったんだろう。捜査員たちを無駄働きさせるのがつらかったはずだ」

伊丹は、視線を竜崎に戻した。

「みんながちやほやするから現場が好きだって？」

伊丹は言った。「それは、いくらなんでも言い過ぎだろう」

竜崎はうなずいた。

「言い過ぎだったかもしれない」

「俺は、この仕事が好きだ」

「さっきおまえが言ったとおり、キャリアは、すぐに異動する。どうせ、いつまでも刑事部長でいられるわけじゃない」

伊丹は、またしばらく考えてから言った。

「そうだな。黙っていても、警察庁で事務仕事をやらされることになるかもしれない。うまくすればまだしばらく現場にいられるかもしれない」

それはどうかなと竜崎は思ったが、あえて何も言わなかった。私立大学出身というだけで、本庁勤務はなかなか難しい。おそらく、地方の本部を回ることになるだろう。

俺の場合はどうだろう。

竜崎は思った。

懲戒免職にはならないだろうが、降格人事は避けられないだろうと思う。

「もし、俺が記者発表したら、どういうことになる？　おまえの予想は？」

伊丹が尋ねた。

「現職警察官が連続殺人事件の犯人だったんだ。世間はちょっとした騒ぎになる。だから、警察庁、警視庁ともに事件の解明に全力を尽くすんだ。そして、被疑者の権利に抵触しない範囲でどんどん情報を開示していく」

「マスコミの機嫌を取るわけか？」

「取引もときには必要だ。東日の福本が、今回の連続殺人をきっかけに、少年犯罪の量刑についてのキャンペーンを張るというようなことを言っていた。それが、現職警察官への反感を和らげるのに一役買ってくれるかもしれない」

「だが、そのキャンペーンを考えていたのは、犯人が現職警察官だと知る前のことだろう？　今は、とっくにそんなキャンペーンに興味をなくしているかもしれない」

「何か土産をくれてやるさ。おまえの記者発表の前に、俺がちょっと囁《ささや》いてやる手もある」

「スクープをくれてやるということか？　どこから洩《も》れたか、警察庁内で追及されるぞ」

「べつにばれてもどうということはない。どうせ、泥をかぶるつもりだった」

「記者発表などしたら、坂上が怒鳴り込んで来るだろうな」

「それも、俺に任せておけ。俺が避雷針になってやる」

「なんでおまえがそこまでやらなきゃならないんだ？　ただの総務課長だろう？」

「息子の一件がなけりゃ、俺もおとなしくしていたかもしれない」

「自暴自棄になっているということか？」

「その反対だよ。いろいろなことを教わった気分だ。人間、いざというとき、なかなか冷静になれないものだ。だが、大切なのは冷静になったときの対処の仕方だ。いかに善後策をすみやかに講ずることができるか。それで、ダメージの大きさが決まってくる」

伊丹は大きく一つ深呼吸をした。

「おまえの言いたいことは理解した。だが、はい、そうですか、というわけにはいかない。俺も考えたいことがたくさんある」

「時間がない」

「一晩だけ考えさせてくれ。どうせ、記者発表は明日の午前中だ」

竜崎はうなずいた。

「いいだろう」

伊丹は、幹部席に戻っていった。

その後ろ姿を見ながら、竜崎は思った。

伊丹はばかじゃない。きっと正しい結論にたどり着いてくれるはずだ。問題は、伊丹が言っていたとおり、坂上だ。自分の指示が無視されたと知ったら、どんな行動に出るかわからない。

手を打っておく必要がある。

竜崎は携帯電話を取り出した。警察庁の刑事局にかける。坂上を呼び出した。

「官房の総務課長が何の用だ？」

「今回の連続殺人についてです。現職警察官が全面自供したそうですね」

「総務課の出る幕じゃないと、何度言ったらわかるんだ」

「ところが、そうではなくなったのです。重大な事態なので、長官官房が対処することになりました」

「何だと？　そんな話は聞いてない。官房と会議をしたときには、そんなことは一言も言っていなかった」

「事態は刻一刻と変化します」

「だからといって、総務課長が出しゃばることはあるまい」

「官房の実務を預かっているのは総務課ですからね……。広報は総務課が責任を負っていますし……」

「だから、何の用なんだ？」

「あなたが、警視庁の刑事部長にささやいた意見は、無視されるでしょう。それについて、何か言いたいことがあれば、警視庁にではなく、私に言ってください」

「おまえは、いったい何を言ってるんだ？」

戸惑っている様子だ。

「迷宮入りを指示したでしょう。愚かな意見です」

一瞬の沈黙があった。

「愚かな意見だと？　おまえに何がわかる。いいか、刑事局と官房の会議でも、その方針で一致したんだ。今さらおまえが何を言おうと、決定事項は変わらない」

「その会議は非公式なものでした。決定事項は何一つなかったことになっているはずです。迷宮入りの指示もそうです。事態は刻一刻変わると言ったでしょう」

「ふん。何を勘違いしているか知らんが、警察庁の方針が変わるはずはない」

「いいですか。不満があってもそれを警視庁にぶつけるような真似《まね》は、決して許しません。言いたいことがあるなら、私に言ってください」

「おまえは何様のつもりだ」

「官房の総務課長です」

竜崎は電話を切った。

もともと、竜崎は坂上に嫌われているようだ。これで、坂上の怒りの矛先は竜崎に向けられることになる。

「俺が避雷針になる」という言葉どおりになるはずだ。

坂上が何を画策しようと平気だった。どうせ、邦彦の件があるので無事には済まないだろう。そして、牛島参事官が沈黙を決め込んでいる今、あがけばあがくほど坂上の立場は悪くなるに違いない。

「さてと……」

竜崎は携帯電話を背広の内ポケットにしまいながらつぶやいた。

一番苦手な問題が残っている。

これから、自宅に戻って家族全員に邦彦を自首させるという話をしなければならない。

17

総務課に直帰すると電話を入れて、午後九時過ぎに捜査本部を出た。捜査員たちは、八時上がりで、そのあとすぐに捜査会議が始まった。

捜査員たちは、必死で現職警察官の自白を覆《くつがえ》すような物的証拠を探している。だが、そんな努力が実を結ぶはずもない。会議は停滞していた。伊丹は腕組みをしたまま、じっと何事か考えている。捜査員たちの苦労を思うと、一刻も早く真実を世に知らしめたほうがいい。捜査会議は続いていたが、竜崎はそっと捜査本部を後にした。部屋の外には記者たちがおり、形式どおりの質問を投げかけてきた。

「明日の記者発表を待ってください」

それだけ言って竜崎は記者たちを振り切った。

本当に長い一日だった。電車に乗るとぐったりと疲れ果てているのを意識した。肉体は疲れているが、神経が張りつめている。切実に酒を飲みたいと思った。

官僚でアルコール依存症になる者は、意外なほど多い。キャリアは激務を強いられる。ただ忙しいだけではない。重い責任を背負わされるのだ。酒でも飲まなければやっていられない。酒が飲めない者は、睡眠薬などの世話になる。

だが、精神科や神経内科などに通院して、それが上の者に知られると出世に響く。キャリアは常に厳しい競争を強いられている。少しの落ち度が大きなマイナスポイントとなることがある。

精神的にタフな者とそうでない者とが、ぎりぎりの競争をしているとする。誰でもタフな者を選択するだろう。だから、官僚の自殺者が後を絶たないのだ。

どんなに酒が飲みたくても、今夜は家族に話をし終えるまで我慢しなくてはならない。自宅に戻るのが憂鬱《ゆううつ》だった。だが、やるべきことはやらなければならない。もう先延ばしにすることはできない。

どうやって話を切りだそう。そんなことを考えていると、乗り換えの駅を間違えてしまいそうになった。電車を降りて自宅へ向かう途中、このまま警察庁に引き返してしまおうかと、何度も思った。もちろん、そんなことは許されない。

五月らしい温かな夜だ。夜気に何かの花の匂《にお》いが混じっている。ツツジかもしれない。竜崎の自宅は都心にあるので、住宅街のようにほうぼうの庭にいろいろな花が咲いているというようなことはない。公園にツツジが咲いているくらいのものだ。

自宅に戻ると、妻の冴子がいつものようにすぐに食事の用意を始めた。

「食事は後でいい。ちょっと話がある」

「あら、珍しい。いつもは、メシ、フロ、ネルしか言わないのに」

「そんなことはないだろう。必要なことは伝えているはずだ」

「本当に冗談の通じない人ね」

「おまえの冗談に付き合っている暇はない。邦彦は部屋か？」

「あなたに言われたとおり、ずっと部屋にいるわ。ねえ、本当に引きこもりになっちゃうんじゃない？」

「それもじきに終わる。美紀はどうした？」

「美紀も部屋にいるはずよ。就職活動中だから、帰りが早いわ」

「二人を呼んできてくれ」

冴子が怪訝《けげん》そうに竜崎の顔を見つめる。竜崎は眼を合わせないようにした。

冴子はダイニング・キッチンを出て行った。すぐに冴子だけが戻ってきた。ややあって、邦彦が姿を見せた。ふてくされたようにうつむいている。おそらく、ふてくされているわけではなく、ばつが悪いのだろうと、竜崎は思った。

「そっちに座ってくれ」

竜崎はリビングルームのソファを指さした。ダイニングテーブルでする話ではないと感じたのだ。

「なんだかあらたまった話なのね……」

冴子が言った。言葉とは裏腹に口調はのんびりとしている。

ソファは、テーブルを囲むようにL字型に並べられている。冴子が三人掛けの端に座った。その反対側の端に邦彦が座った。相変わらず無言でうつむいている。おそらく自分のことが話題にされることを予想しているのだろう。

しばらく待ってからようやく美紀がリビングルームに姿を見せた。すでにパジャマ姿だった。

「明日、早いのよ……」

戸口でそう言ったが、その先の言葉を失っていた。ただならぬ雰囲気を察したのだ。

竜崎はますます気が重くなった。ここにいるのが、総務課の部下たちならどんなに気が楽だろう。本当に家族というのは、やっかいなものだ。そんなことを思っていた。

「そこに座りなさい」

竜崎はソファを指さした。

「狭いからここでいい」

美紀はそう言うとダイニングテーブルの椅子《いす》に腰を下ろした。

たしかに、三人が並んで座るには、ソファは窮屈かもしれない。かといって、竜崎の隣に美紀を座らせるのも妙だと思った。それほど広いマンションではない。美紀が座った位置からだって竜崎の話は充分に聞こえるし、お互いの顔だって見える。

竜崎は話しだした。

「話というのは、邦彦のことだ。先日、父さんは邦彦が煙草《たばこ》を吸っているところを見た。だが、それはただの煙草じゃなかった。ヘロインを付着させた煙草だった」

家族からの反応は鈍かった。手ごたえがない。俺の言ったことを理解しているのだろうかと、竜崎は訝《いぶか》った。

「好奇心とか出来心で済まされる問題ではない。麻薬及び向精神薬取締法違反だ。これは重大な犯罪行為なんだ。見逃すわけにはいかない」

邦彦はじっと苦しみに耐えるような顔をしている。冴子は、眉《まゆ》をひそめて竜崎の次の言葉を待っている。美紀は無表情だ。怒りの表情にも見える。

家族の反応の鈍い理由にようやく気づいた。どう対処していいかわからないのだ。家族の中に犯罪者がいる。それが、どういうことなのか、正確に把握できていないのだ。

竜崎は続けた。

「邦彦には自首してもらうことになる。事件が発覚する前に自首をすれば、刑を軽くしてもらえる可能性がある。麻薬所持並びに使用ということだが、初犯だし、使用の手段も軽微だ。使用期間も短期のようなので、情状を酌量してもらえる余地もあるかもしれない。邦彦はまだ少年なので、審判は非公開だし、名前が公表されることもない」

さすがに自首という言葉は、家族に衝撃を与えた。ようやく、現実味が胸に染《し》み渡ってきたというところだろうか。犯罪者の近親者にはよく見られる反応だ。最初はまったく現実感がないのだ。衝撃は時間が経《た》つにつれてじわじわとやってくる。まさか、自分の家族のそんな姿を見ることになるとは思わなかった。

少なくとも、事実関係を説明しているときはまだ気が楽だった。犯罪や刑罰に関する説明は慣れている。だが、問題は今話をしている相手が、家族だということだった。

冴子も、美紀も、邦彦も何も言わない。何を言っていいのかわからないのだろう。

竜崎は沈黙が怖かった。説明を続けるしかなかった。

「邦彦は、東大を目指して予備校に通っていたわけだが、審判の結果次第ではそれは意味がなくなる。禁錮《きんこ》以上の刑を受けた場合、本籍地の市町村にある犯罪人名簿に十年間記録が残る。通常の企業は、そうした名簿を参考にすることは滅多にないが、キャリア官僚ともなると話は別だ。狭き門だから、犯罪歴は大きなハンディーになる恐れがある」

邦彦はうつむいたままで、何も言わない。恨み言を言いたいのなら、言えばいい。竜崎は思った。いつかのように、不満をぶつけてくればいい。

竜崎はさらに言った。

「父さんの仕事は、常に競争を強いられている。単に出世をするというだけではない。失敗をしたら、蹴落《けお》とされる。それが、本人の失敗とは限らない。家族の不祥事も問題にされるかもしれない。特に、父さんは警察庁の役人だから、家族が法に抵触したとなれば、監督責任を問われるかもしれない」

この言葉に真っ先に反応したのは、やはり妻の冴子だった。

「それは、懲戒免職もあり得るということなの？」

美紀の顔が青くなった。じっと竜崎の言葉を待っている。

「法律上はそうなってはいない。国家公務員法では、職員の権利は守られている。だが、おとがめなしというわけにはいかないだろう。何らかの処分はあると思う」

「どういう処分？」

「わからないんだ」

竜崎は正直に言った。「私は前例を知らない。おそらく、上司のさじ加減だと思うが……」

「上司というのは官房長？」

「そう。そして、俺と官房長の間には参事官がいる」

「最悪の場合はどうなるの？」

「そうだな……」

竜崎は真剣に考えた。階級のバランスからいって、所轄《しょかつ》の現場をやらされることはないだろう。

所轄の課長というのは、せいぜい警部だ。竜崎より三階級も下なのだ。降格人事を考えても、県警の本部の何かの役職というのが妥当だろうと思った。

「どこかの地方の本部の課長というところかな……」

妻は押し黙った。地方と聞いてうんざりとした気分になったのかもしれない。若い頃から転勤が多かった。

「冗談じゃない」

突然、美紀が言った。完全にうろたえている。「就職難なのよ。女の子は自宅から通えることが有利な条件なのに……。一人暮らしの女性は企業が嫌うのよ」

竜崎は驚いて美紀を見た。

「まだ地方に引っ越すと決まったわけじゃない」

「弟が犯罪者だなんて、そんなことが企業に知れたら就職なんてできない」

竜崎は、美紀のこの言い方にかちんときた。だが、考えてみれば自分自身も美紀とそう変わらないと思った。邦彦の麻薬使用を知ったときに、真っ先に考えたのは自分の将来のことだった。

「おまえには、もっとつらいことがあるかもしれない」

竜崎は美紀に言った。美紀はきょとんとしている。

「何よ?」

「三村君のことだ」

「三村さん……?」

「そうだ」

竜崎は、もっとも苦手な話を始めなければならなかった。「三村本部長は、縁談を断ってくるかもしれない。警察官僚が犯罪者の家族と縁組みをするわけにはいかない。そう考えてもおかしくはない」

美紀は、うんざりした顔になった。竜崎はその表情を見てぞっとした。妻が不機嫌なときとそっくりだった。

「だから、それが誤解だって言ってるでしょう。はっきり言う。あたし、今三村さんと結婚する気なんてありませんからね。三村さんは、これから世界中を飛び回らなければならない。私も就職をしなければならない。二人ともとても結婚なんて考えている余裕はないのよ」

竜崎は戸惑った。

「でも、付き合っていると言ったじゃないか」

「それほど深い付き合いはしていない。まあ、いい友達ってとこ」

「でも、おまえは結婚について悩んでいるって、母さんが言ってたぞ」

「違うのよ。父さんや、三村さんのお父さんが勝手にあたしたちを結婚させたがっているようで、頭に来てたのよ」

「前にも言ったが……」

竜崎は戸惑ったまま言った。「父さんは、結婚しろなんて一度も言ったことはない」

「でも、あたしが三村さんと結婚すれば都合がいいって……」

「もし、そういう話がおまえたちの間で進んでいて、それがうまくいくんだったら、たしかに都合はいい。その程度のことだ。別に、おまえたちが結婚したからといって、出世できるわけじゃない」

「じゃあ、三村さんについては、何の問題もないってことになる」

美紀は言った。竜崎は何だか肩すかしをくらったような気分だった。美紀の結婚が一番微妙な問題だと、漠然と考えていたのだ。

「問題は、就職のことよ。なるべく不利な条件を減らすように注意していたのに……」

美紀は怨《うら》みがましい眼で邦彦を睨《にら》んだ。邦彦は美紀と眼を合わせようとしなかった。

「おまえの就職には影響しないと思うが……」

「甘いわよ。今は、極端な買い手市場なのよ。採用者側の考え一つなのよ。それなのに……」

「企業が採用に際して、過去の犯罪歴を調べるというようなことはほとんどないと思う。ましてや、本人ではなく家族の犯罪歴を調べたりなどしない。そういう調査をするのは、よほど特殊な企業だけだ」

美紀は、探るような眼で竜崎を見た。

「それ、本当……?」

「父さんは警察庁に勤めている。そのへんの事情には詳しいつもりだ。就職を控えている者はどうしても疑心暗鬼になりやすい。不安になって自分を見失ってしまうのだ。そして、憶測の情報に惑わされてしまう」

妻の冴子が言った。

「邦彦はどうなるの？」

「審判の結果次第だな。まず、検察は家庭裁判所に送致しなければならない。そこで、保護処分が確定すればそれに従う。家庭裁判所で、罪が重いと判断されたら、検察に再び送致される。これを逆送という。そこで検察官は十日以内に公訴を提起しなければならない」

「どういうこと？」

「そうなれば刑事罰に問われる」

冴子は眉間《みけん》に深くしわを刻んでいる。

「どの程度の……？」

「わからない。通常、成人の場合、初犯で単純な薬物の自己使用と所持ならば、懲役一年六ヵ月で、執行猶予《ゆうよ》が三年といったところだ。少年事件は、家庭裁判所がどう判断するかで、結果が違ってくる」

「自首するしかないの？」

冴子が尋ねた。邦彦がわずかに顔を上げた。警察官僚である竜崎に、何かを期待しているのだ。竜崎は言った。

「伊丹はもみ消せと言った。事件にするほどのことじゃないと……。だが、もみ消すことは結局は事態をより悪くする恐れがある。麻薬の使用を秘匿《ひとく》していて、それがどこかで発覚したら、もう申し開きはできない。邦彦の一生も、俺の一生も終わる。自首することが、最良の方法なんだ」

冴子は邦彦を見て言った。

「なんてばかなことを……」

「邦彦もそのことは充分にわかっているはずだ。あらゆる失敗や犯罪は、やってしまってから自分の愚かさに気づくんだ」

冴子は邦彦に向かって言った。

「黙ってないで、何か言うことはないの？」

邦彦は、ようやく顔を上げた。

もしここで邦彦が竜崎を非難しはじめたら、受けて立つつもりだった。もしかしたら、邦彦は、父親らしいことを何もやってこなかった竜崎を憎んでいるかもしれない。

そして、警察の仕事をしていながら、邦彦を守ってやれないことに腹を立てているかもしれないと思った。

オヤジなら、オヤジらしいことをやってみろよ。そう怒鳴る邦彦の姿を想像していた。若者の激情に対抗するのは、決して楽ではない。もしかしたら、邦彦は暴力を振るうかもしれない。竜崎は腕力には自信はない。だが、戦うときは戦わなければならないと覚悟した。

邦彦が竜崎を見た。

冴子を見て、美紀を見た。それから、また竜崎に視線を戻した。竜崎は、心の中で身構えていた。

邦彦はぐっと身を乗り出した。竜崎を見据えている。

竜崎はたじろぎそうになったが、何とか邦彦を見返していた。ここで負けるわけにはいかない。

突然邦彦が立ち上がった。竜崎は腰を浮かせた。つかみかかってくるのではないかと思ったのだ。あるいは、そばにある何かを手に取って投げつけるのかもしれない。

言葉ではかなわないと思い、やはり暴力に訴えようというのか。

邦彦の上半身が動いた。竜崎は咄嗟《とっさ》にどうしていいかわからなかった。

次の瞬間、邦彦は深々と頭を下げた。そして、大声で言った。

「すいませんでした」

竜崎は腰を浮かせたままその様子をぽかんと眺めていた。やがて、どすんと腰を下ろす。それでも、邦彦は最敬礼したままだった。

「よろしい」

冴子が言った。

「え……」

竜崎は思わず冴子を見ていた。

「やってしまったことは仕方がない。それは父さんの言うとおり。だから、これからのことを考えましょう。自首して裁定を待つ。プロの父さんがそう判断したのだから、それに従うしかない。その結果、父さんが左遷《させん》されようが、邦彦が刑務所に入ろうが仕方がない」

「いや……」

竜崎は言った。「刑務所に入ることはあり得ない」

「どういうことになっても仕方がないという喩《たと》えよ。それで、いつ自首するの？」

竜崎は考えた。

「早いほうがいい。明日にでも最寄りの所轄に行ってこようと思う」

そう言いながら竜崎は、明日は庁内が大騒ぎになっているに違いないと思った。伊丹が午前中にちゃんと記者発表をやれば、当然そうなるだろう。

邦彦がようやく頭を上げた。

竜崎は邦彦と美紀に言った。

「二人とも、部屋に戻っていい」

まず、邦彦がリビングルームを出て行った。それから、しばらくして美紀がぽつりと言った。

「結婚は当分考えない。就職がしたいの」

竜崎はうなずいた。

「わかった。実は、それを聞いてほっとしている」

美紀がうなずいて立ち上がった。そして、部屋に向かった。

冴子が竜崎を見ていた。

「何だ。何か言いたいことがあるのか?」

「どうして、邦彦のこと、今まで黙ってたの?」

「どうしたらいいか考えてたんだ」

「それでこのところ、ちょっとおかしかったのね。あまりよく眠れなかったでしょう?」

「ああ。だが、ちゃんと結論を出してからは気分が軽くなった」

「警察官として判断を下したということね」

「そうだな。俺にはそれしかない。父親としては失格だ」

「そう。父親としては無能ね」

竜崎はかぶりを振った。

「おい、俺はその無能という言葉が一番嫌いなんだ」

「無能な父親にしては、よくやったわ」

「そうか?」

「伊丹さんは、事件をもみ消せって言ったんでしょう?」

「そうだ」

「あなたがその言葉に従っていたら、愛想を尽かしていたかもしれない。あなたは、気づいていないかもしれないけど、一番父親らしいことをやったのよ」

「どういうことだ?」

「道を踏み外しちゃいけないって、子供たちに教えた。だから、言ったのよ。無能な父親にしてはよくやったって」

これ以上無能呼ばわりされたくなかった。

「腹が減った。飯にしてくれ」

冴子はソファから立ち上がり、台所に向かった。竜崎は、いつものように冷蔵庫から缶ビールを取り出した。ようやく咽《のど》を潤《うるお》せる。ダイニングテーブルに向かうと、コップには注がず、直接缶から飲んだ。冷たいビールが一気に胃袋まで下っていく。炭酸が咽を刺激して心地いい。

竜崎は大きく息を吐いた。

サワラの西京焼きとほうれん草のおひたしをつまみながら、さらにもう一本缶ビールを飲んだ。大仕事をやり終えたような気分だった。

実はまだ何一つ片付いてはいないのだが、家族と話し合ったことが竜崎の気分を軽くさせていた。

ビールを飲み終えると、みそ汁と漬け物で飯を食った。あとは風呂《ふろ》に入って寝るだけだ。明日は忙しくなる。定時に警察庁に出て、準備を整えておかなければならない。

伊丹が記者発表をするのが、おそらく午前十時。それからしばらくは、持ち場を離れられないだろう。牛島が説明を求めてくるかもしれないし、坂上が怒鳴り込んでくるかもしれない。

マスコミからの問い合わせもあるだろう。政治家や他省庁からの質問も相次ぐに違いない。

食事を終えて、ソファで夕刊を眺めていると、ふと気になった。

伊丹は本当にちゃんと記者発表をやるだろうな。

竜崎の言ったことは理解したはずだ。ちゃんと説得できた自信はあった。だが、一抹の不安がある。

今日の別れ際《ぎわ》、伊丹は言った。

「はい、そうですか、というわけにはいかない。俺も考えたいことがたくさんある」

そのときは気にしなかった。だが、あらためて考えるとどうもひっかかる言葉だった。いったい、何を考えるというのか。

さらにあのとき、伊丹は言った。

「一晩だけ考えさせてくれ。どうせ、記者発表は明日の午前中だ」

一晩考えて、竜崎が望まない結論に達するということもある。竜崎は急に落ち着かなくなってきた。

18

伊丹の携帯電話にかけてみた。呼び出し音は鳴るが、伊丹は出ない。やがて、留守電サービスセンターにつながった。電話をくれというメッセージを入れて切った。

一度気になると、頭から離れなくなった。伊丹が明日、ちゃんと記者発表をするというのは、何の根拠もない思い込みかもしれない。

言質《げんち》を取ったわけではない。あのときは、伊丹を信用していいような気がしたのだ。だが、そんな曖昧《あいまい》な判断は許されない。

ちゃんと確認を取るべきだ。もう一度話をしよう。

竜崎は、再度電話してみた。やはり伊丹は出ない。警視庁の刑事部長が電話に出ないというのは、不自然だということに、竜崎は気づいた。警察幹部はいついかなるときでも連絡が取れる態勢を敷いている。しかも、現在伊丹は二つの捜査本部を抱えている。電話がつながらないはずがないのだ。

妙な胸騒ぎがしてきた。

警視庁にかけて、刑事部の当番に尋ねた。

「伊丹刑事部長の所在を知っている者はいるか？」

しばらく待たされた。やがて、当番はこたえた。

「自宅に戻られたということです」

「誰か、確認は取っているか？」

「確認ですか？　いいえ……」

胸騒ぎが募った。

「すぐに、所在を確認してくれ」

「あの……、何のために……」

「電話が通じない。自宅にいるのならそれでいい」

「了解しました」

電話を切った。

ほどなく折り返し電話がきた。先ほどの当番だ。

「部長はご自宅の電話にもお出になりません。人をやりましょうか？」

相手の言葉を検討した。あまり騒ぎを大きくしたくはなかった。

「いや、いい。もう休んでいるのかもしれない。わざわざ連絡をくれてごくろう」

「いえ……。失礼します」

どうにも落ち着かなかった。なぜ、伊丹は電話に出ないのだろう。ただ、風呂《ふろ》に入っているだけかもしれない。あるいは、携帯を他の部屋に置いたままぐっすり眠ってしまっているのかもしれない。

だが、そうでない恐れもある。何かが起きている恐れも……。

竜崎は、疲れ果てていたが、それよりも不安が勝った。

「ちょっと出かけてくる」

冴子に言った。

「これからですか?」

妻はさして驚いた様子もなく言った。すでにこういうことには慣れているのだ。

竜崎は、背広とネクタイという恰好《かっこう》で家を出た。すでに、深夜零時近い。この時間に官僚の身だしなみについて非難する者がいるとは思えない。

だが、すぐに帰ってこられるとも限らないのだ。このまま何かあれば、登庁しなければならないかもしれない。ヘタをすれば、記者会見沙汰《ざた》だってないとはいえない。

だから、竜崎は出かけるときは、たいていスーツを着てネクタイを締めることにしていた。冗談ではなく、近所に買い物に行くときですらそういう恰好をしたいくらいだ。警察官僚はいつ何時呼び出しがあるかわからないのだ。

　タクシーをつかまえて、伊丹の自宅まで急いだ。伊丹は警視庁の官舎ではなく、世田谷区等々力《とどろき》にある分譲マンションに住んでいる。ほとんど別居状態だと言っていたから、事実上は一人暮らしなのだろう。

　幼なじみなのに、伊丹の私生活についてはいては驚くほど知らなかった。住所を知っていたのは、仕事の上で必要だったからに過ぎない。

　青山通りは、それほど混み合ってはいなかった。自宅を出てから、二十分ほどで伊丹が住むマンションに着いた。いかにも高級そうなマンションだ。

　竜崎は、マンションの玄関から携帯電話で伊丹を呼び出してみた。もし、ここで伊丹が出ればそのまま引き返してもいいと思った。明日、現職警察官の自白のことを記者発表することを確認できればいいのだ。わざわざこの時間に会うこともない。

　だが、やはり伊丹は電話には出なかった。マンションはオートロックだ。部屋から開けてもらうか、暗証番号を知らなければ玄関のドアが開かない。

　竜崎は、伊丹の部屋の番号をプッシュしてみた。携帯電話に出ないのだから、当然インターホンの返事もないものと思っていた。

　だが、意外なことにインターホンから伊丹の声が返ってきた。

「何の用だ、竜崎」

「どうして俺だとわかった」

「テレビカメラがあるんだ」

竜崎は思わず見上げた。たしかに監視カメラのレンズがあった。

「開けてくれ。話がある」

伊丹はしばらく何も言わない。明らかに様子がおかしかった。

「帰ってもらえないか。一晩考えさせてくれと言っただろう」

「手間は取らせない。二、三確認を取るだけだ」

「帰ってくれ」

「ここを開けないと、マンションの管理会社か警備会社に連絡して無理やり開けさせるぞ」

「好きにしろ」

本当にそうするつもりだった。どこかに、管理会社か警備会社の連絡先が書いてあるはずだ。それを探していると、いきなり正面のガラス戸が開いた。

伊丹が開けたのだ。竜崎は玄関ロビー内へ進んだ。伊丹の部屋は、七〇四号室。七階だ。竜崎はエレベーターへと急いだ。立派なマンションだが、エレベーターは一基しかない。

そのエレベーターがやけにゆっくりとしていて、竜崎は苛立《いらだ》った。ようやく七階についで、竜崎は小走りに七〇四号室に急いだ。

ドアの脇《わき》のインターホンのボタンを押す。部屋の中でチャイムが鳴るのが聞こえた。気が急《せ》いているので、ずいぶんと間の抜けたチャイムに聞こえる。

しばらく待たされた。玄関のオートロックを開けておいて、部屋のドアを開けないということはないだろう。そう思いながら待った。

やがて、内側からドアを解錠する金属音が聞こえた。さらにチェーンを外す音。ようやくドアが開いた。伊丹は、ワイシャツ姿だ。ズボンは昼間着ていたスーツのものだ。ネクタイは外していたが、まだ着替えてもいない。

顔色がひどく悪く見えるのは、廊下の蛍光灯のせいだろうか。いや、そうではなく、たしかに血の気がない。

そのくせ、眼は血走っていた。白目の部分に無数に赤く細い血管が見て取れる。両眼は妙な光り方をしている。髪は乱れており、何だか急に十歳も年を取ってしまったように見えた。

伊丹というのは、見た目にこだわる男だった。いつも自分が颯爽《さっそう》と見えるように服装にも姿勢にも、態度にも気を配っていた。今の伊丹はまったくの別人のようだ。

「確認したいことというのは何だ？」

「ここで立ち話する気か？」

伊丹は、ぎらぎらとした眼で竜崎を見つめた。

何だろう、この落ち着かない気持ちは。

竜崎は思った。

これまで経験したことのない感覚だ。胸の奥にサンドペーパーをかけられているような不快感がある。

「こっちには話すことなどない。帰ってくれるとありがたいのだが……」

「話すことがないという言い方はないだろう。とにかく、ここじゃ人目につく。中に入れてくれ」

「帰れと言ってるんだ」

「いや。帰るわけにはいかない」

「どうして明日まで放っておいてくれないんだ？」

「おまえの様子がおかしいからだ。どうして電話に出なかった」

伊丹は、竜崎を見据えていた。その眼差《まなざ》しからは憎しみすら感じられた。

「他の部屋に置きっぱなしにしていてな。バイブモードにしていたので、電話が来たことに気づかなかった」

「それがおかしいと言っているんだ。おまえは、警視庁の刑事部長だぞ」

「本当のことを言うとな……」

伊丹は、眼を伏せて溜《た》め息《いき》をついた。「おまえと話したくなかったんだ」

「なぜだ？」

「プレッシャーをかけられずに考えたかったからだ」

伊丹は嘘《うそ》を言っている。電話に出なかった理由は、相手が竜崎だったからではない。誰からの電話にも出なかったのではないかと思った。事実、警視庁の当番がかけた電話にも出なかった。

「とにかく、中で話そう」

伊丹は、反論しかけた。それから、諦《あきら》めたように小さくかぶりを振った。ちょっとだけ、何かを考えていたが、やがて言った。

「おまえにはかなわんな……」

伊丹は、ドアを大きく開いて奥に引っ込んだ。竜崎は玄関に入るとドアを閉めた。

他人の家というのは、どうして独特の臭《にお》いがあるのだろう。そんなことを考えながら、靴を脱いで上がった。

玄関を上がると廊下がある。廊下の両側にはいくつかのドアが並んでいる。そのうちの一つはトイレだろう。

突き当たりにガラス戸があり、その向こうがリビングルームになっている。竜崎の自宅とそれほど違わない構造だ。もっとも、マンションの間取りなど、たいていは似たり寄ったりだ。

伊丹が先にリビングルームに入った。そこには竜崎の自宅よりもずっと洒落《しやれ》た応接セットが置いてあった。黒い革張りで、落ち着いた感じだ。

調度類は高級だが、部屋の中は散らかっており、どこか退廃的な感じがする。家庭生活に失敗してほとんど一人暮らしだというから、そのせいだろうと竜崎は思った。

ガラス板を天板に使ったテーブルがある。その上に拳銃《けんじゆう》が載っていた。竜崎は別に驚かなかった。警察官なら、誰もが持っているニューナンブのリボルバーだ。

伊丹が警視庁に戻さず、自宅に持ち帰ったのかと思った。

だが、すぐに竜崎は違和感を覚えた。伊丹は電話にも出ず、テーブルの上に拳銃を置いて何をしようとしていたのだろう。

伊丹は立ったままだった。竜崎も立ったままだ。伊丹はテーブルの上のリボルバーを見つめていた。その眼が妙に悲しげに見えた。思い詰めたような表情だ。

竜崎は、はっとした。

「その拳銃はもしかして……」

伊丹は、まだリボルバーから目を離さずにいた。

しばらくの沈黙の後、伊丹は言った。

「そう。犯行に使われた凶器だ」

「荒川に捨てたというのは嘘だったんだな？　犯人はそんな供述はしていなかった。そうだな？」

「そう。嘘だ。俺が録書を書き換えさせた」

「荒川をさらっても拳銃など出てこないとおまえは言った。自信があるはずだ。その拳銃はどこにあったんだ」

「通常どおり保管されていた。警察官の装備だからな」

「それを手に入れて、おまえはどうしようというんだ？」

伊丹は、立ち尽くしていた。竜崎は伊丹を見つめていた。ひりひりとした緊張感が部屋を支配していた。

やがて、伊丹がテーブルに近づき拳銃に手を伸ばした。竜崎は、その様子をただ見つめているだけだった。伊丹の次の行動は、竜崎の予想をはるかに超えていた。

伊丹は、拳銃を手にすると銃口を自分の側頭部に押し当てたのだ。竜崎はあまりのことに、その瞬間声も出せなかった。

伊丹と眼が合った。竜崎はどうしていいかわからない。

「やめろ……」

ようやく声を絞り出した。

伊丹は、銃口を自分の頭に押しつけたまま言った。

「官僚というのは、侍だ」

竜崎は、なんとか落ち着かせるために、話を合わせようとした。

「ああ、そうだ。現在の日本のシステムの多くは、幕藩体制時代に作られた。明治維新でもなかなかそれを改めることはできなかった」

伊丹には、竜崎の言葉など聞こえていないようだった。

「侍が責任を取るときには、腹を切るんだ」

「待て。おまえが責任を取る必要などない」

「すでに、俺は取り調べの録書を改ざんしている。自白をなんとか覆《くつがえ》せるような材料を見つけろと、捜査本部の幹部たちに指示を出した」

「それは、坂上の指示があったからだろう。おまえの責任じゃない」

「いや。現場の責任者はあくまで俺だ」

「いいから、銃を下ろせ」

伊丹は竜崎の言葉に従おうとはしない。引き金に指がかかっている。

「誰かが責任を取らなければならないんだ」

「こんな形は誰も望んでいない」

「警察に同情が集まる。それだけでもやる甲斐《かい》はある」

伊丹の眼差しには、狂気さえ感じられた。もはや、正常な判断力を失っているのだ。

「すまん」

竜崎は言った。「おまえを板挟みにしたのは、俺だ。牛島参事官を焚《た》きつけて、この事案を長官官房主導にした」

「おまえは自分のせいだと思うのか？」竜崎はぞっとした。

伊丹の顔から表情が消えた。

「そうだ。おまえが悪いわけじゃない。俺がおまえを追いつめたのかもしれん」

「ならば……」

伊丹は、ようやく銃を下ろした。竜崎はほっとした。だが、次の瞬間、さらに慌《あわ》てふためくことになった。

伊丹は下ろした銃を竜崎に向けていた。

竜崎は、背筋からふうっと力が抜けていくほどの恐怖を味わった。拳銃を向けられた経験などない。若い頃に現場の『見習い』をやらされたが、キャリアが本当に危険な現場に立ち会うことはほとんどない。

銃口に目が釘付《くぎづ》けになる。これほど直接的な恐怖は滅多にないだろう。伊丹の指が動くだけで死ぬかもしれないのだ。

竜崎は、銃口から視線を引きはがして、伊丹の顔を見た。何の表情もうかがえない。今目の前にいるのは、竜崎が小学生の頃から知っている伊丹ではない。そんな気がした。

伊丹は言った。

「ならば、おまえにも死んでもらう。おまえを撃った後、俺は自分を撃つ」

「やめろ。どうしてそんなことをする必要がある?」

「同期の二人のキャリアが、責任を取って自殺するんだ。世間とマスコミの同情が集まる。それだけ警察に対する非難も弱まる」

「同情を買ってどうなるものでもない。必要なのは、真摯《しんし》な姿勢で事件のことを追及し、それを公表することだ」

「おまえのたてまえも、これで聞き納めだな……」

引き金にかかった伊丹の指に力がこもるのがわかった。指先が白くなる。

「やめろ。やめてくれ……」

竜崎はどうすることもできない。伊丹に飛びかかろうとした瞬間に撃たれるだろう。第一、竜崎と伊丹の間にはソファとテーブルが横たわっている。それを乗り越えて伊丹に飛びかかることなど、不可能だ。

銃を持った相手を見たら伏せろと教わったような気がする。だが、こんな至近距離で伏せても意味がないだろう。第一、竜崎は体を動かすことができなかった。

頭がしびれたようになり、体が反応しない。目の前の出来事が、まるで別の世界の出来事のように感じられる。

だが、危機は確実に迫っている。伊丹の指にさらに力がこもり、引き金を絞っていく。きりきりという歯車の音が聞こえ、シリンダーが回転していく。

撃鉄が起きていった。シリンダーが止まり、あの撃鉄が落ちたときが、竜崎の死の瞬間だ。

伊丹は、平然と引き金を絞っていく。

竜崎は、最期《さいご》の瞬間をただ待つしかなかった。

シリンダーが止まる。

伊丹はついに、引き金を絞りきった。

撃鉄が落ちる。

すさまじい発砲音がして、竜崎はその場に倒れる。当然そうなるはずだった。

だが、そうではなかった。

撃鉄が落ちた金属音がしただけだ。

竜崎は、自分の目が信じられないくらいに大きく見開かれているのに気づいた。

伊丹は、引き金を絞りきったままの恰好《かっこう》で、竜崎を見つめていた。竜崎も伊丹を見返していた。しばらく二人は無言で見つめ合っていた。

やがて、無表情だった伊丹の顔がくしゃっと歪《ゆが》んだ。そして、彼は笑い出した。最初は、忍び笑いだったが、次第に声を上げて笑いはじめた。

竜崎は呆然《ぼうぜん》とその姿を眺めていた。

伊丹は、笑いながらニューナンブM60のシリンダーを開いた。そして、それを竜崎のほうにかざした。よく見ろという仕草だ。

シリンダーの中は空だった。弾が入っていなかったのだ。

竜崎はがっくりと力が抜けた。その場にへたり込んでしまいそうだった。

伊丹はまだ笑っている。それを見て、猛烈に腹が立ってきた。いじめられていた小学校時代の気持ちをありありと思い出した。伊丹の取り巻きたちは、こうやって竜崎に嫌がらせをしたり怖がらせては笑っていた。

「どういうつもりだ」

竜崎は、伊丹を睨《にら》みつけて言った。

伊丹は笑いながらこたえた。

「よく覚えていないんだが、小学校時代もこうだったのか？」

「何だと……」

「気を悪くするな。俺は本当に覚えていないんだ。おまえには恐ろしいものなど何もないのかと思っていた」

「ばか言うな」

竜崎は言った。「世の中怖いものだらけだ。小学校のときは、本当におまえたちのグループが恐ろしかった」

「不思議なものだ。俺はグループを作っていたつもりはない。おまえにはかなわないとずっと思っていた。嘘《うそ》じゃない」

「それは問題じゃない。事実、俺はおまえたちにいじめられていた」

「俺はいつもおまえにプレッシャーをかけられていた」

「そのつもりで、捜査本部に乗り込んで来たんだ」

伊丹はかぶりを振った。

「そうじゃない。ずっと以前からだ。警察庁に入庁したとき……、いや、もしかしたら小学校時代からかもしれない。おまえは、俺にいじめられていたと言った。だが、俺はずっとおまえを恐れていたのかもしれない」

「ばかな……」

それはあまりに意外な言葉だった。いつも自信に満ちた態度の伊丹の言葉とはとても思えない。

「本当のことだ。だからおまえが捜査本部にやってきたときには、本当に追いつめられた気分だった」

「俺がおまえを追いつめていたというのか……」

この言葉にも驚かされた。

「そう。俺は追いつめられていた。だから、誰の電話にも出たくなかった」

竜崎は、伊丹が手にしている拳銃を見た。そして、尋ねた。

「そんなものを自宅に持ってきてどうするつもりだったんだ？」

伊丹は、手にしたリボルバーを見下ろした。

「わからん……」

「おまえがこめかみに銃口を当てたとき、本気かと思ったぞ」

伊丹は竜崎を見た。かすかにほほえんでいる。複雑なほほえみだった。自嘲《じちょう》しているようにも見える。世の中を嘲笑《あざわら》っているようにも見える。そして、ひどく悲しげな表情にも見えた。

「本気だった」

伊丹は言った。そして、大きく息を一つ吐き出した。

竜崎は何も言わなかった。

「もし、おまえがここに来なかったら、今ごろ俺は死んでいただろう」

「弾を持っているのか？」

伊丹は、ズボンのポケットに手を入れた。そして、カートリッジをつかみだした。カートリッジは五発あった。

「おまえが無理やり部屋にやってくるというので、シリンダーから弾を抜き、ポケットに入れておいた。おまえを傷つけるはめになるのは避けたかった」

「俺に銃を向けたとき、本当に撃つつもりだと思ったぞ。おまえはそんな顔をしていた」

「おまえを撃ったりはしない」

伊丹は悲しげに言った。「だが、確実に自分を撃っていただろうと思う」

「最悪の結論だ」

「人間は、しばしば最悪の結果を選択するもんだ。だから、世の中から犯罪はなくならない。自殺するやつも後を絶たない」

「それを取り締まるのが、俺たちの役割じゃないか」

伊丹の眼差《まなざ》しはいつの間にか穏やかになっていた。

「知っているか？　おまえは、俺たちがやるべきことを必ず役割とか役目と言う。決して仕事とは言わないんだ」

「そうかな……」

「少なくとも、俺はそう認識している。おまえにとって、警察の仕事はただの仕事じゃないんだ。きっと天に与えられた役割か何かだと思っているんだろう」

「そんな大げさなもんじゃないさ。ただ、金を稼ぐための手段でないことはたしかだ。大切な使命を帯びている。官僚ってのはそういうものだろう」

「本当におまえは変人だ。そういうことをぬけぬけと言ってのけることができるんだからな」

「本気だからな」

伊丹は、拳銃《けんじゅう》をそっとテーブルに戻した。そして、竜崎に言った。

「とにかく、おまえは命の恩人ということになる。おまえがやってこなければ、俺は本当に自分の頭を撃っていた」

竜崎は、伊丹を見据えた。

「本当にそう思うのなら、命の恩人の言うことをきいてくれ。明日、本当のことを記者発表するんだ」

伊丹は、拳銃をちらりと見てから眼を伏せて言った。

「俺は、今夜死んでいたかもしれない。そう考えれば、何だってできる」

「あとは俺に任せろ」

伊丹は、うなずいた。

「わかった」

「拳銃を預かろう」

「なぜだ？」

「俺が帰ったあと、また衝動的に自分の頭を撃とうとするかもしれない」

「心配ない。そんなことはしない」

「いや。百パーセントあり得ないとは言い切れない。万に一つでも可能性があれば、それを無視するわけにはいかない」

「おまえらしい言い方だ。わかった。持って行ってくれ」

「あらためて、被疑者を尋問して拳銃の本当のありかを記録に残しておけ」

「本当のありか?」

「俺が保管所に戻しておく」

伊丹は、力無くうなずいた。

「わかった。明日、もう一度取り調べをしよう」

竜崎は、ニューナンブM60とカートリッジをハンカチにくるむと、ズボンのポケットに入れた。ポケットが破けそうなくらいにずしりと重い。本当に破けてしまうことを恐れた竜崎は伊丹に紙袋はないかと尋ねた。伊丹は、派手な量販店の紙袋を引っ張り出してきた。その中に拳銃を入れると、何だかひどく悪い冗談のような気がしてきた。

「じゃあな。俺はこれから大森署に行って、この拳銃を戻してくる」

「一つ訊《き》いていいか？」

「何だ？」

「おまえは俺にいじめられていたわけだな？」

「そうだ」

「俺を憎んでいたか？」

「ああ。憎んでいた」

「なのに、俺を助けてくれた。なぜだ？」

「俺が助けようとしているのは、おまえじゃない。警察機構だ」

伊丹は、かすかにほほえんだ。

「それも、いかにもおまえらしい言葉だな」

竜崎は、部屋を出ようとした。戸口で立ち止まり、迷った末に言った。

「たしかに俺はおまえを憎んでいた。だが、そのおかげで、東大に入り国家公務員甲種の試験に合格することができた。それは事実だ。俺はその事実に感謝している」

伊丹の顔を見たくなかった。だから、背を向けたままリビングルームを出た。伊丹がやってくる気配はなかった。靴を履いてそのまま部屋を出た。そして、タクシーを拾って大森署に向かった。

19

翌朝、登庁するとすぐに谷岡を呼んだ。二人きりで話がしたかったので、小会議室に移動した。

「今日は、ちょっとした騒ぎになる。覚悟してくれ」

竜崎が言うと、谷岡は滑稽《こっけい》なくらいに表情を引き締めた。

「何があるのです？」

「警視庁の刑事部長が、記者発表する」

これだけで、谷岡は理解するはずだった。谷岡は、うなずいた。

「広報室にコメントを求める電話が殺到するかもしれませんね」

「広報室で、長官のコメントの素案を作っておけ。そして、長官の口から正式なコメントが発表されるまで何も言うな」

「了解しました」

「それからな……」

竜崎は言った。「いろいろと世話になったが、私は君の上司ではなくなると思う」

谷岡が怪訝《けげん》そうな顔をした。

「異動の内示か何かあったのですか？」

「いや、そういうことじゃない。だが、おそらく私は異動になるだろう」

「どういうことです？」

「息子がヘロイン煙草《たばこ》を吸っていた。今日にでも自首させようと思う」

谷岡は、驚きの表情で竜崎を見つめている。言葉が見つからない様子だ。当然だと、竜崎は思った。立場が逆なら、竜崎だって何を言っていいかわからないだろう。

「そういうわけだ。家族の不祥事だ。私も無傷ではいられない」

「しかし……」

谷岡は、必死に頭を回転させている様子だ。「家族の不祥事で、何かの処分を食らったという話は聞いたことがありません」

「そういう前例は、私も知らない。だが、警察官僚の息子が刑事事件を起こしたんだ。当然、監督責任を問われる」

「そうでしょうか……。私にはそうは思えませんが……」

「気休めはいい。もしかしたら、降格人事で、君より立場が下になるかもしれない。

そうなったら、もう私のことなど考えなくていい。新しい上司とうまくやることだけを考えるんだ。それが、官僚の生き方だ」

言わずもがなだと、竜崎は思った。

谷岡は優秀な官僚だ。当然、そう考えているはずだ。

谷岡は奇妙な顔をしている。どういう顔をしていいのかわからないらしい。その気持ちは手に取るようにわかる気がした。ここで掌《てのひら》を返すように態度を変えるのも気が引ける。だが、すでに谷岡は竜崎に興味をなくしているに違いない。

「もう私が指示を出すまでもないだろう。君はやるべきことはすべて心得ているはずだ」

谷岡は、挑むように竜崎を見つめた。竜崎はその眼差《まなざ》しに、一瞬気圧《けお》されそうになった。

谷岡が言った。

「いいえ。課長はまだ私の上司です。指示をください」

「何だって……？」

竜崎は、谷岡が何を言っているのか、一瞬理解できなかった。谷岡がさらに言った。

「もし、課長が異動になるとしても、その瞬間までは私の上司です。もちろん、異動などないと祈っていますが……。そして、もし、課長がまったく違う部署に行かれようとも、私はずっと課長を尊敬しています。それを忘れないでください」

「おい……」

竜崎は苦笑した。臭い芝居だと思ったのだ。「そういう台詞《せりふ》は必要ないんだ」

「必要あるかどうかの問題ではありません。私の本音ですから。課長は私の理想の警察官僚です」

「理想の警察官僚の息子が麻薬使用で捕まるんだぞ」

「麻薬使用の事実が発覚したとき、もみ消すこともできたでしょう。でも、課長はそうはしなかったということですよね。それは、警察官僚として尊敬できる態度です」

「よせよ。なんだかこそばゆくなってくる」

「本当の気持ちを申し上げているのです」

竜崎はうろたえた。

どうやら、谷岡が本気で言っているらしいと気づいたのだ。谷岡は優秀だ。だからこそ、上司との人間的な関係などには頓着《とんちゃく》しないと思っていた。だが、どうやらそうではなかったらしい。

キャリアは、次々と職場を変えて出世していく。だから職場の人間関係など無駄なことだと、竜崎は考えていた。

だが、こうした谷岡の気持ちが不快かといえば、そうでもなかった。不覚にも感動している自分に気づいた。

それを気づかれたくなくて、竜崎はことさらに渋い顔を作った。

「じゃあ、指示を出す。早急に長官のコメントの素案をまとめろ。広報室の全員に、徹底しておけ。長官から正式なコメントが出るまで、マスコミには何も言うな」

「わかりました」

「警視庁の午前の記者発表の内容を確認しろ。そして、確認が取れ次第、私に知らせるんだ」

「了解しました」

谷岡は立ち上がり、一礼して先に小会議室を出て行った。

竜崎は座ったままだった。今になって、総務課長という立場を失いたくないと、しみじみ思っていた。

席に戻ると、牛島参事官からの伝言メモが残っていた。すぐに来るようにとのことだ。ずっと、沈黙を守るものと思っていたので、竜崎はちょっとだけ意外に思った。

席を訪ねると、牛島は言った。

「警視庁のほうはどうなっている？」

「おそらく、今日の午前中に刑事部長が事実を記者発表するはずです」

何か文句を言われると思った。あるいは、それを阻止するように指示されるかもしれない。竜崎はそれに備えていた。だが、牛島は記者発表については何も言わなかった。

「内密の話だ。もうちょっと近づけ」

「はい。失礼します」

竜崎は少しだけ近づき、上体をかがめた。牛島は小声で言った。

「坂上は飛ばされるぞ」

竜崎は眉《まゆ》をひそめた。

「どういうことです？」

「警視庁の刑事部長に対して隠蔽《いんぺい》の指示を出したことが、長官の耳に入った。長官は激怒した。俺はそれを聞いたとき、冷や汗が出たぞ」

なるほど、と竜崎は思った。

つまり、参事官や官房長は危機一髪だったということだ。もし、坂上の描いた絵に従って、事実を隠蔽しようとしていたら、長官の怒りは全員に及んだということだ。坂上をスケープゴートにできたというわけだ。竜崎の計画どおりだ。だが、ひどく後味が悪かった。

牛島は言った。

「おまえのおかげで助かった。恩に着る。薩摩《さつま》隼人《はやと》は恩を忘れない」

「恩義を感じられる必要などありません。私は最良の方法を提案しただけです」

「かわいげのないやつだ。私の助けを借りたいことがあるだろう」

「何のことでしょう」

「息子さんの件だ。できるかぎりのことはする」

竜崎は、思わず首をかしげたくなった。邦彦が自首をしたら、あとは法にゆだねるしかないのだ。牛島がいくら警察庁の幹部だといっても、裁判所の判断に影響を及ぼすことができるとはとうてい思えない。あるいは、牛島は人事のことを言っているのだろうか。それだって、人事院にゆだねるしかないのだ。牛島は、自分が影響力のある人間だと言いたいのだろう。だが、竜崎は疑問に思っていた。

「長官のコメントが必要だ」

牛島が言った。「草案を作っておけ」

「すでに手配しております」

広報室で作った素案に従い総務課で原稿を用意する。長官はそのコメントを発表する。それをまた広報室がマスコミに伝える。マッチポンプという気がしないでもないが、それが総務課の役割だ。

「話は以上だ。長官の正式なコメントが出るまで、俺はしばらくほおっかむりだ」

竜崎はうなずいて、牛島の席を離れた。

総務課に戻ろうとしていると、エレベーターのほうから坂上が歩いてきた。今一番会いたくない相手だった。

坂上はすさまじい顔をしていた。その気持ちもわからないではない。竜崎は無視しようかと思った。今さら話すことなどない。だが、向こうが放っておいてくれなかった。

坂上は竜崎の目の前まで来て立ち止まり、嚙《か》みつきそうな顔で言った。

「勝ったつもりでいるんだろうな」

長官に呼ばれて、大目玉を食らったところに違いない。牛島が「飛ばされる」と言ったのは、決して大げさではない。長官の怒りを買ったら、必ずそうなるのだ。

「勝つも負けるもありません」

竜崎は言った。「一番正しいと思ったことをやったまでです」
「このまま済むと思うな。いつか、おまえを必ずつぶしてやる」
竜崎は、邦彦のことを思い出していた。
「まあ、あんたの気が済むかどうかわからないが、私も早晩無事では済まない。また
いずれ、どこかで会いましょう」
竜崎は坂上の脇《わき》をすり抜けるようにして歩き出した。坂上の怒りと敗北感を背中で
感じていた。

席に戻ると、谷岡が待っていた。
「長官のコメントの素案をお持ちしました」
「早いな」
席に座ると谷岡が差し出したA4判の紙に目を通す。
警察官の不祥事に対して、たいへんに遺憾に思うというような内容の事柄が、いく
つもの表現で書かれている。「責任」という言葉がまったく使われていないのを確認し
て、竜崎は満足だった。こうした場合、責任の「せ」の字もあってはならない。長官が
責任を取らされるはめになるからだ。

「いいだろう」

竜崎は言った。「私のほうから官房長に上げておく」

「あの……」

谷岡が何か言いたそうにしている。

「何だ？」

「息子さんの件です。今日にでも、とおっしゃっていましたね」

「ああ。早いほうがいい。そのつもりだ」

「こちらはだいじょうぶです。私どもがなんとかします。どうぞ、ご自宅のほうにいらしてください」

「もう私は必要ないということかね」

谷岡は顔色を変えた。

「そうではありません。課長はもう充分に役割を果たされた。あとは私たちに任せてくれと申しているのです」

竜崎はほほえんだ。

「冗談だよ」

「は……？」

そのときの谷岡の顔は当分忘れられないだろうと思った。谷岡は、竜崎が冗談を言うなどとは考えたこともないのだろう。

「私だって冗談くらい言うんだ」

竜崎はそう言って卓上の電話に手を伸ばした。自宅にかけた。

妻の冴子が出ると、竜崎は言った。

「邦彦はどうしてる？」

「部屋にいるわ」

「これから警察に連れて行こうと思う」

「役所はどうするんです？」

「ちょっと抜けるだけだ。手続きが済んだら戻ってくる」

「その必要はないわ」

妻はきっぱりと言った。

「何だって？」

「家のことはあたしに任せているんでしょう。あたしが連れて行きます。どこに連れて行って、どうすればいいのか教えてくれれば充分よ」

「いや……」

竜崎はあわてた。「それは、たぶん父親の仕事だ」

「何を今さら……」

妻は言った。

「今さらって……」

竜崎はしどろもどろになった。机の前には谷岡が立っている。こんなところを谷岡に見られたくはなかった。「俺は最初からそのつもりだったぞ」

「いいの。あなたは、役所で仕事してらっしゃい。あたしが連れて行きます。どこへ行けばいいの？」

「最寄りの警察署だ。麹町署《こうじまち》だな」

「麹町署ね。それでどうすればいいの？」

「受付で、自首をしたいと言えばいい」

「それだけでいいのね？」

「ああ。あとはすべて署員がやってくれる」

「わかった。これから行ってくる」

「重要なことだ。やっぱり俺が行ったほうがいい」

「重要なことは、任せられないというわけ？」

「いや、そうじゃないが……」

「いいから、任せて」

邦彦のことが心配だった。そばにいてやりたいと思った。だが、冴子の言うこともっともだ。普段、家のことは任せるなどと言っているくせに、いざというときに信用しないのでは、冴子だってへそを曲げるだろう。

「わかった」

竜崎はそう言うしかなかった。「すまんが、頼む」

「国のために働きなさい」

電話が切れた。

竜崎は受話器を戻して谷岡に言った。

「妻が息子を最寄りの所轄《しょかつ》に連れて行くと言っている。私の出番はなさそうだ」

「よろしいのですか？」

「私にもよくわからん」

谷岡がうなずいた。

「わかりました。では、私は下で待機しています」

谷岡が背中を向けて去っていく。彼が笑っているような気がした。

邦彦はどうなるのだろう。

竜崎は思った。犯罪の量刑についてはよく知っているつもりだった。普通だったら、どの程度の刑か予想できる。だが、家族となると問題は別だ。どうしても冷静に判断することができない。なぜか、悪い想像ばかりしてしまう。

これが人の親というものなのだろう。おそらく、時間が経《た》つにつれて気になってどうしようもなくなるに違いない。麴町署に電話したくなるかもしれない。電話をしたからといってどうなるものでもないが、様子が知りたくなるだろう。

だが、それはいけないと竜崎は思った。

警察庁のキャリアから電話があったとなれば、所轄は圧力がかかったと感じるかもしれない。どんなに電話したくても、じっと我慢するしかないのだ。つらいが仕方がない。

どんなにつらくても、耐えなければならないときがある。それが生きていくということだ。

20

竜崎は、人気《ひとけ》のない場所を探した。警察庁には警察署のような取調室があるわけではない。結局、外に出るはめになった。

路上で、東日の福本に電話をした。

「そっちから電話があるなんて、珍しいね」

福本は言った。

「いつかおっしゃっていた、少年犯罪についてのキャンペーン、まだやるおつもりですか?」

「ああ。気持ちは変わっていない。今回の殺人事件の背景には、少年犯罪の被害者の無念さがある。犯人の動機は単なるヒロイズムではない」

「犯人がもし現職警察官でも、お気持ちは変わりませんか?」

「おい」

福本の口調が変わった。「身柄を確保された現職警察官というのは、やっぱり容疑者なのか？」

「もし、そうだとしても、犯人の心情を考慮するようなシリーズ記事などを掲載してもらえますか？」

「こっちの質問にこたえてくれ。犯人は警察官だということか？」

「私の口からは言えません。しかし、こうして私のほうから電話をしたことで、事情をお察しいただきたいと思います」

福本はかすかにうなった。

「すでに、シリーズ記事の材料はそろっている。キャンペーンはいつでもスタートできる」

「警察庁や警視庁に対する世間の攻撃をやわらげるような材料が必要です」

「凶悪な少年犯罪に対する量刑や、審判そのものに、世間はおおいに疑問を感じている。被害者や遺族の声もあまり考慮されておらず、それを問題視する声もある。その点が、あんたにとっては有利に働くだろうな」

「ぜひお願いします」

「見返りは何だ？」

「こうして電話をしているじゃないですか」

「非公式の情報だけじゃあな……」

「警視庁の午前の記者発表を聞き逃さないことです。記者クラブの担当にしっかりと言っておくんですね」

「今日の発表か？　午前の記者発表だな」

逼迫《ひっぱく》した福本の声が聞こえた。竜崎は電話を切った。これで、東日は他社よりもわずかながら対応を早めることができるはずだ。危険な取引かもしれない。だが、福本にも多少の恩返しはしておかなければならない。もともとは福本からの情報で、坂上の警視庁に対する「迷宮入り指示」のことを知ることができたのだ。

竜崎は、庁内に戻るために歩きだした。

風が強い。皇居のお堀端の草木も激しく揺れている。緑がざわめいていた。

席に戻ったのが、九時半だ。それから三十分後、おそらく警視庁で記者発表が始まる時刻だ。

伊丹はちゃんと真実を発表するだろうか。ふと、竜崎は心配になった。だが、ここまで来たら伊丹を信用するしかない。

そして、その十五分後、谷岡が駆け込んできた。

「発表がありました。現職の警察官が、三件の連続殺人の被疑者であることを、警視庁の刑事部長が公表しました」

竜崎はうなずいた。

これで、最悪の事態は回避できた。あとは、怒濤《どとう》のように押し寄せるだろうマスコミと世論の警察への非難を、うまくかわしていくだけだ。決して容易なことではないが、やらなくてはならない。

竜崎は谷岡に言った。

「すぐに、長官から記者会見の準備をしろと言ってくるぞ」

「すでに手配してあります」

「官房長から、コメントの草案のオーケーが出次第、本稿を作る」

「そちらも準備してあります。三十分で仕上げて見せます」

こうして戦いは始まった。だが、竜崎にとっては慣れた戦いだ。そして、危機管理は官僚の腕の見せ所なのだ。総務課はエリート中のエリートの集まりだと、竜崎は自負している。乗り越えられない危機などない。そう信じていた。

夕刻まで休む間もなく働き続けた。昼食をとるのも忘れていた。総務課全員がそうだった。特に多忙だったのは、谷岡率いる広報室だ。

今日のメインイベントは、警察庁長官、警視総監らによる記者会見だった。そこには、阿久根刑事局長と伊丹刑事部長も臨席していた。坂上の姿はなかった。

不思議と疲れを感じない。竜崎は高揚感の中にいた。顔が上気して、体が熱い。

谷岡が夕刊各紙を抱えて竜崎の席にやってきた。

「各紙、大きく扱っています」

「当然だ」

竜崎は言った。「現職警察官による連続殺人事件。おそらく前代未聞《みもん》の不祥事だ」

「新聞によっては、過去の警察官による犯罪の一覧表まで載せています」

「予想の範囲内だ。問題は明日からのテレビのワイドショーだ。それによって、一般市民の反応が変わってくる」

「テレビは、おそらくヒステリックに煽《あお》り立てるでしょうね」

「コメンテーターも警察を攻撃するだろう。このところ裏金作りなど警察の不祥事がクローズアップされているからな」

「事実をすぐに記者発表し、続いて警察幹部の記者会見を開きました。対応が早かっただけ、事件がこじれずに済みました。マスコミ各社の印象も悪くないと思います」

「それが私の一番の狙《ねら》いだったからな」

「あとは、人事ですね。厳しい処分をすれば、世間もそれなりに納得します」

「坂上捜査第一課長が飛ばされると聞いた」

谷岡が表情を曇らせた。

「坂上課長が……？」

「警視庁に迷宮入りを指示したことが、長官の耳に入ったらしい。長官は激怒したと参事官が言っていた。あとの処分については聞いていない」

「おそらく大森署の署長は更迭《こうてつ》されますね」

「そうだろうな。警視庁にも何らかの処分が下るだろう」

伊丹はどうなるだろう。

竜崎はそれが気になっていた。一度は捜査本部の幹部たちに、事実の隠蔽《いんぺい》を指示したのだ。それがどの程度問題視されるかによって伊丹に対する評価は変わってくる。

「今夜は帰れそうにないな」

竜崎は谷岡に言った。谷岡はほほえんだ。

「珍しいことじゃありません」

谷岡は、二階の広報室に戻っていった。竜崎は自宅に電話した。誰も出ない。冴子はまだ警察から戻っていないのだろうか。そんなに手間がかかるとは思えなかった。だが、竜崎も、家族の自首に付き合った経験などない。その日のうちにどの程度の手続きが取られるのか、具体的に想像できなかった。

　冴子の携帯電話にかけてみた。留守電サービスセンターに接続された。メッセージを入れずに切った。着信が残っているので、後で向こうから連絡があるかもしれない。

　邦彦が今どんな扱いを受けて、どんな思いでいるかを想像して、ひどく落ち着かない気分になった。そして、やはり妻の冴子に任せてしまったことを申し訳なく思った。冴子は、父親の役割を果たしたと言ってくれた。だが、竜崎は不充分だと感じていた。もし、警察官僚でなければ、もっと家庭のことや子供たちのことに時間を割《さ》けたかもしれない。

　他の人生を想像してみた。家庭を大切にする父親。家庭菜園などを趣味にして、ときには家族と旅行などするサラリーマン……。

　まったく現実味を感じなかった。警察官僚以外の自分を想像できない。

　この先も、こうやって生きていくしかない。どこに飛ばされようとも……。竜崎は、諦《あきら》めにも似た気持ちで、そう考えていた。

広報室では、各局の夜のニュース番組をチェックしていた。竜崎も二階に降りていっしょにテレビを眺めていた。民放はそれぞれ特徴のあるキャスターを立てて夜のニュース番組の視聴率を争っている。

各民放とも、センセーショナルな扱いだ。まだ、現職警察官の氏名は公表されていない。ようやく逮捕・送検が済んだところだ。警察官の詳しい情報が伝わるにつれ、テレビの扱いも変化してくるに違いない。

映像を駆使して、警察官の人物像を詳しく紹介するに違いない。どんな子供時代だったのか。警察官としてどういう職務に携わっていたのか。同僚の評価はどうだったのか……。

人物像を浮き彫りにするという名目で、視聴者の好奇心を煽《あお》るのだ。つまりは覗《のぞ》き趣味だ。

竜崎は自分の席に戻ることにした。いずれにしろ、本格的な報道合戦は明日以降だ。

席に戻るとすぐに電話が鳴った。

冴子からだった。

「さっき電話をしたんだ」

「わかってる」

「それで、どうだった?」

「すぐに家庭裁判所に送致すると言っていた。いろいろと話を訊《き》かれたわ」

「どんな話だ?」

「麻薬使用を発見したときの状況から始まって、邦彦の普段の生活態度や学校の成績、クラブ活動の経験まで……。発見したのは夫だと言ったら、あとでご主人にも話を聞きますと、担当の刑事さんが言っていた」

「俺も署に呼び出されるということだな?」

「そういうことね」

「だから俺が邦彦を連れて行けば一度で済んだんだ」

「それどころじゃなかったでしょう? 新聞読んだわよ。今日は帰れないわね?」

「ああ。警察庁《カイシャ》に泊まる」

「明日は?」

「わからない。連絡する」

「わかった」

「おまえは、だいじょうぶなのか?」

「何が……?」

「息子を自首させたんだ。ショックだろう」

「起きてしまったことは仕方がない。問題は善後策でしょう？　あなたは、これが最良の方法だと思ったんでしょう？」

「そうだ」

「ならば、それに従うしかない」

「おまえ、けっこういい官僚になれるかもしれないな」

「主婦をなめないでね」

電話が切れた。さっぱりした妻の性格に、これまで何度も救われたことがある。今回もそうだった。

翌朝、始業時間直後に警察庁の竜崎のもとに、麹町署の署員から電話がかかってきた。相手は、生活安全課少年係の望月《もちづき》と名乗った。

「あの……、息子さんの件について、お話をうかがいたいのですが……」

「麹町署にうかがえばいいのですね？　時間は？」

とたんに、相手は慌《あわ》てた。

「いや、こちらからうかがいます。ご足労いただくには及びません」

相手はすっかり恐縮している。

「通常は、署に呼びつけるのでしょう?」

「ええ、まあ……」

「だったら、私も署にうかがいます」

「あ、そちらにうかがうのがご迷惑でしたら、どこか近場の喫茶店でも……」

「そんな気を使う必要はありません。いつうかがえばいいですか?」

「こちらはいつでもだいじょうぶですが……」

「これからうかがいます」

幸い、昨日の騒ぎは一段落している。小康状態なのかもしれない。今のうちに済ませてしまったほうがいい。竜崎は、すぐに出かけた。

望月は、小太りの三十代半ばの私服警察官だった。竜崎が訪ねていくと、すぐに受付に降りてきて直立不動で挨拶《あいさつ》をした。おそらく望月は巡査か巡査部長だろう。竜崎は警視長だから、望月から見れば雲の上の人ということになるのだろう。

竜崎は応接室に案内された。

「ええと、ご子息はすぐに家庭裁判所に送致されることになりますが、その前にいろいろと事情をうかがわなければなりません」

「はい」

「麻薬使用ということですが、発見されたときの状況を詳しく教えていただけますか?」

竜崎は話しはじめた。邦彦の部屋を訪ねたときのことを思い出しながら、できるだけ正確に説明した。

突然、応接室のドアが開き、竜崎の話は中断させられた。

戸口に初老の男が立っていた。目つきが鋭い。

「あ、副署長……」

望月が立ち上がった。

「ここで何をしているんだ?」

望月が副署長と呼んだ男が尋ねた。

「あ、麻薬使用の少年の保護者の方にお話をうかがっていたんです」

「事情聴取なら取調室か、君の席でやればいいだろう。応接室を使う必要がどこにある」

「あの……」

望月はすっかりうろたえた様子で言った。

「こちらは、警察庁の課長さんで……」

副署長は竜崎のほうを見た。

竜崎が会釈《えしやく》をすると、礼を返してきた。

「キャリアだろうと何だろうと、非行少年の保護者には変わりはない。事情聴取はよそでやれ」

望月は困り果てた顔をしている。竜崎は立ち上がった。

「私はどこでもかまいません」

望月は、申し訳なさそうに言った。

「では、私の席まで来ていただけますか？」

竜崎は、戸口にいる副署長の前を通って廊下に出た。副署長の態度が正しいと思った。正しいがやはり面白くはない。副署長というのは、署長を支える重要な役割だ。署長はしょっちゅう入れ替わる。若手のキャリアもやってくる。副署長は、右も左もわからない若手キャリア署長のお守り役だ。キャリアに反感を持っていてもおかしくはない。

望月はあまりに階級のことを気にしすぎる嫌いがあるが、かといって副署長のような態度は警察では歓迎されない。

そんなことを思いながら席を移した。説明を続け、それが終わるとさらに望月のいくつかの質問にこたえた。

「ご足労いただき、ありがとうございました」

望月の丁寧な挨拶に、竜崎は言った。

「副署長が言ったとおり、私は罪を犯した少年の保護者に過ぎない。こうしてやってくるのは当然のことです」

「ええ、まあ、そりゃそうなんですが……」

「……で、息子はどうなりますか?」

「は……?」

望月はきょとんとした顔で竜崎を見た。

「薬物の使用ということになれば、当然厳しく処罰されなければなりません。逆送もあり得ますか?」

「逆送……? 検察へですか? いや、このケースはその必要はないと思いますよ。もちろん、家庭裁判所の判事の判断次第ですが、自首してますし、本人やご両親のお話をうかがったところ、ほかに非行の事実もなさそうですし、常用性も強くはない。充分反省もしているようですし……。そうですね、たぶん少年院送致、あるいは保護観察処分ということもあり得ると思いますよ」

まさか、と竜崎は思った。

それではあまりに量刑が軽すぎる。たしかに常用しているとは言いがたいし、反省もしているだろう。だが、いくらなんでも保護観察ということはないだろう。望月は、相手がキャリアなので機嫌を取るために気休めを言っているのかもしれない。竜崎はそう思った。

だが、そんな望月を責める気にはなれない。黙って頭を下げ、麹町署を後にした。

21

竜崎は、その後のマスコミの動向を冷静に見守っていた。邦彦の件で、どういう処分が下るか庁内の動きも気になったが、それはもう考えても仕方がないので、考えないことにした。

マスコミの反応は予想していたよりずっと穏やかだった。やはり、すみやかに事実を発表したことが、反感をやわらげているようだ。

さらに、警察幹部の処分が決まり、マスコミや世間の非難はトーンダウンした。谷岡が予想したとおり、大森署の署長が更迭《こうてつ》された。大森署内では、地域課の課長も飛ばされた。被疑者の現職警察官は、地域課勤務だったのだ。そして、警視庁でも地域部の部長が更迭された。

警察庁では坂上が更迭されたにとどまった。警視総監や警察庁長官にまでは処分は及ばなかった。被害は最小限にくい止められたと見ていいだろう。竜崎は、この結果に満足だった。

捜査本部長だった伊丹は、一切責任を問われなかった。事実隠蔽《いんぺい》を指示したことは、表沙汰《おもてざた》にはならなかったようだ。その責任は、坂上が一身に背負ったというわけだ。その意味でも竜崎の判断は正しかったことになる。

やがて、連続殺人事件の起訴が決まり、容疑者の氏名などが公表された。ワイドショーなどは、さかんにその人となりを取り上げたが、世間の反応は冷静だった。

東日は、少年犯罪についてのキャンペーンを始めた。量刑の問題、被害者や遺族の苦しみ、加害者の再犯率の問題などを連日取り上げていた。

もしかしたら、世間の多くの人は、今回の連続殺人犯にかすかな共感を寄せているのかもしれないと、竜崎は思った。殺人の犯人に共感するなどということは、刑事政策上認めるわけにはいかない。だが、正直に言うと竜崎も犯人の気持ちがわからないではなかった。

多くの人が竜崎と同じ気持ちであることは容易に想像がつく。警察官僚としていえば、たしかに望ましいことではないかもしれない。だが、人の心の流れを変えることはできないと竜崎は思った。

邦彦の処分が決まったのは、梅雨が始まったかのようなうっとうしい雨が降る暗い日だった。

驚いたことに、麹町署の望月が言ったとおりだった。最も軽い保護観察で済んだのだ。うれしい誤算だった。少年犯罪の量刑については、竜崎も問題があると考えていた。だが、このときばかりは、量刑の軽さに感謝したい気分だった。

邦彦の刑は軽かったものの、竜崎自身の監督責任が消えたわけではない。邦彦の処分が下った翌日、竜崎は官房長に呼ばれた。

出頭すると、官房長はきわめて事務的な口調で言った。

「家族の犯罪を理由に、懲戒人事をすることはできません。しかし、警察庁の職員として、家族の監督責任は問われなければならないと、私は考えています。長官も同じ考えです」

竜崎はまっすぐに官房長を見返していた。

「はい。私もそう心得ております」

官房長はうなずいた。

「君は、今回の現職警察官の殺人事件で、いい働きをしてくれたと参事官から聞いている。その点も考慮しての人事異動だ」

「はい」

「大森署の署長が更迭された。その後釜《あとがま》に座ってくれ。追って正式な通知がある」

「わかりました」

竜崎は一礼してから官房長室を退出した。部屋の外に牛島参事官がいた。竜崎を待っていたようだ。

牛島参事官は言った。

「済まん。何とか取りなそうとしたのだが、やはり今と同じ役職でいるわけにはいかんと言われた」

竜崎は頭を下げた。

「お気遣いいただきありがとうございます。でも気にしないでください。キャリアに異動はつきものです」

「それで、どこに飛ばされる？」

「大森署の署長です。悪い人事じゃありませんよ」

「だが、左遷《させん》には違いない」

「私は地方の小さな所轄《しょかつ》にでも飛ばされるかと思っていました。都内の大警察署なら御《おん》の字です」

「そう言ってくれると、俺も気が楽になるがな……」

「私の後任とうまくやってください」

「ああ、そうだな……」

牛島と別れて席に戻ろうとした竜崎は、なぜか無性に伊丹の顔が見たくなった。そういえば、凶器の拳銃《けんじゅう》を受け取った夜から会っていない。

竜崎はそのまま庁舎の外に出て、警視庁に向かった。前日と同じでどんよりとした日だ。伊丹は刑事部長の席にいた。捜査本部にいたときとは別人のようにはつらつとしている。いや、あのときが別人だっただけだ。もとの伊丹に戻ったというわけだ。

伊丹の明るさは演技なのかもしれない。だが、演技ができるというのは、精神的に余裕がある証拠だ。追いつめられている伊丹より、今の彼のほうがずっといい。

「よお、なんだか久しぶりだな」

竜崎の姿を見ると、伊丹は言った。

「おとがめなしだったな」

竜崎がそう言うと、伊丹は力強くうなずいた。

「まだ礼を言っていなかったな。おまえのおかげだ。命を救われた上に、立場まで守ってくれた」

「正しいと思ったことを主張しただけだ」

「やはりおまえにはかなわない。改めて痛感したよ」

「異動になった。大森署の署長だ」

「所轄の署長……。若手の修行時代に行くところじゃないか。やはり、邦彦君の件か？」

「ああ。だが、思ったほど悪い異動じゃない。邦彦も保護観察で済んだ」

「おまえの判断はいつも正しい。邦彦君のことも、結果的にはたいした騒ぎにならずに済んだ」

「俺自身の被害も最小限で済んだ」

「そうか。大森署の署長か。捜査本部ができるようなことがあったら、いっしょに仕事ができるかもしれんな」

「そんな事件などないに越したことはない」

「そりゃそうだが、おまえといっしょに仕事ができると思うと、なんだか楽しみじゃないか」

「俺はまだ小学校時代のことを忘れたわけじゃない。おまえにいじめられていたんだ」

「もういいじゃないか。昔のことだ」

「いや。いじめられたほうは一生忘れられないんだ」

「また、そうやって俺にプレッシャーをかける。俺はおまえを恐れていた。お互いさまだよ」

「何がお互いさまだ。怨《うら》みは忘れないぞ」

竜崎は部長室を後にした。なんだか笑い出したいような気分だった。

雲が切れて晴れ間が覗《のぞ》きそうだ。昨日の雨はもう上がっている。

席に戻る前に二階の広報室に寄ってみた。谷岡が立ち上がった。竜崎は尋ねた。

「どうだ？　マスコミの様子は」

「落ち着いてますね。課長の対応は大成功でした」

「お世辞はいい」

「お世辞なんかじゃありませんよ」

「異動が決まった」

竜崎が言うと、谷岡は表情を曇らせた。

「え……？」

「大森署の署長が更迭された。私はその後釜だ」

「所轄に行くんですか？」

「そういうことだ。誰が課長になるかわからんが、うまくやってくれ。もしかしたら、君が課長になるかもしれない」

「そんな……」

「いや、充分に可能性はある」

「私にはとても課長の代わりは務まりません」

「ばかを言うな。優秀な官僚はどんな職務だってこなさなきゃならないんだ」

「私は課長ほど優秀な官僚ではありませんから……」

「ならば、優秀になれ」

谷岡は、一瞬驚いた顔をした。それから、おもむろにほほえんだ。

「わかりました」

竜崎はうなずき、広報室を後にした。

22

大森署に異動になることを告げると、妻の冴子は言った。

「あら、署長？　昔に戻ったみたいね」

たしかに若い頃のようだ。明らかに左遷《させん》なのだが、考えようによっては署長というのは、一国一城の主だ。若い頃はお飾りだったが、今の年齢で赴任すれば、おもしろい仕事ができるかもしれない。竜崎はそう考えることにした。

邦彦は再び予備校に通いはじめていた。麻薬使用が家庭に投げかけた波紋は決して小さくはなかった。しかし、誰もがそれを受け容《い》れはじめていた。

冴子は家庭を切り盛りし、美紀は就職活動を続けていた。竜崎は、相変わらず帰りが遅く、食事をして風呂《ふろ》に入り寝るだけというかつての日常が戻ってきていた。

事件の前と何も変わっていないようだ。だが、たしかに何かが変わった。

いつものとおり、遅い夕食でビールを飲んでいると、邦彦が部屋から出てきて言った。

「話があるんだけど、いいかな」

　そんなことは初めてだったので、竜崎はすこしばかりうろたえた。

「何だ？」

「将来のことだ」

「将来……？」

「父さんは、東大の法学部に入って国家公務員になれと言った。でも、俺、公務員にはなりたくない」

「なぜだ？」

「将来ジャーナリストになりたいんだ。新聞やテレビで働いてみたい」

「ほう……」

「反対なのはわかってる」

　竜崎は言った。

「別に反対はしない。国家公務員になれと言ったのは、おまえの将来の希望を知らなかったからだ。はっきりとした目標があるなら、何も言わない」

「それ、マジ？」

「そのかわり、二流三流は許さない。なるんだったら、一流のジャーナリストになるんだ。そのためには、やはり東大を目指すべきだと思う。それからな……」

「なに？」

「言葉遣いを何とかしろ」

邦彦は、さっと肩をすくめると部屋に戻っていった。

竜崎は、ゆっくりとビールを飲み干した。


正式に辞令が下り、大森署へ異動する日を迎えた。前署長が更迭《こうてつ》されたので、空白の期間をなるべく作らないために、あわただしい異動となった。

署員たちが、全員起立で竜崎を迎えた。何度か経験したことだが、やはり誇らしい気分になる。

竜崎は、気をつけをして並ぶ署員の中に、戸高の姿を見つけた。眼が合うと、戸高は気まずそうに視線をそらした。

竜崎は心の中でほくそ笑んだ。戸高に近づくと、言った。

「いろいろとわからないことがあると思います。私が今度質問したときは、丁寧に教えてください」

戸高は正面を向いて、必要以上に大きな声でこたえた。

「わかりました」

竜崎は、戸高に背を向けて署長室に向かった。心の中でつぶやいていた。

これから、おもしろくなりそうじゃないか。

解説

北上次郎

本書の主人公竜崎伸也は、ちょっと変わったやつである。最初はそう思う。

まず、ダイニングテーブルで新聞をひろげ、竜崎がコーヒーを飲んでいるシーンから本書の幕があく。朝から彼の頭は仕事のことでいっぱいだ。彼の家ではスポーツ紙を含めた五紙を取っていて、そのすべてに目を通すのが日課である。社会面を見て、竜崎は眉《まゆ》をひそめる。足立《あだち》区内で起きた殺人事件についての報道だ。テレビをつけてニュースを確認する。どうしてこの事件について何の報告も来ていないのだ。

竜崎は警察庁に勤めている。長官官房の総務課長という立場で、庶務や担当事案の割り振り、国会、閣議、委員会などからの質疑の受け付けなど、重要な仕事はいろいろあるが、マスコミ対策の広報もそのひとつである。にもかかわらず、足立区内の殺人事件について、竜崎のところに報告がなかった。警視庁はなめているのか。

そう考えていると、妻が「美紀と話してくださいね」と言う。娘が結婚の話で迷っているというのだ。子供のことはお前にまかせていると言うと、「お相手は、あなたの元上司の息子さんだし」と妻が言う。竜崎は考える。家庭のことは妻の仕事だ。私の仕事は国家の治安を守ることだ。そこに息子が現れる。現役で有名私大に合格したものの、竜崎は入学を認めず浪人することをすすめ、だから息子の邦彦は浪人中。竜崎にとって東大以外は大学ではない。

登庁すると、広報室長の谷岡が竜崎を待っている。そのくだりを引く。

「彼は課長である竜崎によく尽くしてくれるが、竜崎は彼に心を許したことは一度もなかった。官僚の世界は、部下であっても決して信用してはならない。どうせ、二、三年ごとに異動になるのだ。部下と信頼関係など築いている暇はない。日常の業務がつつがなくこなせていればそれでいい。そして、竜崎は官僚に個人的な付き合いなど必要ないと思っていた。それは、業務の妨げにすらなる。割り切ることが必要なのだ」

ここまでで冒頭の五ページ。竜崎伸也の性格が実に手際《てぎわ》よく紹介される。つまり、「家庭のことは妻の仕事である」「東大以外は大学ではない」「部下であっても決して信用してはならない」という三連発だ。友達にはなりたくないタイプの人間だろう。

しかしそう思って読み進むと、竜崎は徐々に違う顔を見せ始める。いや、厳密に言うと違う顔ではない。前記の三連発の奥にひそんでいることが現れてくるのだ。たとえば東大に入るのは出世のためではない。この男は出世のことは考えていない。出世よりも官僚としての役割を果しているかどうかのほうが重要だと考えている。自分の仕事は国家の治安を守るであり、東大に入るのも、そうでなければ重要なポストにつけないという現実があるからだ。「いざというときは、真っ先に死ぬ覚悟をしている」男だから、保身ばかり考えている官僚ではけっしてない。

いちばん象徴的なのは、埼玉県で殺人事件があった報告を受けた竜崎が、休日の夜中に警視庁に赴くくだりだろう。警察庁の刑事局から誰もきていないことを不審に思った竜崎に、警視庁の刑事部長伊丹は「警察庁の課長職にある者が、夜中に電話一本で飛んでくる。そんなの、おまえくらいのものだ」と驚くのだが、この男は「私はすべきことをしているだけだ」と言うのである。そのくだりから引く。

「竜崎は、本当にそう思っていた。彼にはエリート意識がある。エリートには特権とともに当然大きな義務もつきまとう。本気でそう考えているのだが、それがなかなかまわりに理解されない」

ここに出てくる伊丹は、竜崎とは小学校時代に同級生という幼なじみで（もっとも警察庁の入庁式で再会するまで付き合いはない。つまり親友ではけっしてない）、竜崎とは対照的な男である。すでに白髪混じりで冴《さ》えない風貌《ふうぼう》の竜崎に比べて信じがたいほど若々しい体格を保っているし、規律と秩序を重んじる竜崎に対して、大雑把な性格だ。よく言えばおおらか、悪く言えばいい加減。竜崎は東大卒だが、伊丹は私大卒。この小説では重要な役割を演じる男だが、それはともかく、その伊丹から「官僚ならもっと楽ができるはずだ」と言われても、「ばかを言うな。国を守る俺たちが楽できるはずがない」と竜崎は言うのだ。さすがの伊丹も「おまえ、それが本音らしいから不思議だよな」と言うしかないくだりである。

最初の印象が徐々にぐらついていく。休日の夜に家を出るときの挿話もここに並べておこう。着替えを始めた竜崎を見て、妻がベッドから起き出てこようとすると、「いいから、寝てなさい」とこの男は言うのである。「そうもいきませんよ」と妻は起きようとするのだが、そのあとがいい。「いや、寝ててくれ。おまえの仕事は家を守ることだ。俺の仕事に付き合うことはない」。

伊丹ではないが、それが本音らしいから、実に不思議な男といっていい。

もっとも、竜崎の真意は本人が述懐するように、なかなか理解されにくい。たとえば、娘の美紀に「あたしが三村さんと結婚したら、お父さんにとって都合がいいんでしょう」と尋ねられ、「たしかに都合はいいな」と言う場面に注意。ここに出てくる「三村さん」とは、大阪府警本部長三村禄郎の長男である。

「そんなの、政略結婚じゃない。お父さんは出世のためにあたしの結婚まで利用するわけ？」と娘に言われて、竜崎が驚くことに留意。

「父さんが三村君と付き合えと言ったわけじゃない。結婚しろとも言ったこともない」

三村禄郎はこの結婚話を進めようとしていたが、竜崎は積極的だったわけではないのだ。娘が断っても彼は全然かまわない。妻に「この縁談を断れば、父さんに迷惑をかけることになりはしないかと、気をつかっているのよ」と言われたときに、「俺に迷惑をかける？　なぜだ？」と言うところにもそれは現れている。元上司の息子と結婚すれば、たしかに都合はいいが、それをすすめたわけではないのだ。

竜崎にしてみれば、「訊《き》かれたから正直にこたえただけだ。何が悪い」ということになるのだが、こういう性格の男が理解されにくいのは当然だろう。ようするに、この男は変人には違いないが、正論の人、なのである。

竜崎は、原理原則を大切にし、不正や隠し事はいっさいせず、どこまでも職務に忠実であろうとする。そうでなければ警察官の資格はないと彼は考えているのだが、これは見方を変えれば周囲には迷惑なもので、数々の軋轢《あつれき》を生むのも当然だ。

人間関係や組織を円滑なものにするために、腹芸が必要だったり、あるいは曖昧《あいまい》なままにしておくほうがよかったりと、世の中には正論とは反対のものが求められることがある。そういうときに正論の人は、硬直した姿勢の人と思われることがある。竜崎伸也はあえてそちらの道を選んだ男である。

その変人を、そして正論の人を、警察組織の中に置いたらどうなるか、を描いたのが本書なのである。この基本設定は素晴らしい。これまで私たちが知らなかったドラマが、その設定のために実に鮮やかに立ち上がってくる。それは、警察小説にまだこの手が残されていたのか、という驚きでもある。

連続殺人事件の被害者が、過去の重要事案の犯人たちであったことが判明し、竜崎はマスコミ対策で追われるようになる。そして、その事件はやがて違う顔を見せるようになり、竜崎の苦悩は始まってゆく。ミステリーなのでこれ以上の詳しい紹介は出来ないが、後半の息づまる迫力を見られたい。

それだけでも実に新鮮なのだが、この小説が真に素晴らしいのは、その奥の風景までもを描き切ったことだろう。どういうことか。

竜崎伸也は、怠ける者、職務に忠実でない者、使命感をもってない者に対して、腹立たしいものを感じている。しかし本当にそうなのか。彼らは本当に怠慢なのか。そういう発見に到達するドラマをも描いているのである。その発見のドラマを鮮やかに描いたことがこのシリーズの勝因といっていい。

本書の後半に、竜崎が大森署を訪れる場面がある。通りかかった私服警察官に捜査本部の場所を尋ね、「知らねえよ」とぶっきらぼうに言われた竜崎が「あなたは、一般市民に対していつもそんな態度なんですか?」と再度尋ねると、「なんか文句あんのか? 文句あるんなら、聞いてやってもいいぞ。ただし、取調室でな。なんなら、二、三日泊めてやるぞ」と言われる場面だ。この私服警察官が戸高善信三十八歳で、この大森署の巡査部長が重要な役で登場するのが、次の第二作『果断』である。こちらも本書に拮抗《きっこう》する傑作だ。

本書は吉川英治文学新人賞を受賞し、今野敏が大ブレイクした作品だが、このようにすでに第二作『果断』も書かれているので、シリーズと言ってもいいだろう。

最後に付けくわえておくが、本書は家族小説でもある。実に新鮮な警察小説でありながら、同時に感動的な家族小説でもあるのだ。たっぷりと堪能されたい。

（二〇〇七年十一月、文芸評論家）

この作品は二〇〇五年九月新潮社より刊行された。

小野不由美著
黒祠の島
私は失踪した女性作家を探すため、禁断の島を訪れた。奇怪な神をあがめる人々。凄惨な殺人事件……。絶賛を浴びた長篇ミステリ。

大沢在昌著
らんぼう
検挙率トップも被疑者受傷率120％。こんな刑事にはゼッタイ捕まりたくない！　キレやすく凶暴な史上最悪コンビが暴走する10篇。

桐野夏生著
残虐記
柴田錬三郎賞受賞
自分は二十五年前の少女誘拐監禁事件の被害者だという手記を残し、作家が消えた。折り重なった虚実と強烈な欲望を描き切った傑作。

北森鴻著
凶笑面
―蓮丈那智フィールドファイルI―
封じられた怨念は、新たな血を求め甦る――。異端の民俗学者・蓮丈那智の赴く所、怪奇な事件が起こる。本邦初、民俗学ミステリー。

黒川博行著
大博打
なんと身代金として金塊二トンを要求する誘拐事件が発生。驚愕する大阪府警だが、犯行計画は緻密を極めた。驚天動地のサスペンス。

黒川博行著
疫病神
建設コンサルタントと現役ヤクザが、産廃処理場の巨大な利権をめぐる闇の構図に挑んだ。欲望と暴力の世界を描き切る圧倒的長編！

真保裕一著　ストロボ

友から突然送られてきた、旧式カメラ。彼女が隠しつづけていた秘密。夢を追いかけた季節、カメラマン喜多川の胸をしめつけた謎。

真保裕一著　ダイスをころがせ！（上・下）

かつての親友が再び手を組んだ。我々の手に政治を取り戻すため。選挙戦を巡る群像を浮彫りにする、情熱系エンタテインメント！

天童荒太著　幻世《まぼろよ》の祈《いの》り　家族狩り　第一部

高校教師・巣藤浚介、馬見原光毅警部補、児童心理に携わる氷崎游子。三つの生が交錯したとき、哀しき惨劇に続く階段が姿を現わす。

西澤保彦著　笑う怪獣　ミステリ劇場

巨大怪獣、宇宙人、改造人間！　密室、誘拐、連続殺人！　3バカトリオを次々と襲う怪奇現象＆ミステリ。本格特撮推理小説、登場。

貫井徳郎著　迷宮遡行

妻が、置き手紙を残し失踪した。かすかな手がかりをつなぎ合わせ、迫水は行方を追う。サスペンスに満ちた本格ミステリーの興奮。

船戸与一著　金門島流離譚

かつて中国と台湾の対立の最前線だった金門島。〈現代史が生んだ空白〉であるこの島で密貿易を営む藤堂は、この世の地獄を知る。

隠《いん》蔽《ぺい》捜《そう》査《さ》

新潮文庫　こ－42－3

平成二十年二月一日発行
平成二十年二月二十日三刷

著者　今《こん》野《の》敏《びん》

発行者　佐藤隆信
発行所　株式会社　新潮社
郵便番号　一六二―八七一一
東京都新宿区矢来町七一
電話　編集部(〇三)三二六六―五四四〇
　　　読者係(〇三)三二六六―五一一一
http://www.shinchosha.co.jp
価格はカバーに表示してあります。
乱丁・落丁本は、ご面倒ですが小社読者係宛ご送付ください。送料小社負担にてお取替えいたします。

印刷・二光印刷株式会社　製本・加藤製本株式会社

ISBN978-4-10-132153-0 C0193